ଯୋଗୀ ଯୋଗେଶ୍ୱର

(ଉ ପ ନ୍ୟା ସ)

ଯୋଗୀ ଯୋଗେଶ୍ୱର

ରୋହିତ କୁମାର ଦାଶ

ବ୍ଲାକ୍ ଈଗଲ୍ ବୁକ୍ସ
ଭୁବନେଶ୍ୱର, ଓଡ଼ିଶା

BLACK EAGLE BOOKS
Dublin, USA

ଯୋଗୀ ଯୋଗେଶ୍ୱର / ରୋହିତ କୁମାର ଦାଶ

ବ୍ଲାକ୍ ଇଗଲ୍ ବୁକ୍ସ : ଭୁବନେଶ୍ୱର, ଓଡ଼ିଶା • ଡବ୍ଲିନ୍, ଯୁକ୍ତରାଷ୍ଟ୍ର ଆମେରିକା

BLACK EAGLE BOOKS

USA address:
7464 Wisdom Lane
Dublin, OH 43016

India address:
E/312, Trident Galaxy, Kalinga Nagar,
Bhubaneswar-751003, Odisha, India

E-mail: info@blackeaglebooks.org
Website: www.blackeaglebooks.org

First International Edition Published by
BLACK EAGLE BOOKS, 2023

JOGI JOGESWAR
by **Rohit Kumar Dash**

Copyright © **Rohit Kumar Dash**

Cover & Interior Design: Ezy's Publication

ISBN- 978-1-64560-395-5 (Paperback)

Printed in the United States of America

ଉତ୍ସର୍ଗ

ବିଶିଷ୍ଟ ଲେଖକ ତଥା
ମୋର ପ୍ରିୟ ଗାଳ୍ପିକ ଓ ଦାଦା
ସ୍ୱର୍ଗତ ଜଗଦୀଶ ମହାନ୍ତିଙ୍କ ସ୍ମୃତିରେ।
ଯେ ସବୁବେଳେ ମୋ ହୃଦୟରେ
ଏକ ବଡ଼ ଜାଗା ଆବୋରି ବସିଛନ୍ତି
ଆଶା ସ୍ୱର୍ଗରୁ ଥାଇ ସେ ମୋ ଉପରେ
ଆଶୀଷ ବାରି ଢାଳିବେ।

ସ୍ୱୀକାରୋକ୍ତି

ଏହା କୌଣସି ନିର୍ଦ୍ଦିଷ୍ଟ ବାବାଜୀଙ୍କ ଜୀବନ କାହାଣୀ ନୁହେଁ। ଏ ଉପନ୍ୟାସରେ ବର୍ଣ୍ଣିତ ସମସ୍ତ ଘଟଣା ଓ ଚରିତ୍ର କାଳ୍ପନିକ। ତଥାପି ଯଦି କୌଣସି ଘଟଣା ବା ଚରିତ୍ରସହ କାହାର ସାମଞ୍ଜସ୍ୟ ରହେ ତେବେ ଲେଖକ ସେଥିପାଇଁ ଦାୟୀ ରହିବେ ନାହିଁ। କାରଣ ଏ ସମାଜରେ ଘଟୁଥିବା ବିଭିନ୍ନ ଘଟଣା ଓ ଚରିତ୍ର ସବୁକୁ ନେଇ ହିଁ କହାଣୀଟିଏ ଗଢାହୁଏ। ତେଣୁ ଚରିତ୍ର ସବୁରେ କାହାରି ନା କାହାରି ଚେହେରା ପ୍ରତିଫଳିତ ହୋଇଥିବା ସ୍ୱାଭାବିକ। କାହାଣୀଟିଏ ଯେତେବେଳେ ସତ ସତ ମନେହୁଏ ତାହା ହୁଏ କାହାଣୀର ସଫଳତା। ଏହା ସତୁରି ଦଶକର ଏକ ଉପନ୍ୟାସ। ତତ୍କାଳୀନ ସମାଜରେ ଘଟିଥିବା ବିଭିନ୍ନ ବାବାମାନଙ୍କ ଲୋକଙ୍କ ମୁହଁରୁ ଶୁଣିଥିବାକଥାରୁ କିଛି କିଛି ଏ କାହାଣୀରେ ପ୍ରତିଫଳିତ। ଏ କାହାଣୀରେ ବର୍ଣ୍ଣିତ ଭୌଗଳିକ ସ୍ଥିତି ମଧ୍ୟ କାଳ୍ପନିକ। ଏହା ଏକ କାଳଖଣ୍ଡର କାହାଣୀ ହେଲେ ମଧ ଏବେ ବି ଏମିତି କାହାଣୀସବୁରୁ ଏ ସମାଜ ମୁକ୍ତ ନୁହେଁ। କୌଣସି ଧାର୍ମିକ ଭାବନାକୁ କଷ୍ଟ ଦେବା ଏ ଉପନ୍ୟାସର ଲକ୍ଷ ନୁହେଁ। ବରଂ ସମାଜକୁ ସଚେତନ କରିବା ଏ କାହାଣୀର ଅନ୍ତର୍ନିହିତ ଉଦ୍ଦେଶ୍ୟ।

(୧)

ଘଣ୍ଟ ଶଙ୍ଖ ମୃଦୁଙ୍ଗ ହୁଳହୁଳି ଓ ହରିବୋଲ ଧ୍ୱନିରେ ଗାଁ ହୁଲସ୍ଥୁଲ ହେଉଥିଲା । ପାଞ୍ଚପାଲିର ଲୋକେ ଜମା ହେଇଥିଲେ । ସମସ୍ତେ ଟାକି ବସିଥିଲେ ସେହି ମାହେନ୍ଦ୍ରବେଳାକୁ । କେତେବେଳେ ବାବା ଆସିବେ । ବରଗଡ଼ରୁ କୋଡିଏ କିଲୋମିଟର ଦୂରେ ଥିବା ସେହି ଗାଁ ଗୋଟେ ପଞ୍ଚାୟତ ମହକୁମା । ଏମ୍.ଇ. ସ୍କୁଲଯାଏ ଅଛି । ଗୋଟେ ଗ୍ରେନଗୋଲା, ଗୋଟେ ପଞ୍ଚାୟତ ଅଫିସ୍, ସରକାରୀ ୟୁ.ପି. ସ୍କୁଲ, ମଧ୍ୟ ଇଂରେଜୀ ବିଦ୍ୟାଳୟ । ଗୋଟେ ଛୋଟ କରତ କଳ, ଗୋଟେ ଛୋଟ କଂସାବାସନ କାରଖାନା । ବେଶ୍ ଚାରିଟା ୱାର୍ଡ ହଜାରେ ଖଣ୍ଡେ ଲୋକ । କେନାଲ ଯାଇନି । ଶୁଖା ମରୁଡି ଅଂଚଳ । ଅନ୍ୟ ଘରେ ଚାଷ ଜମିରେ ଭୂତି ମଜୁରୀ କରି ଓ ମାଟି ଖୋଳି ଲୋକେ ଚଳନ୍ତି । ମଝିରେ ଦୁଇ ତିନିଟା ବ୍ରାହ୍ମଣ ପରିବାର, ଦୁଇ ତିନିଟା କୁଲତା ପରିବାର, ବାକି ଅଧିକାଂଶ ସହଁରା, ବିଞ୍ଝାଲ ଆଉ ହରିଜନ ସମ୍ପ୍ରଦାୟ । କିଛି ହରିଜନ ଖ୍ରୀଷ୍ଟିୟାନକୁ ମଧ୍ୟ ଧର୍ମାନ୍ତରୀତ ହେଇଛନ୍ତି । ବର୍ଷା ଅଭାବରୁ ସବୁବେଳେ ମରୁଡ଼ି । ଲୋକେ କାମଧନ୍ଦା ପାଇଁ ବାହାରକୁ ବି କୁଲି ମଜୁରୀ ଖଟିବାକୁ ଯାଆନ୍ତି । ତଥାପି ପାଂଚଖଣ୍ଡ ଗାଁରେ ଏ ଗାଁର ନାମ ଡାକ ଅଛି । କାରଣ ଏ ଗାଁରେ ପ୍ରଥମ କରି ଶିକ୍ଷାର ମୂଳଦୁଆ ପଡ଼ିଥିଲା । ପ୍ରଥମ କରି ସ୍କୁଲଖଣ୍ଡେ ହେଇଥିଲା । ତେଣୁ ଆଖପାଖର ସବୁ ଛୁଆ ସ୍କୁଲ ପାଇଁ ଏ ଗାଁ ଉପରେ ନିର୍ଭର କରନ୍ତି । ସ୍କୁଲକୁ ଲାଗିକି ଗୋଟିଏ ବିରାଟ ପଡିଆ । ଆଜି ସେଇ ପଡିଆରେ ଲୋକ ଠୁଳ ହେଇଛନ୍ତି । ଗିନି ମୃଦଙ୍ଗର ତାଳେ ତାଳେ ଭଜନ କୀର୍ତ୍ତନ ଚାଲିଛି ।

ଗାଁ ବାହାରେ ଆହୁରି ଚାରି ପାଂଚ ପୁଞ୍ଜା କୀର୍ତ୍ତନ । ଗିନି ମୃଦୁଙ୍ଗ ଧରି ଅପେକ୍ଷା କରି ରହିଛନ୍ତି । ବାବା ଆସିଲେ ତାଙ୍କୁ ପାଛୋଟି ଆଣିବେ । ଆଜି ଗାଁର ଘରେ ଘରେ କୁଣିଆ । ଏ ଗାଁରେ କେବେ କୌଣସି ମେଳା ମଉଛବ ହୁଏନି କି ଜାନିଯାତରା

ହୁଏନି। ଏଇଟା ବୋଧେ ଏଇ ଗାଁର ପ୍ରଥମ ଯାତରା। ଗାଁ ସାରା ଦୋକାନ ବଜାର ଖୋଲିଯାଇଛି। ଫୁକା ପିପି ମିଳୁଛି, କିଏ ଚଣା ବିକୁଛି ତ କିଏ ପାମ୍ପଡ। ପାଖ ଗାଁର ହରି ସାହୁ ଆଣିଛି ତାର ଗୁଡିଆ ପସରା। ଜାତି ଜାତି ମିଠା ଖଜା, ଗଜା, ବାଲସେଇ, ମିଠେଇ ବି ମିଳୁଛି। ଆଉଠାଏ ସ୍କୁଲକୁ ଲାଗି ଦାସପୁର ଗାଁର ଉଡିଆ ପିଲା ମକର୍ଧଜ ସାହୁ ଖୋଲିଛି ପକଡି ଦୋକାନ। ପଡିଆକୁ ଲାଗି ବସିଛି ଚାରି ପାଂଚଟି ପୂଜା ସାମଗ୍ରୀ ଦୋକାନ। ନଡିଆ, ସିନ୍ଦୁର, ଧୁପକାଠି, ବଳିତା, ଦୀପ, ଧୂପ, ସବୁ ମିଳୁଛି। ବାବାକୁ ଚଢେଇବା ପାଇଁ ଯେ ଯାହାର କିଣି ଚାଲିଛନ୍ତି। ମାଳିପଡାର ବେନ୍ଦ୍ରି ବସେଇଛି ଚାଙ୍ଗୁଡିରେ ଫୁଲ। ସଁହରା ପଡାର ପେଟୁ ପେଟେ ମଦପିଇ ଗୋଟେ କାଳିଆ ବୋଦା ଧରି ଆସିଥିଲା ବାବା ପାଖରେ ବଦିଆ ଦେବ ବୋଲି। ତାଙ୍କୁ ଗାଳି ଦେଇ ଲୋକ ଘଉଡେଇ ଦେଲେ। ତଥାପି ସେ ଆସି ମଝିମଝିରେ ଲସରପସର ହେଉଛି। ମଦପିଇ ଇଆଡୁ ସିଆଡୁ ବକୁଛି। ମିଛଟାରେ ବେଳେ ବେଳେ ଲୋକେ ବାଉଳେଇ ହେଇ ହରିବୋଲ ଆଉ ହୁଳହୁଳି ଧ୍ୱନିରେ ଗଗନ ପବନ ପ୍ରକମ୍ପିତ କରି ଦେଉଛନ୍ତି। ଭିଡରେ ଠେଲାପେଲା ଆରମ୍ଭ ହେଇଯାଉଛି। ବାବା ସୋମବାର ଦିନ ଦଶଟାରେ ଆସି ପଂହଚିବେ ବୋଲି ହୁରି ପଡିଥିଲା। ତେଣୁ କାଳେ ଜାଗା ମିଳିବ ନ ମିଳିବ ବୋଲି ଲୋକେ ପାହାନ୍ତିଆରୁ ଆସି ସପ ପକେଇ ବସିଛନ୍ତି। ଆସି ଦିନ ଏଗାରଟା ହେଲାଣି ବାବାଙ୍କ ଦେଖା ନାଇଁ।

(୨)

ବାବା ଯୋଗୀ ଯୋଗେଶ୍ୱର। ବହୁତ ନାମିଦାମୀ ବାବା। ତାଙ୍କ ଆଖିରେ କୁଆଡେ ଜ୍ୟୋତି ଫୁଟୁଥାଏ। ବହୁତ ନାଁ ଡାକ ତାଙ୍କର। ଯିଏ ଯାହା କାମନା କରେ ତୁରନ୍ତ ଫଳ ପାଏ। ଖାଲି ଦର୍ଶନ କରିଦେଲେ ବି କୁଆଡେ ବହୁତ ଫଳ ମିଳେ। ବହୁ ଅପୁତ୍ରିକଙ୍କୁ ସେ ପୁତ୍ରଦାନ କରିଛନ୍ତି। ବହୁତ ରୋଗୀ ତାଙ୍କ ଆଶୀର୍ବାଦରୁ ଉପଶମ ହେଇଛନ୍ତି। ତେଣୁ ଏମିତି ଏକ ସୁଯୋଗକୁ ହାତଛଡା କରିବାକୁ କିଏ ବା ଚାହିଁବ। କିଏ ବା ଇଟା ଖଣ୍ଡେ ଥୋଇ କିଏ ଗାମୁଛା ଖଣ୍ଡେ ପକେଇ ଆସନ ଆବୋରିଛନ୍ତି। ଖବର ପାଇ ପାଖ ଥାନାରୁ ଥାନା ଅଧିକାରୀ ଦି'ଜଣ ମାଟିଆ ପୋଷାକଧାରୀ ସିପାହୀ ବି ପଠେଇ ଦେଇଛନ୍ତି। କିଏ କହିପାରେ ଭିଡରେ କେଉଁ ପ୍ରକାର ଆଇନ ଶୃଙ୍ଖଳା ପରିସ୍ଥିତି ଉପୁଜି ନ ଯିବ। ତା ଛଡା ଥାନାବାବୁ ଶୁଣିଥିଲେ ଖୋଦ ଏସ.ପି. ସାହେବ ବି ବାବାଙ୍କ ଭକ୍ତ। ଯେ କୌଣସି ମୁହୂର୍ତ୍ତରେ ଖବର ପାଇ ଏସ. ପି.ସାହେବ ଯେ ପହଂଚି ନଯିବେ କିଏ କହିପାରେ। ଖବର ନେବା ପାଇଁ ଗୋଟେ ଏ.ଏସ.ଆଇ. ବି ବାଇକରେ ଦି ଥର ଘୁରିକି ଗଲାଣି। ତଥାପି ବାବାଙ୍କ ଦେଖା ନାଇଁ। ଗାଁ ର ଗୋଟେ ସ୍ୱେଚ୍ଛାସେବୀ ଦଳ ଲୋକମାନଙ୍କୁ ପାଣି ବାଣ୍ଟୁଛନ୍ତି ବାଲଟି ଆଉ ଗ୍ଲାସ ଧରି। ବାବାଙ୍କ ପାଇଁ ଏମିତି ଉତ୍କଣ୍ଠା ବଢିବାର ଆଉ ଏକ କାରଣ ହେଲା ବାବା ଖୋଦ ଏଇ ଗାଁର ଲୋକ। ଏଇଠି ଖାଇପିଇ ଏଇ ଗାଁର ପାଣିପବନରେ ବଢିଛନ୍ତି। ଏଇ ଗାଁର ବ୍ରାହ୍ମଣ ସାହିର କାଶୀନାଥ ଦାଶଙ୍କ ପୁଅ। କାଶୀନାଥ ଏକଦା ଏଇ ଗାଁର ସରପଂଚ ଥିଲେ। ଗାଁ ଗଉନ୍ତିଆଙ୍କ ସବା ସାନଭାଇ। ଗୋଟେ ପ୍ରକାର ଗଉନ୍ତିଆ ଖାନ୍‌ଦାନ୍‌ର। ପ୍ରଥମେ ଏଇଟା ଗୋଟେ ଆଦିବାସୀ ଗାଁ ଥିଲା। ସହଁରା ମାନେ ଏଇ ଗାଁର ଗଉଁନ୍ତିଆ ଥିଲେ। କାଶୀନାଥ ବାବୁଙ୍କ ପ୍ରପିତାମହ ଗୋରଖନାଥ ଦାଶ ଖୋଦ ରାଜାଙ୍କଠୁ ଯେତେବେଳେ ଶହେ ଟଙ୍କାରେ ଏଇ ଗାଁକୁ କିଣିଲେ ସେହି ଦିନଠୁ ସେ ଏ ଗାଁର ଗଉଁନ୍ତିଆ ହେଲେ।

ଗୋରଖନାଥ ଦାଶଙ୍କ ଦୁଇଟା ପୁଅ। ବଡ ପୁଅ କାଳୀପ୍ରସାଦ ଦାଶ ଓ ଦ୍ୱିତୀୟ ପୁଅ କାଶୀନାଥ ଦାଶ।

କାଶୀନାଥ ଦାଶ ଗାଁ ସ୍କୁଲରେ ମାଷ୍ଟର ଥିଲେ। କିନ୍ତୁ ଯେତେବେଳେ ଗାଁ ସ୍କୁଲ ସରକାରୀ ହେଲା ସେ ତାଙ୍କ ସରକାରୀ ସାର୍ଟିଫିକେଟ୍ ଦାଖଲ କରିପାରିଲେନି। ତେଣୁ ବାଧ୍ୟ ହୋଇ ତାଙ୍କୁ ଚାକିରି ଛାଡିବାକୁ ପଡିଲା। ଗାଁର ଗଉଁନ୍ତିଆ ହିସାବରେ ଭାଗ ସୂତ୍ରରେ ଚାଳିଶ ଏକର ଜମି ସେ ଯଦିଓ ପାଇଥିଲେ, ମରୁଡି ହେତୁ ତାଙ୍କ ଅବସ୍ଥା ବହୁତ ସାଂଘାତିକ ଥିଲା। ଅନେକ ସମୟରେ ଖାଇବାକୁ ଦି ମୁଠା ମିଳୁନଥିଲା। ସେ କିନ୍ତୁ ବହୁତ ଜନପ୍ରିୟ ଥିଲେ। ତାଙ୍କର ଶାନ୍ତ ସରଳ ବ୍ୟବହାର ପାଇଁ ଲୋକେ ତାଙ୍କୁ ଭଲ ପାଉଥିଲେ। ଦି'ଭାଇ ଭିତରୁ ସେ ଥିଲେ ସବା ସାନ। ସବୁଠୁ ବଡ ଭାଇ କାଳୀପ୍ରସାଦ ଦାଶ ଥିଲେ ଗାଁର ଗଉଁନ୍ତିଆ। ବଡ ହିସାବରେ ତାଙ୍କ ବାପାଙ୍କ ମୃତ୍ୟୁ ପରେ ସେ ହିଁ ଗଉଁନ୍ତିଆ ହିସାବରେ ଗଣା ଯାଉଥିଲେ। ଯଦିଓ ସ୍ୱାଧିନତା ପରେ ଜମିଦାରୀ ପ୍ରଥାର ଉଚ୍ଛେଦ ହୋଇଥିଲା। କିନ୍ତୁ ଗାଁ ମାନଙ୍କରେ ସେ ଯାଏ ଗଉଁନ୍ତିଆଙ୍କୁ ମହତ୍ତ୍ୱ ଦେଇ ଆସୁଥିଲେ ଓ ଗଉଁନ୍ତିଆ ମାନେ ତାଙ୍କର ପ୍ରତିପତ୍ତି ଦେଖେଇ ଚାଲିଥିଲେ। ଗଉଁନ୍ତିଆ କାଳୀପ୍ରସାଦ ଖୁବ ନିଷ୍ଠୁର ଓ କ୍ରୁର ପ୍ରକୃତିର ଥିଲେ। ତେଣୁ ଲୋକେ ତାଙ୍କର ସୁବିଧା ଅସୁବିଧା କାଶୀନାଥଙ୍କୁ ଜଣାଉଥିଲେ। କାଶୀନାଥ ଦାଶ ଯେତେବେଳେ ସରପଂଚ ପ୍ରାର୍ଥୀ ଭାବେ ନିର୍ବାଚନରେ ଅବତୀର୍ଣ୍ଣ ହେଲେ ତାଙ୍କସହ ଆଉ କେହି ପ୍ରତିଦ୍ୱନ୍ଦ୍ୱିତା କରି ନଥିଲେ। ସେ ତେଣୁ ସ୍ୱାଧିନ ଭାରତର ଦାସପାଲି ପଂଚାୟତର ପ୍ରଥମ ସରପଂଚ ଭାବରେ ଗୌରବ ଅର୍ଜନ କରିଥିଲେ। ସରପଂଚ ଥିଲେ ସିନା କିନ୍ତୁ ସରପଂଚ ହିସାବରେ ସେତେବେଳେ ପଂଚାୟତର କିଛି ଆୟର ପନ୍ଥା ନଥିଲା। କେବଳ ଦେଶସେବା କରିବା ବ୍ୟତୀତ ଆଉ କିଛି ଅନ୍ୟ ପନ୍ଥା ନଥିଲା। ଓଲଟା ହାତରୁ ଖାଇ ଘୋଡା ପଛରେ ଦୌଡିବାକୁ ପଡୁଥିଲା। ତଥାପି କାଶୀନାଥବାବୁ ତାଙ୍କ କର୍ତ୍ତବ୍ୟରେ କେବେ ହେଳା କରି ନାହାନ୍ତି। ତାଙ୍କର ଦଦରା ସାଇକେଲରେ ଗାଁ ଗାଁ ଘୁରି କାମ ସବୁ ତଦାରଖ କରିଛନ୍ତି। ନ୍ୟାୟ ନିଶାପରେ ବସିଛନ୍ତି। ପାରୁପର୍ଯ୍ୟନ୍ତ ଲୋକଙ୍କୁ ସାହାଯ୍ୟ ସହଯୋଗ କରିଛନ୍ତି।

ତାଙ୍କର ବଡ ଅସୁବିଧା ତାଙ୍କ କୁଟୁମ୍ବ। ସେଇଟା ବଢି ବଢି ଆସି ପହଂଚିଛି ତିନି ପୁଅ ଆଉ ସାତ ଝିଅରେ। ଜମିରୁ ଯୋଉ ଆୟ ସେଥିରେ ବର୍ଷଯାକ ଚଳିବା ମୁସ୍କିଲ। ତେଣୁ ଗ୍ରେନ୍‌ଗୋଲାର ଋଣ ହିଁ ଏକମାତ୍ର ଭରସା। ଋଣ ନେଇ ବାକି ସବୁ ମାସ ଚଳନ୍ତି। ଆଉ ଧାନ ହେଲେ ଗ୍ରେନ୍‌ଗୋଲାରେ ସବୁ ଧାନ ଦେଇଦେବାକୁ ପଡେ। ସେ ଗ୍ରେନଗୋଲା ବାଲା ଋଣ ଆଉ ସୁଧକୁ କାଟି ବାକି ପଇସା ଧରେଇ ଦିଅନ୍ତି।

ଏମିତି ସୁଖେଦୁଃଖେ ଦିନ କଟିଯାଉଥିଲା। କିନ୍ତୁ ତାଙ୍କ ପ୍ରତିପତ୍ତିକୁ ଗୌନ୍ତିଆ କାଳୀପ୍ରସାଦ ସହିପାରେନା। ଗୋଟେ ଗାଁର ଗୌନ୍ତିଆ ଅପେକ୍ଷା ଅଂଚଳରେ ଗୋଟେ ସରପଂଚର ବେଶୀ ଖାତିର ଥିଲା। ସକାଳ ହେଲେ ପାଂଚ ଖଣ୍ଡଗାଁର ଲୋକେ କାଶୀନାଥ ବାବୁଙ୍କୁ ଘରେ ବିଭିନ୍ନ କାମପାଇଁ ଡେରା ପକାଉଥିଲେ। କେହି ଖାଲି ହାତରେ ଆସୁନଥିଲେ। କିଏ ଗୋଟେ ଲାଉ ତ କିଏ ବାଡିର କଦଳି, ଅମୃତଭଣ୍ଡା, ଆଉ କିଏ ଟୋକେଇରେ ବାଇଗଣ କିଏ ମୁଗ, ବିରି, ମୁଗଫଲୀ ଏମିତି ସଉକରେ ଆଣି ଦେଉଥିଲେ। ଏଇଟା କୌଣସି ଲାଂଚ ନଥିଲା। ତଥାପି ବଡଭାଇ ସହି ନପାରି କୁତ୍ସା ରଟନା କରୁଥିଲେ। ତାଙ୍କ ନାଁରେ ଗାଁରେ ଅପପ୍ରଚାର କରୁଥିଲେ। ଏପରିକି ଥରେ ଦି ଥର କାଶୀନାଥ ବାବୁଙ୍କୁ ମୁହଁରେ ବି କହିଛନ୍ତି ତୁ ସେ ଲାଂଚନେବା ବନ୍ଦକର। ନୋହିଲେ ତୋ ନାଁରେ ବି.ଡି.ଓ ଆଉ ଜିଲ୍ଲାପାଳ ଆଗରେ ଅଭିଯୋଗ କରିବି ବୋଲି। କାଶୀନାଥବାବୁ ଡରି ଯାଆନ୍ତି। ସେ ଯେତେ ସଫେଇ ଦେଲେ ବି ଲାଭ ନାହିଁ। କୁକୁର ଲାଞ୍ଜ କେବେ ସିଧା ହୁଏନି। ମଣିଷ ପ୍ରକୃତି ମଲେ ଯାଇ ବଦଳେ। କାଶୀନାଥ ବାବୁ ମୁଣ୍ଡ ପାତି ସବୁ ନିନ୍ଦା ଅପମାନ ସହି ଯାଆନ୍ତି। ତାଙ୍କ ସଙ୍ଗେ ଲାଗିକି ବି ଲାଭନାହିଁ। ସେ ଯେମିତି ମନ୍ଦ ପ୍ରକୃତିର ଲୋକ ଆହୁରି କିଛି ଫନ୍ଦିଫିକର କରି ତାଙ୍କୁ ଫସେଇ ଦେବେ।

ଯେତେହେଲେ ବି କାଳୀ ବାବୁ ଗାଁର ଗୌନ୍ତିଆ। ସମସ୍ତ ବଡ ବଡ ଲୋକ ତାଙ୍କୁ ଚିହ୍ନନ୍ତି। ଗାଁକୁ ଥାନାବାବୁ ଆସିଲେ ଆଗ ତାଙ୍କୁ ଜୁହାର ହୁଅନ୍ତି। ତାଙ୍କ ଘରେ ଚାହାପାଣି ଖାନାପିନା ସବୁହୁଏ। ସେଇଠି ତାଙ୍କ ବାରଣ୍ଡାରେ ବସି ସବୁ ଫଇସଲା କରାଯାଏ। ବି.ଡି.ଓ ଦୌରାରେ ଆସିଲେ ପଂଚାୟତ ଅଫିସକୁ ନଯାଇ ଗୌନ୍ତିଆ ଘରକୁ ଆସନ୍ତି। ଖାତାପତ୍ର ଯାଂଚ ପାଇଁ ତାଙ୍କ ଘରକୁ ଅଣାଯାଏ। ଇସ୍କୁଲର ମାଷ୍ଟରମାନେ ତାଙ୍କୁ ଆଗ ଜୁହାର ହେଲେ ଯାଇ ସ୍କୁଲକୁ ଯାଆନ୍ତି। ଗାଁ ଡାକଘରକୁ ଆସୁଥିବା ଚିଠିସବୁ ଆଗ ଗୌନ୍ତିଆକୁ ଦେଖାନ୍ତି ଡାକମାଷ୍ଟର। ତାପରେ ଯାଇ ଡାକ ବଣ୍ଟାହୁଏ। କାଳୀଦାଶଙ୍କୁ ଦେଖିଲେ ଗର୍ଭିଣୀ ଗାଈ ବି ବାଟ ଛାଡିଦିଏ। ତାଙ୍କ ବାରଣ୍ଡାରେ ସବୁ ନ୍ୟାୟ ନିଶାପ ହୁଏ। ଗାଁରେ ମାଛ ମରାହେଲେ ସବୁଠୁ ବଡ ମାଛ ଆଗ ତାଙ୍କ ଘରକୁ ଯାଏ। ଛେଳି ମରାହେଲେ ଆଗ ତାଙ୍କ ଘରକୁ ଭାଗେ ଦିଆଯାଏ। ଏମିତିରେ କାଶୀବାବୁ କାଳୀଦାଶଙ୍କୁ ଯେତେ ନିଜ ଭାଇ ହେଲେ ବି ଡରିବା ସ୍ୱାଭାବିକ।

ନାଁକୁ ସେ ସରପଂଚ ହେଲେ ପଂଚାତୟଟାକୁ କାଳୀଦାଶ ବାବୁ ଅକ୍ତିଆର କରି ବସିଛନ୍ତି। ପଇସା ଆସିଲେ କୋଉ ଗାଁରେ କୋଉ କାମ ହବ, କୋଉ ରାସ୍ତା ମରାମତି ହବ, କୋଉଠି କୂଅ ଖୋଳା ହବ, ମାଛ କାହାକୁ ଠିକା ଦିଆଯିବ ତଥା ଅନ୍ୟାନ୍ୟ ପଂଚାୟତ ସମ୍ପର୍କିତ କାମ ଗୌନ୍ତିଆ ନିଜେ ତଦାରଖ କରନ୍ତି। ସେକ୍ରେଟେରୀ

ପଂଚାୟତ ଅଫିସରୁ ଫେରିବା ସମୟରେ ଆଗ କାଳୀ ଗୌନ୍ତିଆଙ୍କୁ ସବୁ ରିପୋର୍ଟ ତଲବ କଲାପରେ ଯାଇ ଘରକୁ ଯାଆନ୍ତି। ଠିକା କାମସବୁ ଗୌନ୍ତିଆ ନିଜ ଲୋକଙ୍କ ନାଁରେ ଆଣନ୍ତି। ଅଧାରୁ ଅଧିକ ପଇସା ନିଜେ ଚଲୁକରନ୍ତି। ରାସ୍ତାରେ ରୁଗୁଡି ଝିଣ୍ଟିବା କାମରେ ନାମକୁ ମାତ୍ର ରୁଗୁଡି ସବୁ ଝିଣ୍ଟା ହୁଏ, ବନ୍ଧ ପୋଖରୀ ଖାଲି ଖାତା କଲମରେ ଖୋଳା ହୁଏ। ଗାଁ ର କୂଅ ନାମକୁ ମାତ୍ର ମରାମତି ହୁଏ। ସରପଂଚ ଖାଲି ଦସ୍ତଖତ ମାରନ୍ତି। ଗ୍ରାମ ପଂଚାୟତ ଅଧିକାରୀ ଜେରା ପାଇଁ ଆସିଲେ ତଦାରଖ ପାଇଁ ତାଙ୍କ ପାଇଁ ପଂଚାୟତ ଅଫିସରେ ମଦ କୁକୁଡାର ଅୟୋଜନ ହୁଏ। ଖୁସିରେ ସବୁ କାମ ଠିକ ଅଛି ବୋଲି ଦସ୍ତଖତ ମାରି ପଳାନ୍ତି। ଗୌନ୍ତିଆ ଆଜ୍ଞାଙ୍କ ପ୍ରକୋପ ଆଗରେ କିଏ ବା ସାହାସ କରିବ। ତେଣୁ କାଶୀନାଥ ବାବୁ ବହୁତ ଡରିକି ଚଳନ୍ତି। ପଂଚାୟତରେ ଏତେ ଉନ୍ନତି ମୂଳକ କାମ ହେଲେ ମଧ୍ୟ ତାଙ୍କ ଘରକୁ କାଣିଚାଏ ଲାଭ ଯାଏନି। ସବୁ ଲାଭ ଗୌନ୍ତିଆ ଘରେ ଅଟକିଯାଏ।

ଥରେ ଗୋଟେ ସାଧା କାଗଜରେ ଦସ୍ତଖତ ମାରିବା ପାଇଁ ଗୌନ୍ତିଆ କାଳୀବାବୁ ସରପଂଚ ଆଜ୍ଞାକୁ ବାଧ୍ୟକଲେ। କାଶୀନାଥ ବାବୁ ମନାକଲେ। କାଳୀବାବୁ କହିଲେ ତୋ ନିଜ ବଡଭାଇ ଉପରେ ବିଶ୍ୱାସ ନାହିଁ। ମୁଁ କଣ କିଛି ଗଲତ୍ କାମ କରିଛି। ଆରେ ଗାଁର ଉନ୍ନତି ପାଇଁ ଜିଲ୍ଲାପାଳଙ୍କୁ କାଗଜଟେ ଲେଖେଇବି ଓକିଲଠୁ ବୋଲି ଭାବୁଥିଲି। ତୁ ତୋ ଗାଁର ଉନ୍ନତି ଚାହିଁବୁନି। ହଉ ଥାଉ ମୋର କଣ ଅଛି। ଯା ନ କଲେ ନ କର। କାଳୀବାବୁ ରାଗ ତମତମ ହୋଇ କାଗଜକୁ ଫାଡିଦେଲେ। ସାତଦିନ ପରେ ଗୋଟେ ତଦନ୍ତକାରୀ ସଂସ୍ଥା ଆସିଲେ। ସମଗ୍ର ପଂଚାୟତରେ ଖୋଳା ଯାଇଥିବା ଦଶଟା କୂଅ ଭିତରୁ ଗୋଟେ ବି କୂଅ ନଥିଲା ଅଥଚ କୂଅ ଖୋଳା ଯାଇଛି ବୋଲି ସବୁଠି ସରପଂଚଙ୍କ ଦସ୍ତଖତ ଥିଲା। ସରପଂଚ କାଶୀନାଥ ବାବୁଙ୍କ ନାଁରେ ଦୁର୍ନିତି ଅଭିଯୋଗରେ ଥାନାରେ କେସ ରୁଜୁ ହେଲା। ସରପଂଚ ବନ୍ଧା ଗଲେ, ତାଙ୍କ ପଦବି ଗଲା। କାଶୀନାଥବାବୁ ଜାଣି ପାରିଲେ ଏଇଟା ବଡ ଭାଇର ଚକ୍ରାନ୍ତ କାରଣ କୂଅ ଖୋଳିବାର ଠିକା ବଡଭାଇ ନେଇଥିଲେ। ତାହେଲେ କୂଅ ଗଲା କୁଆଡେ। ସେକ୍ରଟାରୀ ଆଜ୍ଞାଙ୍କ କଥାରେ ପଡ଼ି ସେ ସବୁ କାଗଜରେ ବିଶ୍ୱାସରେ ଦସ୍ତଖତ ମାରିଥିଲେ। ସେକ୍ରେଟାରୀ ଗୌନ୍ତିଆଙ୍କ ହାତବାରିସୀ ଥିଲେ। ଦି ଜଣ ମିଶି ପଂଚାୟତକୁ ଦିବର୍ଷ ଭିତରେ ଖୋଳ କରି ଦେଇଥିଲେ। ଫସେଇ ସାରିଲା ପରେ ଗୌନ୍ତିଆ ଆଜ୍ଞା ନିଜେ ଯାଇ ସହାନୁଭୁତି ଦେଖେଇ ଥାନାରୁ କାଶୀନାଥ ବାବୁଙ୍କୁ ମୁକୁଳେଇ ଆଣି ଓଲଟା ଉପଦେଶ ଦେଇଥିଲେ ଆଉ ଏମିତି ନ ବୁଝି ନ ସୁଝି କୋଉଠି ଦସ୍ତଖତ ନ କରିବା ପାଇଁ। କହିଲେ ମୁଁ ଥିଲି, ଥାନାବାବୁ ଓକିଲ ସବୁ ମୋର ଚିହ୍ନା ବୋଲି ସିନା, ଏବେ କେମିତି କରିଥାନ୍ତୁ।

ସେଥର ଜେଲରୁ ମୁକୁଳିବା ପରେ କାଶୀନାଥ ବାବୁ ଆଉ ରାଜନୀତି କି ଗାଁର କୌଣସି କାମ ଧନ୍ଦାରେ ମୁଣ୍ଡ ପୁରେଇ ନଥିଲେ। ତଦନ୍ତ ବହୁତ ଦିନଯାଏଁ ଚାଲିଲା। କାଶୀନାଥ ବାବୁଙ୍କୁ ଦଶଟା କୂଅ ଖୋଳିବାର ମଜୁରୀ ବାବଦକୁ ପାଂଚ ଶହ ହିସାବରେ ପାଂଚ ହଜାର ଟଙ୍କା ସରକାରୀ ତହବିଲ୍‌ରେ ପଇଠ କରିବା ପାଇଁ ପଡ଼ିଲା। ଏଥିପାଇଁ ତାଙ୍କୁ ତାଙ୍କର ପାଂଚ ଏକର ଜମି ବିକ୍ରି କରିବାକୁ ପଡ଼ିଲା। ଯୋଉଟା ଅତି କମ ମୂଲ୍ୟରେ ନିଜ ବଡଭାଇ ଗୌନ୍ତିଆ କାଳୀପ୍ରସାଦ ଏକା କିଣିଥିଲେ। କାରଣ ପାଖଆଖରେ ନଗଦ ପଇସା ଦେଇ ଏତେ ମୂଲ୍ୟରେ ଜମି କିଣିବା ଭଳି ଲୋକ ନଥିଲେ।

ସରପଂଚ ପଦବୀ ହରେଇବା ପରେ କାଶୀନାଥ ବାବୁଙ୍କୁ ଆଉ ସେ ଅଂଚଳରେ ରହିବାର ଇଚ୍ଛା ନଥିଲା। ଜେଲ୍ ଯିବା ପରେ ତାଙ୍କର ଇଜ୍ଜତ୍ ଚାଲି ଯାଇଥିଲା। ସେ ଆଉ ଲୋକଙ୍କୁ ମୁହଁ ଦେଖାଇବା ସ୍ଥିତିରେ ନଥିଲେ। କୁଟୁମ୍ବ ପାଳିବା ପାଇଁ ତାଙ୍କୁ କିଛି ଗୋଟେ କରିବାର ଥିଲା। ତେଣୁ କାକା ପୁଅ ଭାଇକୁ କହି ବରଗଡର ମହାନ୍ତି ଠିକାଦାର ପାଖରେ ମୁନିମ୍ କାମ କଲେ। ଗାଁରୁ ଯିବା ଆସିବା କରନ୍ତି। କେବେ କେମିତି ବିଳମ୍ବ ହେଲେ କି ବର୍ଷା ଫର୍ଷା ହେଲେ କାମକୁ ନ ଯାଇ ଘରେ ରହିଯାଆନ୍ତି। ଏମିତି ଦୁଃଖେସୁଖେ ତାଙ୍କର ସଂସାର ଚଳିଯାଉଥିଲା। ଏଇ ଚାକିରୀରୁ ବରଂ ତାଙ୍କ ଗୁଜୁରାଣ ବେଶ ମେଣ୍ଟି ଯାଉଥିଲା। ସେ ଖୁସିରେ ଥିଲେ। କମ୍ ସେ କମ୍ ବଡ଼ ଭାଇର କ୍ରୁର ଦୃଷ୍ଟିରୁ ବାହାରକୁ ଚାଲିଯାଇଥିଲେ। ଗାଁ କଥା ଯାହା ହେବ ହେଉ ସେ ଆଉ ଜୀବନରେ କେବେ ଗାଁ ବିଷୟରେ ମୁଣ୍ଡ ପୁରେଇ ନଥିଲେ।

(୩)

ବେଳୁବେଳ ଲୋକଙ୍କ ଉତ୍କଣ୍ଠା ବଢି ଚାଲିଛି । ବାବା ଆସିବାର ବେଳ ଗଡିଗଲାଣି । ତଥାପି ଲୋକମାନେ ଆଶା ହରେଇ ନାହାନ୍ତି । ବାବା ଆସିବାଟା ସୁନିଶ୍ଚିତ । ଆସିଛନ୍ତି ଯେତେବେଳେ ନିଶ୍ଚୟ ଦେଖିକି ଯିବେ । ଆଶୀର୍ବାଦ ପାଇକି ଯିବେ । ତାଙ୍କ ଅଭିଳାଷ ପୂରଣ ହେବ । ସ୍କୁଲ ବିଲ୍ଡିଂକୁ ଲାଗି ଛୋଟ ମଂଚଟେ ସଜା ଯାଇଥାଏ ବାବାଙ୍କ ପାଇଁ । ଉପରେ ଚାନ୍ଦୁଆ ଟଣା ହେଇଥାଏ । ଗୋଟିଏ ଛୋଟିଆ ପଟା ଖଟ ଉପରେ ଶେଯ ପାରି ତା ଉପରେ ଗୋଟେ ସମ୍ବଲପୁରୀ ରେଜେଇ ପକା ହେଇଥାଏ । ଦି ପାଖେ ଦିଟା ତକିଆ । ଏ ସବୁ ଅୟୋଜନରେ ବାବାଙ୍କ ଭାଇ ମହେଶବାବୁଙ୍କ ଗୋଟେ ବଡ ଭୂମିକା ଥିଲା । ସ୍କୁଲ କମିଟି ବାଲା ବି ବହୁତ ସହଯୋଗ କରିଥିଲେ । ସ୍କୁଲର ଶିକ୍ଷକମାନେ ଶାନ୍ତିଶୃଙ୍ଖଳା ଦିଗରେ ବହୁତ ବଡ ଭୂମିକା ନେଉଥିଲେ । କାରଣ ଅଧିକାଂଶ ଲୋକଥିଲେ ତାଙ୍କ ଛାତ୍ର ଓ ଅଭିଭାବକ । ସେ ଦିନ ସ୍କୁଲକୁ ଛୁଟି କରି ଦିଆଯାଇଥିଲା । ଗାଁରେ ଥିବା ନାଟକ ପାର୍ଟିରୁ ମାଇକ ଅଣା ହେଇଥିଲା । ଶିକ୍ଷକ ମାନେ ଓ ସ୍ୱେଚ୍ଛାସେବୀ ମାନେ ମଝି ମଝିରେ ଆସି ବାବା ଶୀଘ୍ର ଆସିବେ ବୋଲି ଧୈର୍ଯ୍ୟର ସହ ଅପେକ୍ଷା କରିବାକୁ ମାଇକରେ ଘୋଷଣା କରୁଥାଆନ୍ତି ।

କୀର୍ତ୍ତନ ପାର୍ଟି ବାଲାଙ୍କୁ ତାଙ୍କର କଳା ପ୍ରଦର୍ଶନ ପାଇଁ ଏହା ଏକ ସୁବର୍ଣ୍ଣ ସୁଯୋଗ ଥିଲା । ପାଖ ଆଖରୁ ଆସିଥିବା କୀର୍ତ୍ତନ ଦଳ ଏକ ପ୍ରତିଯୋଗିତା ପୂର୍ଣ୍ଣ ମାନସିକତା ନେଇ ଯେ ଯାହାର ପ୍ରଦର୍ଶନରେ ଲାଗି ପଡିଥାଆନ୍ତି । ମହିଳାମାନେ ମଝି ମଝିରେ ଯାଇ ନିଜର ରୋଷେଇ ତଦାରଖ କରି ପୁଣି ଫେରି ଆସୁଥାଆନ୍ତି । ଛୁଆମାନଙ୍କ ପାଇଁ ଏଇଟା କୌଣସି ବଡ ଯାନିଯାତ୍ରାଠୁ କମ ନଥିଲା । ତାଙ୍କର କୋଳାହଳରେ କୀର୍ତ୍ତନ ବାଦ୍ୟ ମାନେ ଭି ବେଳେ ବେଳେ ଫିକା ପଡିଯାଉଥାଏ ।

ବାବା ଏଇ ମଧ ଇଂରାଜୀ ବିଦ୍ୟାଳୟର ଛାତ୍ର ଥିଲେ । ବେଶୀ ମେଧାବୀ

ନଥିଲେ। କିନ୍ତୁ ଖେଳ କୁଦରେ ସେ ବହୁତ ନାମ କମେଇ ଥିଲେ। ବେଶୀ କରି ଫୁଟବଲ ଓ ଗୁଡୁ ଖେଳରେ ତାଙ୍କର ବିଶେଷ କୃତିତ୍ୱ ଥିଲା। ବଳିଷ୍ଠ ଚେହେରାର ବ୍ୟକ୍ତିତ୍ୱ। ଡେଙ୍ଗା ଯେମିତି, ଗୋରା ସେମିତି ଏକଦମ ଗୋଟେ ଚାଉଳରେ ଗଢା। ଗାଁ ପୋଖରୀରେ ସନ୍ତରଣରେ ତାଙ୍କୁ କେହି ପଛରେ ପକେଇ ପାରୁନଥିଲେ। ଦୌଡକୁଦ ଓ ସାଇକେଲ ରେସିଂରେ ବି ସେଥିଲେ ଅଦ୍ୱିତୀୟ। ସେ ଥିଲେ ବହୁତ ଜିଦ୍‌ଖୋର ପ୍ରକୃତିର। ଯାହା କହିବେ ମାନେ କରିବେ। ବହୁତ ବାହାଦୁରି ମାରିବେ, ବାଜି ମାରିବେ ଆଉ ବାଜି ଜିତିବେ ବି। ତା ପାଇଁ ଜୀବନ ପଛେ ଚାଲିଯାଉ। ଥରେ ଏମିତି ବାଜିରେ ସେ ସାରା ଗାଁ କୁ ଗୋଟେ ରାଉଣ୍ଡ ତିନି ମିନିଟରେ ପରିକ୍ରମା କରିବି ବୋଲି ଗୋଟେ ବାଜି ମାରିଥିଲେ ଓ ତିନି ମିନିଟରେ ପରିକ୍ରମା ମଧ୍ୟ କରିଥିଲେ। କିନ୍ତୁ ଯେତେବେଳେ ଫେରିଲେ ଦେଖାଗଲା ତାଙ୍କ ଆଣ୍ଠୁ ଗଣ୍ଠି ଫାଟି ରକ୍ତାକ୍ତ ହେଇ ଯାଇଛି। ଆଉ ଥରେ ବାଜିରେ ସେ ଗୋଟେ ତାଳ ଗଛକୁ ଚଢିଥିଲେ ପାଂଚ ମିନିଟରେ ଏବଂ ଗଛ ଉପରୁ ପଡ଼ି ତାଙ୍କ ଡାହାଣ ଗୋଡ ଭାଙ୍ଗି ଯାଇଥିଲା। ସାଇକ୍ଲିଂ କରି ସେ ବରଗଡକୁ ଅଧଘଣ୍ଟାରେ ପହଂଚି ଯାଉଥିଲେ।

ମଧ୍ୟ ଇଂରାଜୀ ବିଦ୍ୟାଳୟରେ ପାସ କରି ସାରିବା ପରେ ପାଖ ଗାଁ ହାଇସ୍କୁଲରେ ସେ ପଢିଲେ। କିନ୍ତୁ କପି କରିବା ସତ୍ତ୍ୱେ ମେଟ୍ରିକ ପାସ କରିପାରିଲେ ନାହିଁ। କିନ୍ତୁ ତାଙ୍କ ଶରୀରର ସୁଠାମ ଗଠନ ପାଇଁ ଫରେଷ୍ଟର ଗାର୍ଡ ଚାକିରି ପାଇଲେ ଏବଂ ଡେବ୍ରିଗଡ ଜଙ୍ଗଲରେ କାମ କଲେ। ଜଙ୍ଗଲ ବିଭାଗରେ କାମ କଲା ପରେ ସେ ଗାଁକୁ କ୍ୱଚିତ ଆସୁଥିଲେ। ଯେବେ ଆସନ୍ତି ହରିଣ, କୁଟୁରା ଆଦି ଜଙ୍ଗଲୀ ମାଂସସବୁ ଧରିକି ଆସନ୍ତି। ଏ ଭିତରେ ତାଙ୍କର ମଦ ପିଇବା ଅଭ୍ୟାସ ହେଇ ଯାଇଥିଲା ଓ ଗାଁ ର ସାଙ୍ଗ ମାନଙ୍କ ସହ ଦେଶୀ ମଦ ପିଇବାରେ କୁଣ୍ଠା ବୋଧ କରୁନଥିଲେ। ବାପାଙ୍କୁ, ଭାଇଙ୍କୁ, ଭଉଣୀ ମାନଙ୍କୁ ବାଡ଼ଉଥିଲେ। ପାଗଳ ଭଳି ପ୍ରଳାପ କରୁଥିଲେ। ଖୁବ ଭଲ ପେଣ୍ଟ ସାର୍ଟ ପିନ୍ଧୁଥିଲେ ଓ ବୋଧେ ଦରମା ପଇସାତକ ଏସ୍ ଆରାମରେ ଉଡ଼େଇ ଦେଉଥିଲେ। ଥରେ ଥରେ ଗାଁକୁ ଆସିଲେ ସେ ଚାକିରି ଯାଗାକୁ ଯିବାକୁ ଆଉ ମନ କରୁ ନଥିଲେ। କିନ୍ତୁ ଗାଁରେ ଆଉ ଘରେ ତାଙ୍କର ଏତେ ଉପଦ୍ରବଥିଲା ଯେ ଘରଲୋକେ ତାଙ୍କୁ ବହୁତ ବୁଝା ସୁଝା କରି ପୁନର୍ବାର ଚାକିରୀ ଜାଗାକୁ ପଠେଇ ଦେଉଥିଲେ।

ବାବାଙ୍କ ନାମ ଥିଲା ଉମେଶ ପ୍ରସାଦ ଦାଶ। ଶେଷଥର ଯେତେବେଳେ ବାବା ଗାଁ କୁ ଆସିଥିଲେ ସେ ଆଉ ତିନି ମାସ ଯାଏଁ ଚାକିରି ଜାଗାକୁ ଯାଇ ନଥିଲେ। ସେ ବହୁତ ଭୟଭୀତ ଜଣା ପଡୁଥିଲେ। ମୁଣ୍ଡର ସବୁ ବାଳ କାଟି ଦେଇ ଲଣ୍ଡା ହେଇଯାଇଥିଲେ ଓ କେହି ପଚାରିଲେ ମୁଣ୍ଡ ଠିକ୍ ନାହିଁ ପାଗଳା ପାଗଳା ଲାଗୁଛି

କହୁଥିଲେ। ମୁଣ୍ଡରେ ପ୍ରାୟତଃ ଗୋଟେ ଓଦା ଗାମୁଛା ଦେଇ ରହୁଥିଲେ। ଗାଁ ଲୋକ ଭାବୁଥିଲେ ବୋଧେ ଯାର ଆଉ ଚାକିରି ନାହିଁ କିମ୍ବା କିଛି ବଦମାସି କରି ଫେରାର ମାରିଛି। ମାଆ ବାପା ଯେତେ ବୁଝାଇଲେ ବି ସେ ଚାକିରି ଯାଗାକୁ ଆଉ ଯାଉ ନଥିଲେ। ଶେଷରେ ଅଫିସରୁ ଗୋଟିଏ ଚିଠି ଆସିଲା, ଚିଠିରେ ଲେଖା ଥିଲା ସାତ ଦିନ ଭିତରେ ଚାକିରିରେ ଯୋଗଦାନ ନ କଲେ ଚାକିରିରୁ ବରଖାସ୍ତ କରାଯିବ। ବହୁତ ବୁଝାଇବା ପରେ ଉମେଶ ବାବୁ ଚାକିରି ଯାଗାକୁ ବାହାରିଲେ। ଗଲାଦିନ ସମସ୍ତଙ୍କୁ ଭେଟିଲେ ଏବଂ ଗାଁରୁ କାନ୍ଦି କାନ୍ଦି ଯାଇଥିଲେ। ସେଇଦିନ ପରଠୁ ତାଙ୍କର ଆଉ କିଛି ଖୋଜ ଖବର ନଥିଲା। ତିନି ମାସ ଯାଏଁ ସେ ଆଉ ଆସିଲେନି। ଚିଠିପତ୍ର ବି ଦେଲେନି। ଦିନେ ତାଙ୍କ ନାଁରେ ତାଙ୍କ ଅଫିସରୁ ଠିକ୍ ସେମିତି ଏକ ଚିଠି ଆସିଲା। ସାତଦିନ ଭିତରେ ଚାକିରିରେ ଯୋଗଦାନ ନକଲେ ଚାକିରିରୁ ବହିଷ୍କାର କରାଯିବ, ଏଇଟା ହେଉଛି ଶେଷ ନୋଟିସ।

ଚିଠିଟା ଭାଇ ମହେଶ ହାତରେ ପଡିଲା, ମହେଶର ମୁଣ୍ଡ ଆଉ କାମ କଲାନି। ଖରା ଛୁଟି ହେଇଥିଲା। ତା କାକା ପୁଅ ବସନ୍ତ ଆସିଥିଲା ତାକୁ ଚିଠିଟି ଦେଖେଇଲା। ବସନ୍ତ ଜି.ଏମ. କଲେଜରେ ପଢେ। ବି.ଏ ଶେଷ ବର୍ଷର ଛାତ୍ର, ଟିକେ ସ୍ମାର୍ଟ। ବସନ୍ତ କହିଲା ଘରେ କହନା, ଖୁଡି ଚିନ୍ତାରେ ମରିଯିବେ। ଚାଲ ମୋ ବାପାଙ୍କୁ କହିବା ଆଉ ପଇସା ନେଇ ତା ଚାକିରି ଜାଗାକୁ ଖୋଜିବାକୁ ଯିବା। ବସନ୍ତର ବାପା ଜଗନ୍ନାଥ ବାବୁ ମନା କଲେନି। ସେମାନେ ଗୋଟେ ପରିବାର ଭଳି ଚଲୁଥିଲେ। ତା ଛଡା ଉମେଶର ମାଆ ବସନ୍ତ ବାପାଙ୍କ ମାମୁଁ ଝିଅ ଥିଲେ। ତେଣୁ ସେ କହିଲେ ପଇସା ମୁଁ ଦେବି ଯାଅ। କିନ୍ତୁ ଜଙ୍ଗଲ ଜାଗା ବହୁତ ସାବଧାନ ରହିବ।

ତା ଆରଦିନ ଉଭୟେ ଖୋଜି ଖୋଜି ବଡ କଷ୍ଟରେ ପହଂଚି ଥିଲେ ଡେବ୍ରିଗଡ ଜଙ୍ଗଲରେ। ସେତେବେଳକୁ ଏତେ ଗାଡି ମଟର ଚଳାଚଳ ନଥିଲା। ଗୋଟିଏ ମାତ୍ର ବସ ସକାଳେ ଯିବ ସନ୍ଧ୍ୟାରେ ଆସିବ। ଜଙ୍ଗଲ ବିଭାଗ ଅଫିସରେ ପହଂଚି ସେମାନେ ଅଫିସରଙ୍କୁ ସବୁକଥା ଜଣାଇଲେ ଓ ଜାଣିବାକୁ ପାଇଲେ ଶେଷଥର ଗାଁରୁ ଫେରିବା ପରେ ଉମେଶ ମାତ୍ର ଦି ଦିନ କାମ କରିଥିଲା। ତାର ମାନସିକ ଅବସ୍ଥା ଠିକ ନଥିଲା। ଗାଁକୁ ଯାଉଛି କହି ଯାଇଛି ଯେ ଯାଇଛି ଆଉ ଫେରିନି।

ବସନ୍ତ ଆଉ ମହେଶ ବହୁତ ଖୋଜା ଖୋଜି କଲେ, ତା ବସାକୁ ଗଲେ, ତାଲା ଭାଙ୍ଗି କାଳେ କିଛି ଥିବ କି ବୋଲି ଦେଖିଲେ। ଘରେ କିଛି ଆଭାସ ପାଇଲେନି। ତାର ସାଙ୍ଗମାନଙ୍କୁ ପଚାରିଲେ ତା ସହ କଣ ଘଟିଥାଇ ପାରେ। ତା ସଙ୍ଗରେ କଅଣ ସବୁ ହେଇଥିଲା କେହି କିଛି କହିଲେନି। ସମସ୍ତେ କହିଲେ ଆମେ କିଛି ଜାଣିନୁ।

ସେ ଯୋଉ ହୋଟେଲରେ ଖାଉଥିଲା ସେ ହୋଟେଲବାଲା କହିଲା ଉମେଶ ମଝିରେ ତା ହୋଟେଲରେ ଗୋଟେ ବାବାଜୀର ସଂସ୍ପର୍ଶରେ ଆସିଥିଲା । ବାବାଜୀଙ୍କୁ ନେଇ ତା ଘରେ କିଛି ଦିନ ରଖିଥିଲା । ତା ପରଠାରୁ ତା ମୁଣ୍ଡ ଠିକ ରହୁ ନଥିଲା । ସେ ବାବାଜୀ ଅମରକଣ୍ଟକର ମୁଁ ଜାଣେ ସେ ବୋଧେ କିଛି ଦେଇ ଦେଇଛି ଉମେଶ ବାବୁଙ୍କୁ । ଉମେଶ ତାକୁ ବି ବହୁତ ଥର କହିଛି ମୁଁ ସଂସାର ତ୍ୟାଗ କରିବି ବାବା ହେଇଯିବି । ମୋତେ ସଂସାର ଆଉ ଭଲ ଲାଗୁନି । ହୋଟେଲ ବାଲା ତାକୁ ଅମରକଣ୍ଟକ ରାସ୍ତାରେ ଗୋଟେ ଟ୍ରକରେ ବସିବାର ଦେଖିଛି । ଏତିକି ସୁରାକ ପାଇବା ପରେ ମହେଶ ଓ ବସନ୍ତ ନିଶ୍ଚିନ୍ତ ହେଇଗଲେ ଯେ ସେ ଅମରକଣ୍ଟକରେ ଥିବ । ତା ଆର ଦିନ ସେମାନେ ଅମରକଣ୍ଟକ ଗଲେ । ବଣ ଜଙ୍ଗଲ ପାହାଡ ପର୍ବତ ଘେରା ଅମରକଣ୍ଟକରେ ଯଦିଓ ବହୁତ ବାବାଜୀଙ୍କୁ ସେମାନେ ଭେଟିଲେ ସେମାନଙ୍କ ଭିତରୁ କେହି ବି ଉମେଶ ନଥିଲା । ତେଣୁ ନିରାଶ ହୋଇ ଶେଷରେ ସେମାନେ ଫେରିଆସି ବରଗଡ ଥାନାରେ ଗୋଟେ ମିସିଂ କେସ ଫାଇଲ୍ କରିଥିଲେ । ପୋଲିସ ତାଙ୍କୁ ଗୋଟେ ଫଟୁ ଆଣିଦେବା ପାଇଁ କହିଲା । ମହେଶ କହିଲା ଏବେ ଆମ ପାଖରେ ଉମେଶର କୌଣସି ଫଟୁ ନାହିଁ ।ଆମେ ପରେ ଆଣିକି ଦେଇଦେବୁ ।

ଘରକୁ ଫେରି ସେମାନେ କାହାକୁ କେମିତି ଜଣେଇବେ ଜାଣି ପାରିଲେନି । ଶେଷରେ ବସନ୍ତର ମାଆକୁ ସେ ଦାୟିତ୍ୱ ଦିଆଗଲା । ବସନ୍ତର ମାଆ ତା ଆର ଦିନ ମହେଶ ଘରକୁ ଯାଇ ମହେଶର ମାଆକୁ ସବୁକଥା କହିଲେ । ମହେଶର ମାଆ ଚେତାଶୂନ୍ୟ ହେଇଗଲେ । ଘରେ କାନ୍ଦବୋବାଳି ହେଲା, ଘଡିକି ଘଡି ସମସ୍ତେ ମୂର୍ଚ୍ଛା ହେଇଯାଉଥାନ୍ତି । ଶେଷରେ ଏ ଦୁଃଖ ଦେହସୁହା ହେଇଗଲା ।ସେଇ ଯେ ଉମେଶ ଯାଇଥିଲା ଆଜି ଫେରୁଛି । ତେଣୁ ଲୋକଙ୍କ ଉତ୍କଣ୍ଠା ଏତେ ବେଶି ।

(୪)

ହରିଜନ ପଡାରୁ ବଜା ଗଜା, ଶଙ୍ଖ, ହୁଳହୁଳି ହରିବୋଲର ଆବାଜ ଆରମ୍ଭ ହେଇଗଲା। ଦୂରରୁ ଗୋଟେ ଧଳା ଆମ୍ବାସଡର କାର ଦିଶୁଥିଲା। ବୋଧେ ବାବା ଆସିଗଲେ ନୋହିଲେ ଗାଁକୁ କାର୍ କ'ଣ ପାଇଁ ଆସିବ। ବହୁତ କମ ଗାଡି ଆସେ ଗାଁକୁ। ଲୋକମାନେ ଜାଗତିଆର ହେଇଗଲେ। କିଏ ଅଣ୍ଟାରେ କଛା ଭିଡିଲା ତ କିଏ ମୁଣ୍ଡରେ ଭିଡିଥିବା ପାଗକୁ ଅଣ୍ଟାରେ ଭିଡିଲା। କାର୍ ଧିରେ ଧିରେ ପାଖେଇ ଆସିଲା। କୀର୍ତ୍ତନ ମଣ୍ଡଳୀ ପାଖରେ ଅଟକିଗଲା। ଧିରେ ଧିରେ କାର୍‌ର ଦ୍ୱାର ଖୋଲିଲା। କାର୍ ଭିତରୁ ଓହ୍ଲାଇଲେ ସୁଦର୍ଶନ ବାବୁ। ସୁଦର୍ଶନ ବାବୁ ଏଇ ଗାଁର ଜ୍ୱାଇଁ ଓ ବସନ୍ତର ପିଉସା। ଟିଟିଲାଗଡରେ ତହସିଲଦାର ଅଛନ୍ତି। ସେ ତାଙ୍କ ପୁରା ପରିବାରକୁ ଧରି ବାବାଙ୍କ ଦର୍ଶନ ପାଇଁ ଆସିଛନ୍ତି। ବାବାଙ୍କୁ ଗାଁକୁ ଆଣିବାରେ ତାଙ୍କର ହିଁ ସବୁଠୁ ବଡ ଭୂମିକା ରହିଛି। ତାଙ୍କୁ ଦେଖିଲା ପରେ କୀର୍ତ୍ତନ ବନ୍ଦ ହେଇଗଲା। ସେ ଓହ୍ଲେଇକି ପଚାରିଲେ ବାବା ତାହେଲେ ଆସି ନାହାନ୍ତି। ଗାଁ ଭିତରକୁ ଗାଡି ଯିବ ନା ନାହିଁ। ଲୋକମାନେ ମନାକଲେ ଓ କହିଲେ ଆଜି ଯୋଉ ଭିଡ ଗାଁକୁ ଆଉ ଗାଡି ଯିବନି। ଆପଣ ବରଂ ଗାଡି ଏଇଠି ସାଇଡ୍‌ରେ ରଖିଦେଇ ଚାଲି ଚାଲି ଯାଆନ୍ତୁ। ଗାଁ ବାହାରୁ ତାଙ୍କ ଶଶୁର ଘର ଯଦିଓ ଟିକେ ଦୂର ସେମାନେ ବାଧ ହେଇ ସମସ୍ତେ ଚାଲି ଚାଲି ଗାଁ ଭିତରକୁ ଗଲେ।

ଥରେ ଟିଟିଲାଗଡରୁ ଶଶୁର ଘରକୁ ଆସିବା ବାଟରେ ସେମାନେ ବଲାଙ୍ଗିର ଡେଇଁବା ପରେ ଯୋଗୀସୁର୍ଡା ମନ୍ଦିରକୁ ଯାଇଥିଲେ। ବଲାଙ୍ଗିରରେ ଥିବା ତାଙ୍କ ଝିଅ ତାଙ୍କୁ କହିଥିଲା ଯେ ଯୋଗୀସୁର୍ଡା ମନ୍ଦିରରେ ଜଣେ ପ୍ରସିଦ୍ଧ ବାବା ରହୁଛନ୍ତି, ସେ ବହୁତ ଶକ୍ତିଶାଳୀ। ଯିଏ ଯାହା ମାଗିବେ ସଫଳ ହେଇଯାଉଛି। ଅନେକ ସମସ୍ୟାର ସମାଧାନ ହେଇଯାଉଛି। ସୁଦର୍ଶନ ବାବୁ ଚାକିରୀରେ ବହୁତ ଅସୁବିଧାରେ ପଡୁଥିଲେ। ତାଙ୍କର ଉପର ଅଫିସର ସବୁବେଳେ ତାଙ୍କୁ କୋପ ଦୃଷ୍ଟିରେ ଦେଖୁଥିଲେ। କୌଣସି

ଗୋଟେ ସ୍ଥାନରେ ସେ ସ୍ଥିର ହୋଇ ରହୁନଥିଲେ। ହଟାତ ଚଟାତ ବଦଳି ହେଇଯାଉଥିଲା। ବାରମ୍ବାର ପଇସାପତ୍ର ଦୁର୍ନିତିର ଅଭିଯୋଗ ଆସୁଥିଲା ଓ ଥରେ ଦିଥର ଚାକିରୀରୁ ସସପେଣ୍ଡ ବି ହେଇସାରିଥିଲେ। ତେଣୁ ଭାବିଲେ ଏଇବାଟୁ ଯାଉଛନ୍ତି ଯେତେବେଳେ ଥରେ ବାବାଙ୍କୁ ଦେଖେଇଲେ କ୍ଷତି କଅଣ। ସେ ଆଉ ତାଙ୍କ ସ୍ତ୍ରୀ କାଦମ୍ବିନୀ ଦେବୀ ଆଗଦିନ ରାତିରେ ଆସି ବଲାଙ୍ଗୀର ଝିଅ ଘରେ ରହିଲେ। ତା ପର ଦିନ ବଡି ଭୋରରୁ ବାହାରିଲେ ଯୋଗୀସୁର୍ଡା ମନ୍ଦିର। ସେଇଠୁ ଦର୍ଶନ ସାରି ପଳେଇବେ ଶାଶୁଘରକୁ। ଦଶରା ଛୁଟିରେ ଦି ଦିନ ରହି ଫେରିଆସିବେ।

ସକାଳୁ ସକାଳୁ ବେଶି ଭିଡ ନଥିଲା ମନ୍ଦିରରେ। ମନ୍ଦିରରେ ଦର୍ଶନ ସାରି ତା ପାଚେରୀରେ ଲାଗିଥିବା ବିରାଟ ବାରଣ୍ଡାରେ ଗୋଟେ କୋଣରେ ବସିଥିବା ଆଉ ଭଜନ କୀର୍ତ୍ତନରେ ମାତିଥିବା ବାବାଙ୍କ ପାଖକୁ ଆସିଲେ। ତାଳି ପିଟି ପିଟି ଭଜନରେ ମାତିଲେ। ତାଙ୍କ ପାଳି ଯେତେବେଳେ ଆସିଲା ଯାଇ ବାବାଙ୍କୁ ଦର୍ଶନ କଲେ। ଧ୍ୟାନମୁଦ୍ରାରେ ବାବା ବସିଥାନ୍ତି। କିନ୍ତୁ ଏ କଣ! ସୁଦର୍ଶନବାବୁଙ୍କୁ ଦେଖି ବାବା ଚମକି ପଡିଲେ କାହିଁକି। ସୁଦର୍ଶନ ବାବୁଙ୍କୁ ଲାଗିଲା ତାଙ୍କୁ ଯେମିତି ଅଚାନକ ବାବା ଡାକିଲେ ପିଉସା। ସୁଦର୍ଶନ ବାବୁ ବାବାଙ୍କୁ ନିରେଖିବାରେ ଲାଗିଲେ। ବାବାଙ୍କୁ ଆଗରୁ କୋଉଠି ଦେଖିଥିବା ଭଳିଆ ମନେହେଲା। ସେ ଭଲକି ନିରେଖି ଦେଖିଲେ। ସେ କଅଣ ପାଇଁ ଆସିଛନ୍ତି ଭୁଲିଗଲେ। ତାଙ୍କର ଯେ କିଛି ମାଗିବାର ଅଛି, ଦୁଃଖ ଦୁର୍ଦ୍ଦଶା ଜଣେଇବାର ଅଛି ଭୁଲିଗଲେ। ଏକ ନୟନରେ ବାବାଙ୍କୁ ଦେଖିବାରେ ଲାଗିଲେ। ତାଙ୍କୁ ଲାଗିଲା ଏଇ ଚେହେରାସହ ବହୁ ଆଗରୁ ସେ ପରିଚିତ। ହଠାତ ତାଙ୍କର ମନେ ପଡିଲା ଉମେଶ ବାବୁଙ୍କ ଚେହେରା। ତାଙ୍କ ଶଶୁର ଘର ଗାଁର ଉମେଶ। ଠିକ ସେଇ ମୁହଁ, ସେଇ ଆଖି, ସେଇ କାନ, ସେଇ ବାଳ, ସେଇ ଲମ୍ବା ଲମ୍ବା ହାତ ଗୋଡ। ସେ ଚୁପଚାପ କାଦମ୍ବିନୀ ଦେବୀଙ୍କ କାନରେ କହିଲେ ଭଲରେ ଦେଖିଲୁ, ଏଇଟା ତମ ଗାଁର ଉମେଶ ନୁହେଁ ଯେ ଚାକିରୀ ଜାଗାରୁ ଫେରାର ମାରିଥିଲା। କାଦମ୍ବିନୀ ଦେବୀ ବି ଭଲ କି ନିରେଖି ଦେଖିଲେ। ତାଙ୍କୁ ବି ସେଇ ଭଳିଆ ଲାଗିଲା। ଯେତେହେଲେ ତାଙ୍କ କାକା ଭାଇର ପୁଅ। ସେ ଆଉ କୋହ ସମ୍ଭାଳି ପାରିଲେ ନାଇଁ। ଅନ୍ୟମନସ୍କ ଭାବରେ ତାଙ୍କ ପାଟିରୁ ବାହାରି ଗଲା ଉମେଶ! ବାବା ତାଙ୍କ ଆଡକୁ ଆଉ ନ ଅନେଇ ସେଇଠୁ ତାଙ୍କ କୋଠରୀକୁ ପ୍ରସ୍ଥାନ କଲେ। ଉଭୟେ ଏବେ ନିଶ୍ଚିତ ହେଇଗଲେ ଯେ ଏଇଟା ଉମେଶ ଛଡା ଆଉ କେହିନୁହେଁ। ନୋହିଲେ ଉମେଶ ବୋଲି ଡାକିବା ପରେ ସେ କଣପାଇଁ ଘରକୁ ଲୁଚି ପଳେଇଲେ। ତାଙ୍କର ଖୁସୀର ଆଉ ସୀମା ରହିଲା ନାହିଁ। ତାଙ୍କୁ ଲାଗିଲା ଯେମିତି ସେମାନେ ବହୁତ ବଡ କିଛି ଗୋଟେ ଆବିଷ୍କାର କରି

ପକେଇଛନ୍ତି। ବୋଧେ ଭାସ୍କୋଡାଗାମା ଭାରତକୁ ଜଳପଥ ଆବିଷ୍କାର କରି ଏତେ ଖୁସୀ ହୋଇ ନଥିବେ ଉଭୟେ ଯେତେ ଖୁସି ହେଲେ। ବାବା ଆଉ ବାହାରକୁ ବାହାରିବେନି ଆଜି ବୋଲି ଘୋଷଣା ହେଲା ପରେ ସେମାନେ ଆଉ ମୂହୁର୍ତ୍ତେ ନ ରହି ସିଧା ଛୁଟି ଆସିଥିଲେ ଶଶୁର ଘରକୁ।

ଶଶୁର ଘରେ ପହଂଚି ଚା'ପିଇ ସାରିବା ପରେ ସେ କାଦମ୍ବିନୀ ଦେବୀଙ୍କୁ ପାଖକୁ ଡାକିଲେ ଆଉ କହିଲେ ତୋ ବଡଭାଇକୁ ଯାଇ ବତା ଆଜି ଆମେ କଣ ଦେଖିଲେ। ଉଭୟେ ମିଶି ତା ପରେ କାଦମ୍ବିନୀର ବଡଭାଇ ଅର୍ଥାତ ଜଗନ୍ନାଥ ବାବୁଙ୍କୁ (ବସନ୍ତର ବାପାଙ୍କୁ) ଏ ସବୁ କଥା କହିଲେ। ସୁଦର୍ଶନ ବାବୁ ଯେହେତୁ ଏ ଘରର ଜ୍ୱାଇଁ ଆଉ ଜଣେ ଉଚ୍ଚ ପଦସ୍ଥ ସରକାରୀ ଅଫିସର ତାଙ୍କ କଥାକୁ କିଏ ବା କାହିଁକି ଅବିଶ୍ୱାସ କରିବ। ସମସ୍ତେ ମିଶି ବହୁତ ଆଲୋଚନା କଲେ। ସୁଦର୍ଶନ ବାବୁ ବାରମ୍ବାର କହୁଥାନ୍ତି ସେ ଆମ ଉମେଶ ଛଡା ଆଉ କେହି ହୋଇ ନପାରେ। ସେ କାଦମ୍ବିନୀଦେବୀଙ୍କୁ ପ୍ରତିକଥାରେ ସାକ୍ଷୀ ରଖୁଥାନ୍ତି। କାଦମ୍ବିନୀ ଦେବୀ ବି ଦୋହରାଉଥାନ୍ତି କଥାଟାକୁ ସେଇ ଆଖି, ସେଇ ମୁହଁ, ସେଇ ଠାଣୀ, ସେଇ ଚାହାଣୀ ମୁଁ ନିଜ ପୁତୁରାକୁ ହେଲେ ଚିହ୍ନି ପାରିବି ନାହିଁ। ଜଗନ୍ନାଥ ବାବୁ ଆଉ ଘରର ଅନ୍ୟ ପୁରୁଣା ସଦସ୍ୟସବୁ କହିଲେ ଅସୁବିଧା କିଛି ନାହିଁ। ଅସୁବିଧା ହେଲା ଯଦି କଥାଟାକୁ ସେ ଅସ୍ୱୀକାର କରେ। ଉପାୟ କଣ ସେ ଏତେ ଦିନ ପରେ ହୁଏତ ପୁଣି ଥରେ ସମାଜକୁ ଫେରିବାକୁ ଚାହୁଁନଥିବ ତେବେ ତାକୁ କହିକି କିଛି ଲାଭ ନାହିଁ। ସେ ଆମର ପ୍ରସ୍ତାବକୁ ପ୍ରତ୍ୟାଖ୍ୟାନ କରିପାରେ। ଉମେଶର ମାଆକୁ ଆମେ କହିଦେବା। ବିଚାରି କେବେଠୁ ସେ ଦୁଃଖ ଭୁଲିସାରିଲାଣି। ପୁଣି ଥରେ ତାର ଦୁଃଖ ଦ୍ୱିଗୁଣିତ ହୋଇଯିବ। ବରଂ ଆମେ ଏ ସବୁ ଭୁଲିଯିବା ଭଲହେବ। ସୁଦର୍ଶନ ବାବୁ କିନ୍ତୁ ନଛୋଡବନ୍ଧା। ଆରେ ଏ କେମିତି କଥା ଆମର ହଜିଯାଇଥିବା ପୁଅକୁ ଆମେ ଫେରି ପାଇଛୁ। ଏତେ ପାଖରେ ଅଛି। ପୁଣି କେତେ ବେଳେ କୁଆଡକୁ ପଳେଇବ। ଥରେ ଚେଷ୍ଟା କଲେ କ'ଣ ଅସୁବିଧା। ବିଚାରୀ ତା ମାଆ ତା ପୁଅକୁ ଝୁରି ଝୁରି କେତେ ଆଶା କରି ବଂଚିରହିଛନ୍ତି। ତାଙ୍କର ଏବେ ବି ଆଶା ଅଛି ଯେ ତାଙ୍କ ପୁଅ ଦିନେ ନା ଦିନେ ଫେରିବ। ଆଉ ପୁଅ ଯେତେବେଳେ ବଂଚିଛି ପାଖକୁ ଫେରିଆସିଛି ଆମେ କଥାଟାକୁ କାହିଁକି ଲୁଚେଇବା। ତମେ ମାନେ ଯଦି ନ କହିବ ମୁଁ କଥାଟାକୁ ପ୍ରଘଟ କରିବି। ଜଗନ୍ନାଥ ବାବୁ ମନା କଲେ, କହିଲେ ରୁହ ଏତେ ତରବର ହୁଅନି। ଖୁସୀରେ ବିଚାରୀ ତା ମାଆ ହାର୍ଟଫେଲ ବି କରିଯାଇପାରେ। ଆମେମାନେ ଯାହା କରିବା ଭାବିଚିନ୍ତି କରିବା। ଆଗ ତା ଭିଣୋଇକୁ ଡାକିବା ମୀନକେତନ ବାବୁଙ୍କୁ। ସେ ଏ ମାମଲାରେ ଠିକ ବୁଦ୍ଧି ଦେଇପାରିବେ।

(୪)

ମୀନକେତନ ପଣ୍ଡା ଉମେଶ ଆଉ ମହେଶର ବଡ ଭିଣୋଇ ପାଖ ଗାଁ ପ୍ରମାଣପୁରରେ ତାଙ୍କ ଘର। ସୁଦର୍ଶନ ବାବୁଙ୍କ ଅଫିସ ଜିପ୍‌ରେ ଜଣେ ହଳିଆକୁ ପଠାହେଲା ତାଙ୍କୁ ଆଣିବା ପାଇଁ। ସମସ୍ତେ ଗାଧୁଆପାଧୁଆ ସାରି ଜଳଖିଆ ଖାଇସାରି ମୀନକେତନ ପଣ୍ଡାଙ୍କୁ ଅପେକ୍ଷା କଲେ। ମୀନକେତନ ପଣ୍ଡା ପ୍ରମାଣପୁର ଗାଁର ଜଣେ ମାନ୍ୟଗଣ୍ୟ ବ୍ୟକ୍ତି। ଯଦିଓ ସେ ବହୁତ ଗରିବ ଓ ପୁରୋହିତ କର୍ମକାଣ୍ଡ କରି ଜୀବିକା ନିର୍ବାହ କରନ୍ତି, ରାଜନୀତିରେ ତାଙ୍କର ଅଗାଧ ପ୍ରବେଶ। ପାଖ ଆଖ ଦି ତିନିଟା ବ୍ଲକ୍‌ର ସେ ନେତା । କଂଗ୍ରେସ ଦଳର ଆଜୀବନ ସଦସ୍ୟ। ତାଙ୍କୁ ଯଦି କିଏ କଂଗ୍ରେସ ବିରୁଦ୍ଧରେ କି ଇନ୍ଦିରା ଗାନ୍ଧୀ ବିରୁଦ୍ଧରେ କହିଦେଲା ବାଡିଧରି ଦୌଡେଇବେ। ଯେ କୌଣସି ସଭାସମିତି ହେଲେ ତାଙ୍କୁ ଆଗ ଡକରା ଆସେ। ସବୁବେଳେ ଧଳା ସଫା, ଖଦଡଧୋତି ଆଉ ପଞ୍ଜାବୀ ପିନ୍ଧନ୍ତି। ମୁଣ୍ଡରେ ଗାନ୍ଧି ଟୋପି ଆଉ ନେହେରୁ ଜେକେଟ। ବଳିଷ୍ଠ ସୁଠାମ ଗଠନ। ମୁହଁରେ ସବୁବେଳେ ଯୁବକସୁଲଭ ଚପଳତା। ତାଙ୍କର ରାଜନୈତିକ ସଂପୃକ୍ତି ପାଇଁ ଇଲାକାରେ କାହାକୁ ଖାତିର କରନ୍ତି ନାହିଁ। କେସ କଚେରୀ ମାମଲାରେ ଆଗ ତାଙ୍କୁ ଖୋଜାହୁଏ। ଯେତେସବୁ ଖ୍ୟାତନାମା ଓକିଲ ମାନଙ୍କ ସହିତ ତାଙ୍କର ଭଲ ସମ୍ପର୍କ। ପାଖଆଖର ସବୁ ଥାନାଧିକାରୀ ତାଙ୍କ ହାତରେ। ତେଣୁ ଏ ସବୁ ମାମଲାରେ ହାତଦେଇ ସେ ବେଶ ଦି ପଇସା ରୋଜଗାର କରନ୍ତି। ତଥାପି ତାଙ୍କର ଭଙ୍ଗାମାଟି ଘରକୁ କେବେ ମରାମତି କରିପାରନ୍ତି ନାଇଁ । କାରଣ ପତ୍ନୀ ତାଙ୍କର ରୁଗ୍ଣ ମୀନକେତନ ବାବୁ ଯାହା କମାନ୍ତି, ସବୁ ପତ୍ନୀଙ୍କ ଔଷଧ ଖର୍ଚ୍ଚରେ ଚାଲିଯାଏ। ଲୋକେ କୁହନ୍ତି ଅନ୍ୟାୟର ଧନ ରୁହେନି। ଗୋଟେ ବାଟେ କମେଇଲେ ଆଉ ଗୋଟେ ବାଟେ ଚାଲିଯାଏ। ସୁଦର୍ଶନ ବାବୁଙ୍କ ଗାଡି ପହଂଚିଲା ବେଳକୁ ମୀନକେତନ ବାବୁ ଘରେ ନଥିଲେ। ବିବାହର ଜାତକ ସୁଝେଇବା ପାଇଁ ଜଣକ ଘରକୁ ଯାଇଥିଲେ। ଶଶୁର

ଘର ଗାଁରୁ ଜରୁରୀ ଡାକରା ଆସିଛି ଶୁଣି ସାଙ୍ଗେ ସାଙ୍ଗେ ଫେରି ଆସି ତାଙ୍କର ଧୋତି ପଞ୍ଜାବୀ ଗଳେଇ ବାହାରି ପଡିଲେ।

ମୀନକେତନବାବୁ ପହଂଚିଲେ ଓ ସବୁ କଥା ଶୁଣି କଥାଟାକୁ ଗୁରୁତ୍ୱରସହ ବିଚାରକଲେ। ତାଙ୍କୁ ଏଇ କଥାରେ ତାଙ୍କର ଭବିଷ୍ୟତ ବହୁତ ଉଜ୍ଜ୍ୱଳ ଦିଶୁଥିଲା। ସେ ବହୁତ ପ୍ରତ୍ୟୁତ୍ପନ୍ନମତି ଓ ସବୁ କଥାରେ ମଉକାର ଫାଇଦା ନେବା ତାଙ୍କୁ ଜଣାଅଛି। ତେଣୁ ତାଙ୍କ ମୁଣ୍ଡରେ ଯାହା ପଶିଥାଉ ସେ କହିଲେ ବାବାଙ୍କୁ ଯେମିତି ହେଲେ ଗାଁକୁ ଅଣାଯିବ। ବାବା ଯଦି ଉମେଶ ତା ହେଲେ ତାର ପର୍ଦ୍ଦାଫାଶ ମୁଁ କରିବି। ମୋ ଆଖିକୁ ସେ ଧୋକା ଦେଇ ପାରିବନି। ତାକୁ କେମିତି ବାଟକୁ ଅଣାଯିବ ମୁଁ ବୁଝିବି। ଦରକାର ହେଲେ ପୋଲିସ ପ୍ରଶାସନ ସବୁ ଲାଗିଯିବେ। ତମେ ମାନେ ଚିନ୍ତା କରନି। ମୁଁ ମୋ ଶାଶୁଙ୍କୁ (ଉମେଶର ମାଆ) ଏଠିକୁ ଡକାଉଛି। ତାଙ୍କୁ ନଜଣେଇ କିଛି କରିବାନି। ଦରକାର ପଡିଲେ ତାଙ୍କୁ ନେଇକି ଯିବା କିନ୍ତୁ ଏ କଥା ସମସ୍ତଙ୍କୁ ଗୋପନୀୟ ରଖିବାକୁ ପଡିବ। କାନ୍ଥବାଡର ବି କାନ ଅଛି। ତୁଣ୍ଡ ବାଇଦ ସହସ୍ର କୋଶ। ତା କାନରୁ ତା କାନ ହୋଇ ଯଦି ବାବାଙ୍କଯାଏ କଥା ପଳେଇଲା ସେ ଫେରାର ମାରିବ। ସମସ୍ତେ ମୀନକେତନ ବାବୁଙ୍କ କଥାରେ ଏକମତ ଥିଲେ। ଉମେଶର ମାଆକୁ ଡକାହେଲା, ସବୁକଥା କୁହାଗଲା। ଏକଥା ବି ତାଙ୍କୁ କୁହାଗଲା ଯେ ବାବା ଉମେଶ ହୋଇଥାଇପାରେ ନହୋଇ ଥାଇପାରେ। ସେ ରାଜି ହୋଇପାରେ ନ ହୋଇପାରେ। ସେ ଆସିପାରେ ନ ଆସିପାରେ। ଉମେଶର ମାଆ କିନ୍ତୁ ଯେମିତି ରହିଥିଲେ ସେମିତି ରହିବେ। ଆଉ ଅସଫଳ ହେଲେ କନ୍ଦାକଟା କରିବେ ନାହିଁ। ତାଙ୍କୁ ଉମେଶ ପାଖକୁ ନିଆଯିବାର କାରଣ ହେଲା ଗୋଟେ ମାଆ ହିଁ ପୁଅକୁ ଠିକ ଭାବେ ଚିହ୍ନିପାରିବ ଓ ମାଆଙ୍କୁ ସାମ୍ନାରେ ରଖି ବାବାର ପ୍ରତିକ୍ରିୟାକୁ ଲକ୍ଷ କରିହେବ। ଦିନ ଧାର୍ଯ୍ୟ ହେଲା। କିଏ ସବୁ ଯିବେ ଠିକ୍ କରାହେଲା, ଗାଡି ଠିକ୍ କରାହେଲା। ଗାଡି ଠିକ୍ କରିବା ଦାୟିତ୍ୱ ନେଲେ ମୀନକେତନ ବାବୁ। ଶେଷରେ ଉମେଶର ମାଆ ସାବିତ୍ରୀ ଦେବୀ,ଉମେଶର ସବା ସାନ ଭଉଣୀ ତନୁ, ବସନ୍ତର ବାପା ଜଗନ୍ନାଥ ବାବୁ, ଆଉ ବସନ୍ତର ମାଆ ନିର୍ମଳା ଦେବୀ ଯିବା ସ୍ଥିର ହେଲା।

ନିର୍ଦ୍ଧାରିତ ଦିନ ବଡି ଭୋରରୁ ବାହାରି ସମସ୍ତେ ଗଲେ ଯୋଗୀସୁର୍ଡା ମନ୍ଦିର। ମନ୍ଦିରରେ ପୂଜା ପାଠସାରି ବସିଲେ ବାବାଙ୍କ ଭଜନ ଯାଗାରେ। ବାବା ବ୍ୟସ୍ତ ଥିଲେ ଭଜନ କୀର୍ତ୍ତନ ଆଉ ପ୍ରବଚନରେ। ସମସ୍ତେ କାବା ହୋଇ ଅନାଇ ଥିଲେ ବାବାଙ୍କ ମୁହଁକୁ। ବେଶୀ କରି ଉମେଶର ମାଆ। ବାବାଙ୍କ ଚେହେରା ଦେଖିଲା ପରେ ତାଙ୍କୁ କେମିତି ଗୋଟେ ଲାଗିଲା ଛାତି ଓ ପେଟ ଭିତରୁ। ଚେହେରାକୁ ଠିକ୍ ଭାବେ ଅନାଇ

ଦେଖିଲେ ଆଉ ନିର୍ମଳା ଦେବୀଙ୍କୁ କହିଲେ ବୁଝିଲୁ ନିର୍ମଳା ଏଇଟା ମୋ ପୁଅ। ମୁଁ ପରା ତା ମାଆ। ତାକୁ ଚିହ୍ନିବାରେ କଣ ମୋର ଭୁଲ ହେବ। ସେଇ ଆଖି, ସେଇ କାନ, ସେଇ ନାକ, ଖାଲି ବାଳ ଟିକେ ସିନା ବଢେଇ ଦେଇଛି। ଦାଢୀ ନିଶ ତ ଧରିନି। ଚେହେରା ବାରି ହେଇଯାଉଛି। ନିର୍ମଳାକୁ ପଚାରିଲେ ତତେ କେମିତି ଲାଗୁଛି। ନିର୍ମଳା ଦେବୀ କହିଲେ ଯୋଉଠି ତମେ କହୁଛ ସେଇଟା ତମ ପୁଅ ବୋଲି ଆମର କହିବାର କଣ ଅଛି। ତା' ଛଡା ସେମିତି ଦେଖିଲେ ମୋତେ ବି ତ ଉମେଶ ଭଳିଆ ଲାଗୁଛି। ମୀନକେତନ ବାବୁ ଆଉ ଜାଗନ୍ନାଥବାବୁଙ୍କ ମତ ବି ନେଇଯିବା। ସମସ୍ତେ ଏକା ସଙ୍ଗରେ ବାହାରକୁ ଗଲେ। ଆଉ ନିଜ ନିଜ ଭିତରେ ଆଲୋଚନା କଲେ। ସମସ୍ତେ ଏକମତ ହେଲେ ଯେ ସେଇଟା ଉମେଶ ଭିନ୍ନ ଆଉ କେହି ନୁହେଁ। ହେଲେ ଗୋରା ଦେହ ଟିକେ ମଳିଚିଆ ପଡିଯାଇଛି। ବାରବୁଲା ବାବା କେତେ ପୂଜା ପାଠ, କେତେ ତପସ୍ୟା। ବାର ବର୍ଷ ହେଲାଣି ଝାଡ ଜଙ୍ଗଲରେ ଖରାତରାରେ ବୁଲୁଛି। କଳା ପଡିଯିବନି ମାଆ କହିଲେ। ତା'ପରେ ଯୋଜନା ଚାଲିଲା କେମିତି କଥାଟାକୁ ବାବା କାନରେ ପକେଇବେ। କେମିତି ନିଶ୍ଚିତ ହେବେ। ମୀନକେତନ ବାବୁ କହିଲେ ସବୁ ମୋ ଉପରେ ଛାଡିଦିଅ। ଆଗ ତା ମାଆ ଯିବ ନଡିଆ ଧରି ମୁଣ୍ଡିଆ ମାରିବ। ଆମେ ତା ପଛରେ ଥିବା ବାବାର ହାବଭାବକୁ ଅନୁଧ୍ୟାନ କରିବା। ଦେଖାଯାଉ ସେ ଆମକୁ ଚିହ୍ନୁଛି ନା ନାଇଁ। ତା ପରେ ବାକିକଥା ମୁଁ ବୁଝିବି।

ଭଜନ ସରିଲା। ସମସ୍ତେ ଯେ ଯାହାର ଭୋଗ, ଟିକା ଇତ୍ୟାଦି ଧରି ବାବାଙ୍କ ଦର୍ଶନ ହେଉଥାନ୍ତି। ମୀନକେତନ ବାବୁଙ୍କ କହିବା ଅନୁସାରେ ତାଙ୍କ ଦଳ ସବା ଶେଷ ଧାଡିରେ ରହିଲେ। ସମସ୍ତେ ପଳେଇଗଲେ ତାଙ୍କୁ ଟିକେ ଅନୁଧ୍ୟାନ କରିବାରେ ସୁବିଧା ହେବ। ଏବେ ତାଙ୍କ ପାଳି ଆସିଲା। ସାବିତ୍ରୀ ଦେବୀ (ଉମେଶର ମାଆ) ନଡିଆ ଚଢେଇ ଦେଲେ ଆଉ ବାବାଙ୍କୁ ମୁଣ୍ଡିଆ ମାରିଲେ। ବାବା କହିଲେ ଉଠ ମାଆ ଉଠ। ତମର ମନସ୍କାମନା ଅବଶ୍ୟ ପୂରଣ ହେବ। ବାବା ଭୋଳେନାଥ ତମର ମଙ୍ଗଳ କରନ୍ତୁ। ତାଙ୍କ ପାଟିରୁ ଯେମିତି ମାଆ ଡାକ ବାହାରିଛି ସାବିତ୍ରୀ ଦେବୀ ଭୋ ଭୋ କାନ୍ଦିବା ଆରମ୍ଭ କଲେ ବାବାଙ୍କୁ ଧରି। କୁଆଡେ ପଳେଇଥିଲୁରେ ପୁଅ ମୋତେ ଛାଡି କହି ବାହୁନି ବାହୁନି ଉମେଶର ଗୁଣ ବଖାଣି କାନ୍ଦିବାରେ ଲାଗିଲେ। ପରିସ୍ଥିତି ସମ୍ଭାଳିବା ମୁସ୍କିଲ ହେଲା। କିଛି ସ୍ୱେଚ୍ଛାସେବୀ ଆଉ ବାବାଙ୍କର ପଞ୍ଚଶିଷ୍ୟ ମାଆଙ୍କୁ ବୁଝେଇଲେ। ବାବା କିଛି ବୁଝିପାରୁ ନଥିଲେ। ତଥାପି ମାଆଙ୍କୁ ପ୍ରବୋଧନା ଦେଉଥିଲେ ଓ କହୁଥିଲେ ଯେତେହେଲେ ବି ମାଆର ହୃଦୟ ମୁଁ ତାଙ୍କ ଦୁଃଖ ବୁଝି ପାରୁଛି। ତାଙ୍କ ଦୁଃଖ ଅବଶ୍ୟ ଦୂର ହେବ ବହୁତ ଜଲଦି। ଜୟ ହୋ ଭୋଳେନାଥ। ବାବା ତ୍ରିକାଳ ଦର୍ଶୀ ଭଳି ତ୍ରିଶୂଳ ହଲେଇ କହିଲେ।

ଏଇ ମଉକାରେ ମୀନକେତନ ବାବୁ ସମସ୍ତଙ୍କୁ ଆଉ ଗହଳି ନକରି ବାହାରକୁ ଆସିବାକୁ କହିଲେ। ସମସ୍ତଙ୍କୁ ବାହାରେ ରଖି ନିଜେ ଭିତରକୁ ଯାଇ ବାବାଙ୍କ ଶିଷ୍ୟ ଅଜୟକୁମାରକୁ ଧରି ନେଇଆସିଲେ। ତା ସଙ୍ଗରେ ଟିକେ ଦୂରରେ ଯାଇ କିଛି ଆଲୋଚନା କଲେ। କଣ ଆଲୋଚନା ହେଲା କେହି ଜାଣିପାରିଲେ ନାହିଁ। କିଛି ସମୟ ପରେ ଆସି ସାବିତ୍ରୀ ଦେବୀଙ୍କୁ କହିଲେ ଏବେ ଖୁସି ତ ତମ ପୁଅ ତମକୁ ମିଳିଲା। ସାବିତ୍ରୀ ଦେବୀ କହିଲେ ମୋ ହୃଦୟ ସିନା ମାନିଛିରେ ପୁଅ ସେ ପୁଅ ମାନିଲେ ସିନା। ଦେଖିଲୁ ମୋତେ ଦେଖି ତା ପାଟିରୁ କେମିତି ମାଆ ଡାକ ବାହାରି ପଡିଲା। ତା' ମାଆ ଡାକରେ କି ଯାଦୁ ଥିଲା କେଜାଣି ମୁଁ ଆଉ ନିଜକୁ ସମ୍ଭାଳି ପାରିଲି ନାହିଁ। କାନ୍ଦିବାକୁ ଲାଗିଲି। ସେ ମୀନକେତନ ବାବୁଙ୍କ ଉଦ୍ଦେଶ୍ୟରେ କହିଲେ ତମକୁ ଲାଗିଲା ପୁଅ ତମେ ତାକୁ ବୁଝେଇ ସୁଝେଇ ଯେମିତି ହେଲେ ଘରକୁ ନେଇଆସ। ମୀନକେତନ ବାବୁ ଅଭୟ ବାଣୀ ଦେଲେ ଆଉ ବାବାଙ୍କ ପାଖକୁ ଗଲେ। ବାବା ସଙ୍ଗରେ କଣ କଥାବାର୍ତ୍ତା ହେଲେ କେହି ଜାଣିପାରିଲେନି। ମୀନକେତନ ବାବୁ କିନ୍ତୁ ଆସି କହିଲେ ବାବା ଗାଁକୁ ଫେରିବାକୁ ରାଜି ଅଛନ୍ତି। ସେ କିନ୍ତୁ ସଂସାର ବନ୍ଧନରେ ଆଉ ବାନ୍ଧିହେବାକୁ ଚାହୁଁନାହାନ୍ତି। କୌଣସି ମୋହମାୟାରେ ପଡିବାକୁ ଚାହୁଁନାହାନ୍ତି। କେବଳ ଗାଁରେ କିଛି ଦିନ ଅବସ୍ଥାନ କରିବେ। ଭଜନ କୀର୍ତ୍ତନ କରିବେ ଆଉ ଫେରିଆସିବେ। ଯଦି ତମେ ମାନେ ରାଜି ତାହେଲେ ଦିନ ଧାର୍ଯ୍ୟ କରିବି। ସାବିତ୍ରୀ ଦେବୀ କିଛି ବୁଝି ପାରୁନଥିଲେ। ଏ କେମିତି ପାଇବା ତାହେଲେ। ଯାହା ବି ହେଉ ପୁଅ ତ ବଂଚିଛି ଆଉ ଗୋଟେ ବହୁତ ବଡ ବାବା ହେଇଛି ସେଇଟା ତାଙ୍କ ପାଇଁ ବଡ କଥାଥିଲା। ଆଗ ଘରକୁ ଆସୁ। ଆମ ସମସ୍ତଙ୍କୁ ଦେଖିଲେ ମୋହମାୟାରେ ପଡିଯିବ ଆଉ ତା ମନ ପୁଣି ବଳେ ଘର ଧରିବ। ସାବିତ୍ରୀ ଦେବୀ ତାଙ୍କ ସାନ ଝିଅ ତନୁଲତାକୁ କହିଲେ କିଲୋ ତୁ କଣ କିଛି କହୁନୁ। ତୋ ଭାଇକୁ ଚିହ୍ନିଲୁଟି। ତନୁ କହିଲା ମୋତେ କିଏ ପଚାରୁଛି। ଯେ ଯାହାର ତ କଥାବାର୍ତ୍ତା କରୁଛ ମୁଁ କଣ ମୋ ନିଜ ଭାଇକୁ ଚିହ୍ନିବାରେ ଭୁଲ କରିବି। ହେଲେ ସେ ମୋତେ କୋଉ ଚିହ୍ନି ପାରିବ। ସେ ଗଲା ବେଳକୁ ତ ମୁଁ ଏତେ ଟିକେଟେ ଥିଲି। ତମମାନଙ୍କୁ ସିନା ସେ ଜାଣି ପାରିବ। ଜଗନ୍ନାଥ କାକାଙ୍କୁ ପଚାରୁନ। ସେ ଆଉ ଖୁଡୀ ଜାଣି ପାରିବେ ସେଇଟା ଉମେଶ ଭାଇ ନା ନୁହେଁ। ଆଉ ସନ୍ଦେହ କରିବାର କିଛି ନାଇଁ। ମୀନକେତନ ପରା ତା ଚେଲାଠୁ ସବୁ ବୁଝି ସାରିଲେଣି ବାବା ବିଷୟରେ। ସେ ବି କୁଆଡେ କହୁଥିଲା ସେ ଦିନ ପିଉସା ତାକୁ ଚିହ୍ନି ପାରିବା କଥା ବାବା କୁଆଡେ ଅଜୟକୁ କହୁଥିଲେ। ଅଜୟ ବାବାଙ୍କ ପଟ୍ଟଶିଷ୍ୟ। ବହୁତ ଦିନରୁ ଅଛି ବାବା ସାଙ୍ଗରେ। ବାବା କୁଆଡେ

କହୁଥିଲେ ଆଉ ରହିହେବନିରେ ଅଜୟ ଏଇ ଅଂଚଳରେ। କଥା ପହଂଚି କଲାଣି ମୋ ଘରଲୋକଙ୍କ କାନରେ। ସବୁ କଥା ପ୍ରଘଟ ହେବା ଆଗରୁ ଆଉ କୁଆଡେ ପଳେଇବା ଚାଲ। ଆମେମାନେ ଆଜି ଆସି ନଥିଲେ ବାବାଙ୍କୁ ପାଇବା ମୁସ୍କିଲ ଥିଲା। ଫେରାର ମାରିଥାନ୍ତେ ଆଉ କୁଆଡେ।

ମୀନକେତନ ବାବୁ ବାବା ସାଙ୍ଗେ କଥାହେଇ ଦିନବାର ଠିକ୍‌କରି ପଳେଇ ଆସିଥିଲେ ଏ ଭିତରେ। ସମସ୍ତେ କହିଲେ ଚାଲ ବାବା ପାଖକୁ ଯିବା। ମୀନକେତନ ବାବୁ ମନାକଲେ। ଆଉ ବାବାଙ୍କୁ ଭେଟିବା ସମ୍ଭବ ନୁହେଁ। ସେ ଏବେ ପଳେଇଲେ ତାଙ୍କ ସାଧନା ଗୃହକୁ। ଏବେ ସେ ବସିବେ ତପସ୍ୟାରେ। ମୁଁ କଥାବାର୍ତ୍ତା କରି ତାରିଖ ନିର୍ଦ୍ଧାରଣ କରି ଦେଇଛି। ଆସନ୍ତା ସୋମବାର ଦିନ ବାବା ଗାଁକୁ ଆସିବେ। ତମେ ମାନେ ସବୁ ବାବାଙ୍କ ରହିବା ବସିବା ଭଜନ କୀର୍ତ୍ତନର ବ୍ୟବସ୍ଥା କର। ମୁଁ ନିଜେ ତାଙ୍କୁ ନେବା ପାଇଁ ଆସିବି। କିଛି ଚିନ୍ତା କରିବା ଦରକାର ନାଇଁ। ବାକି କଥା ମୁଁ ବୁଝିବି। ଏବେ ଖୁସି ତ ସମସ୍ତେ।

(୬)

କଳା ଅମ୍ବାସଡର କାର୍ ଆସି ଅଟକିଲା । କାର୍‌ରୁ ମୀନକେତନ ପଣ୍ଡା ଆଗ ଓହ୍ଲାଇଲେ, ଭଜନ କୀର୍ତ୍ତନ, ଘଣ୍ଟ ଶଙ୍ଖ, ମୃଦଙ୍ଗ, ହରିବୋଲ, ହୁଳହୁଳିରେ ଚତୁର୍ଦ୍ଦିଗ କମ୍ପି ଉଠିଲା । ଗେରୁଆ ବସ୍ତ୍ର ପରିହିତ ଶ୍ମଶ୍ରୁହୀନ ବାବାଜୀ କାର୍‌ରୁ ଓହ୍ଲାଇଲେ । ଗୋଟେ କାଠ ପିଢ଼ାରେ ତାଙ୍କ ଗୋଡ ଧୁଆହେଲା । ବାବାଙ୍କର ପୂଜା ପାଇଁ ଗୋଟେ ଅନ୍ୟ ଗାଁର ପୂଝାରୀଙ୍କୁ ନିୟୋଜିତ କରାଯାଇଥିଲା । ତାଙ୍କୁ ବନ୍ଦେଇବା ପରେ ଶୋଭାଯାତ୍ରା କରି ସଭାସ୍ଥଳକୁ ନିଆଗଲା । ହଜାର ହଜାର ଲୋକ ଥିଲେ ଶୋଭାଯାତ୍ରାରେ । ହଜାର ହଜାର ଲୋକ ସଭାସ୍ଥଳରେ । ବାବା ସଭାସ୍ଥଳକୁ ପହଂଚିଲେ ଓ ମଂଚରେ ଆସୀନ ହେଲେ । ଆଶୀର୍ବାଦ ମୁଦ୍ରାରେ ଭକ୍ତଙ୍କୁ ଶାନ୍ତ ହେବାକୁ କହିଲେ । ମୀନକେତନ ପଣ୍ଡା ମାଇକକୁ ଆସି ଚିଲ୍ଲେଇଲେ ବାବା ଯୋଗୀ ଯୋଗେଶ୍ୱର କି । ଜୟ ଜୟକାରର ଧ୍ୱନିରେ ଗଗନ ପବନ ପ୍ରକମ୍ପିତ ହେଲା । ବାବା କୋଉ ନାମରେ ବିଦିତ ଥିଲେ କେହି ଜାଣିନଥିଲେ । ଯେହେତୁ ଯୋଗେଶ୍ୱର ମନ୍ଦିରରେ ଗାଁ ଲୋକଙ୍କ ଦ୍ୱାରା ଆବିଷ୍କୃତ ହେଲେ ମୀନକେତନ ବାବୁ ନିଜେ ଏଇ ନାମରେ ବାବାଙ୍କୁ ଆଖ୍ୟା ଦେଲେ ଓ ସେଦିନଠୁ ବାବା ସାରା ଅଂଚଳରେ ଏଇ ନୂତନ ନାମ ଯୋଗୀ ଯୋଗେଶ୍ୱର ନାମରେ ପରିଚିତ ହେଲେ । ଦେଖିବାକୁ ଗଲେ ଯୋଗେଶ୍ୱର ମନ୍ଦିରରେ ବାବାଙ୍କ ଅନ୍ୟ କୌଣସି ନାମ ନଥିଲା । ତାଙ୍କୁ ଲୋକେ ବାବାଜୀ, ଗୁରୁଜୀ, ମହାରାଜଜୀ ଇତ୍ୟାଦି ନାମରେ ସମ୍ବୋଧନ କରୁଥିଲେ । କାରଣ ବାବାଙ୍କ ଅସଲ ନାମ କେହି ଜାଣି ନଥିଲେ । ଯେ କୌଣସି ନାମରେ ଡାକିଲେ ବି ବାବାଙ୍କୁ କିଛି ଅସୁବିଧା ନଥିଲା । ପ୍ରଭୁଙ୍କୁ ଡାକିବା ତାଙ୍କ ଭଜନ କୀର୍ତ୍ତନ କରିବା ଲୋକଙ୍କ ଦୁଃଖ ଦୁର୍ଦ୍ଦଶା ଦୂର କରିବା ତାଙ୍କର ମୁଖ୍ୟ କାମଥିଲା ।

ମୀନକେତନ ପଣ୍ଡା ଲୋକଙ୍କୁ ସମ୍ବୋଧନ କରି ସଂକ୍ଷିପ୍ତରେ ବାବାଙ୍କ ମହିମା ସମ୍ପର୍କରେ ବର୍ଣ୍ଣନା କଲେ । ସେ ମାତ୍ର ଅଳ୍ପ ଦିନ ଏଇଠି ଅବସ୍ଥାନ କରିବେ ଏବଂ

ସକାଳେ ଓ ସନ୍ଧ୍ୟାରେ ଦିନକ ମାତ୍ର ଦୁଇଥର ଦର୍ଶନ ଦେବେ ବୋଲି କହିଲେ। ସକାଳେ ସେ ପୂଜା ପାଠ ପରେ ଲୋକଙ୍କ ଦୁଃଖଦୁର୍ଦ୍ଦଶା ଶୁଣିବେ ଓ ସମାଧାନର ଉପାୟ ବତେଇବେ ଏବଂ ସନ୍ଧ୍ୟାରେ ଛଅରୁ ନଅ କେବଳ ଭଜନ କୀର୍ତ୍ତନ ଓ ପ୍ରବଚନ ହେବ ବୋଲି ଉପସ୍ଥିତ ଦର୍ଶକଙ୍କୁ ଜଣେଇଲେ। ତେଣୁ ଯାହାର ଯାହା କାମ ଅଛି କାଲିଠୁ ଆସନ୍ତୁ। ଆଜି ବାବାଙ୍କର ପ୍ରଥମ ଦିନ ତେଣୁ ଆଜି ସେ ବିଶ୍ରାମ କରିବେ। ଲୋକମାନେ ଦର୍ଶନ କରି ଶୀଘ୍ର ଫେରିଯିବା ପାଇଁ ଅନୁରୋଧ କଲେ। ବାବା କେବଳ ବଲ ବଲ ହୋଇ ଜନସ୍ରୋତକୁ ଅନାଇ ଥାଆନ୍ତି। ଲୋକମାନେ କିଏ ଏହାକୁ ଉମେଶ ନା ନୁହେଁ ବୋଲି ତାଙ୍କ ଭିତରେ ତର୍କରେ ମାତିଥାନ୍ତି। କିଏ ବିଶ୍ୱାସ କରୁଥାଏ, କିଏ ଅବିଶ୍ୱାସ କରୁଥାଏ। କିନ୍ତୁ ସମସ୍ତେ ଅନ୍ତତଃ ଖୁସିଥାଆନ୍ତି ଯେ ତାଙ୍କ ଅଂଚଳରେ ପ୍ରଥମଥରପାଇଁ ଗୋଟେ ଧର୍ମାତ୍ମା ପୁରୁଷଙ୍କ ପାଦ ପଡିଥାଏ। ଏ ଅଂଚଳ ସହଁରା ବିଞ୍ଝାଲ, ଗଣ୍ଡା, ଘଁସିଆ, ଆଦିବାସୀ ଓ ହରିଜନ ବହୁଳ ରହୁଥିବା ହେତୁ ଧର୍ମକର୍ମ କ୍ୱଚିତ ହେଇଥାଏ। ଲୋକମାନେ ଧର୍ମକର୍ମ ଭୁଲି ସାରିଥିଲେ। କେବଳ ମାଛ, ମାଂସ,ମଦ ଛଡା ଅନ୍ୟ କିଛି ଉଲ୍ଲେଖନୀୟ କାର୍ଯ୍ୟକଳାପ ଅଂଚଳରେ ହେଉନଥିଲା। ତେଣୁ କିଛି ବ୍ରାହ୍ମଣ ମାନେ ଗୀତାର ଶ୍ଳୋକ "ଧର୍ମ ସଂସ୍ଥାପନାର୍ଥାୟ ସଂଭବାମି ଯୁଗେ ଯୁଗେ"କୁ ଉଦ୍ଧାର କରି କହୁଥିଲେ ବାବା ଯୋଗୀ ଯୋଗୀଶ୍ୱର ତାଙ୍କ ଅଂଚଳ ପାଇଁ ଭଗବାନଙ୍କ ଅବତାର ଓ ଅନ୍ୟାୟ ଅତ୍ୟାଚାର ସହି ନପାରି ଭଗବାନ ତାଙ୍କୁ ଧର୍ମ ପ୍ରତିଷ୍ଠା ପାଇଁ ଏ ଅଂଚଳକୁ ପଠେଇବା ମଧ୍ୟ କୁହାକୁହି ହେଉଥିଲେ।

ବାବାଙ୍କ ଆସ୍ଥାନ ହଜାର ହଜାର ନଡିଆ ଓ ଗାମୁଛା ସବୁରେ ଭର୍ତ୍ତି ହେଇଗଲା। ସିନ୍ଦୁର ପୁଡିଆ, ଧୂପକାଠି ପୁଡିଆ ବି ସ୍ତୁପ ଭଳି ଗଦେଇ ହେଲା। ଆଜି କିଛି ହେବାକୁ ନଥିବା ଜାଣି ଲୋକମାନେ ବାବାଙ୍କୁ ଜୁହାର ମୁଣ୍ଡିଆ ମାରି ଫେରିବାରେ ଲାଗିଲେ। ଖାଇବା ସମୟ ବି ଗଡି ଯାଇଥିଲା। ଖରା ବି ପ୍ରଚଣ୍ଡ ଥିଲା ତେଣୁ ଆଉଥରେ ଅନ୍ୟଦିନ ବାବାଙ୍କୁ ଦର୍ଶନ କରିବାର ଅଭିପ୍ରାୟ ନେଇ ଲୋକେ ଫେରିବାରେ ଲାଗିଲେ। ମୀନକେତନ ବାବୁ ନଡ଼ିଆ, ସିନ୍ଦୁର, ଗାମୁଛା ଓ ଧୂପକାଠି ସବୁକୁ ଗୋଟେ ହଳିଆ ହାତରେ ଘରକୁ ପଠେଇବାର ବ୍ୟବସ୍ଥା କରି ବାବାଙ୍କୁ ଘରକୁ ନେବାର ପ୍ରବନ୍ଧ କଲେ। ପୁନର୍ବାର ଗୋଟେ ଶୋଭାଯାତ୍ରାରେ ବାବାଙ୍କୁ ଘରକୁ ନିଆଗଲା। ସଭାସ୍ଥଳରୁ ଗାଁ ଭିତର ଦେଇ ଘରକୁ ପାଖାପାଖି ଅଧକିଲୋ ମିଟର ରାସ୍ତା। ରାସ୍ତାର ଦୁଇ କଡରେ ବସିଛି କଳସ ଓ ଆମ୍ବଡାଳ, ଝୋଟି ପଡିଛି। ବାବାଙ୍କୁ ଘରେ ଘରେ ପୂଜା କରୁଛନ୍ତି, ବନ୍ଦଉଛନ୍ତି। ବାବା ବହୁତ ଡେରିରେ ପହଂଚିଲେ ଘରେ। ସେଇଠି ବି ଅନୁରୂପ ଭାବେ ବନ୍ଦେଇ ତାଙ୍କୁ ଘରକୁ ପାଛୋଟି ନିଆଗଲା। ସମସ୍ତେ ବାବାଙ୍କୁ ଚାଦର ଘୋଡେଇଲେ।

ଘରେ ବି ବହୁତ ଭିଡ। କାହାକୁ ତଡି ହେବ। ଏତେ ଦିନୁ ଲୋକେ ଉତ୍କଣ୍ଠାର ସହ ଅପେକ୍ଷାରେ ଥିଲେ। ଘରେ ବାହାରିଆ ଲୋକଙ୍କ ଅପେକ୍ଷା ଘରଲୋକ, ସମ୍ପର୍କୀୟଙ୍କ ଭିଡ ବେଶୀ। ମୀନକେତନ ବାବୁ ବାବାଙ୍କ ସବୁ ତଦାରଖ କରୁଥାନ୍ତି। ଜଣେ ଅଧେ ଆସି ପଚାରୁଥାନ୍ତି। ମୋତେ ଚିହ୍ନିଲୁ। ବାବା କାହାକୁ ଚିହ୍ନି ପାରୁନଥାନ୍ତି। ଦୋ ଦୋ ଚିହ୍ନା ହୋଇ ସବୁରି ମୁହଁକୁ ଅନାନ୍ତି। ମୀନକେତନ ବାବୁ ସମସ୍ୟାର ସମାଧାନ କରନ୍ତି। ଏଇଟା ଅମୁକ ନୁହେଁ ସେଇଟା ଅମୁକ ନୁହେଁ କହି ବାବାଙ୍କୁ ପରିଚୟରେ ସାହାଯ୍ୟ କରନ୍ତି। ଏପରକି ବାବା ନିଜ ଭାଇ ଓ ଭଉଣୀକୁ ବି ଚିହ୍ନି ପାରନ୍ତି ନାଇଁ। ମୀନକେତନ ବାବୁ ସମସ୍ତଙ୍କୁ ଗୋଟି ଗୋଟି କରି ଚିହ୍ନାଇ ଦିଅନ୍ତି। ଆଉ କୁହନ୍ତି ବାର ବର୍ଷ ତପସ୍ୟା କରି ବଣ ଜଙ୍ଗଲରେ ରହି ବାବା ସବୁ ପଛକଥା ଭୁଲିଯାଇଛନ୍ତି। ତେଣୁ ବାବା ଯଦି କାହାକୁ ଚିହ୍ନି ପାରୁନାହାନ୍ତି ତେବେ ସେଥିରେ କିଛି ବିଚଳିତ ହେବାର ନାହିଁ। ଧିରେ ଧିରେ ସବୁକଥା ତାଙ୍କର ମନେ ପଡିବ। ସେ ଗାଁରେ କିଛି ଦିନ ରହିଗଲା ପରେ ହୁଏତ ତାଙ୍କର ପୂର୍ବ ସ୍ମୃତି ଫେରିଆସିପାରେ। ତେଣୁ ବାବାଙ୍କୁ ଅଯଥା ପ୍ରଶ୍ନ ସବୁ ପଚାରି ହଇରାଣ କରନ୍ତୁ ନାହିଁ। ବରଂ ବାବାଙ୍କ ଇଶ୍ୱରୀୟ ଶକ୍ତିର ଫାଇଦା ନିଅନ୍ତୁ।

ଲୋକମାନେ ବି ଭାବିଲେ ଠିକ୍ କଥା। ଆମର କ'ଣ ଅଛି ସେ ଆମକୁ ଜାଣିଲେ ନଜାଣିଲେ। ଆମର କାମ ହେଲେ ଗଲା। ଆମେ ଚକୁଳି ଖାଇବୁ, ବିନ୍ଧ ଗଣି ଲାଭ କଣ ଅସଲରେ ବାବାଙ୍କ କରିସ୍ମା ଦେଖିବା କଥା। ବାବାଙ୍କୁ ରହିବା ପାଇଁ ପୁରା ଉପର ଘରଟା ଖାଲି କରାହେଇଥାଏ। ବାବା ଓ ଚେଲା ଅଜୟ କୁମାର ସେଇଠି ରୁହନ୍ତି। ତଳେ ଖାଇବା ପିଇବା। ତା ଆଗରେ ଗୋଟେ ବିରାଟ ଖେଳପଡିଆ ଥିଲା। ସେଇଠି ଗୋଟେ ଉଚ୍ଚ ପିଣ୍ଡାରେ ସ୍ଥାୟୀ ମଂଚ ତିଆରି ହେଲା ଭଜନ କୀର୍ତ୍ତନ ପାଇଁ। ଘର ବାରଣ୍ଡାରେ ଲୋକମାନେ ବସିବା ପାଇଁ ଜାଗା କରାହେଲା, ବାହାର କୋଠରିରେ ବାବା ବସିବେ ସକାଳ ଦର୍ଶନ ପାଇଁ। ସେଇଠି ଆଉ କାହାକୁ ରହିବାକୁ ଅନୁମତି ନଥାଏ। କେବଳ ବାବା ଚେଲା ଓ ମୀନକେତନବାବୁ। ଲୋକମାନେ ସବୁ ତାଙ୍କ ସମସ୍ୟା ଧରି ଆସନ୍ତି। ବାବା ସମାଧାନର ଉପାୟ ବତାନ୍ତି।ମୀନକେତନ ବାବୁ ଦକ୍ଷିଣା ସବୁ ରଖନ୍ତି। ଯିଏ ଦକ୍ଷିଣା ନଦିଏ ମୀନକେତନ ବାବୁ ତାକୁ ଗାଳି କରନ୍ତି। ଶଳା ଫୋକଟ ରାମ ଗିରିଧାରୀ। ବିନା ଦକ୍ଷିଣାରେ କୋଉ କାମ ହୁଏନିରେ ବୋଲି ଥଟ୍ଟାରେ କୁହନ୍ତି। ଲୋକ ବାଧ୍ୟ ହୋଇ ଦକ୍ଷିଣା ଦିଅନ୍ତି। ସେ ଦକ୍ଷିଣା ସବୁର ହିସାବ ମୀନକେତନ ବାବୁ ରଖନ୍ତି। ସନ୍ଧ୍ୟାରେ ଭଜନ କୀର୍ତ୍ତନ ହୁଏ। ବାବାଙ୍କ ଖଞ୍ଜଣୀ ଭଜନ ଓ ନୃତ୍ୟ ଅତି ମନୋମୁଗ୍ଧକର। ପାଂଚପାଳି ଗାଁର ଲୋକ ଆସନ୍ତି। ନଡ଼ିଆ, ଧୂପକାଠି ଓ ସିନ୍ଦୁରରେ ଭଜନସ୍ଥଳୀ ଭରପୁର ହେଇଯାଏ। ଏ ସବୁ ଦେଖି ମୀନକେତନ ବାବୁ ତାଙ୍କର ଗୋଟେ

ପୁଅକୁ ଲଗାନ୍ତି। ଭଜନ ସ୍ଥଳୀରେ ସେ ଗୋଟେ ପୂଜା ସାମଗ୍ରୀ ଦୋକାନ ଖୋଲେ। ଦିନ ଯାକ ଯାହା ନଡିଆ, ଧୂପକାଠି, ସିନ୍ଦୁର ସବୁ ଆସେ ପୁଅକୁ ସେ ଦେଇ ଦିଅନ୍ତି। ସେଇଠି ସେ ସବୁ ବିକ୍ରି ହୁଏ। ବ୍ୟବସାୟ ବଢିଚାଲେ। ଖୁବ ସୁନ୍ଦର ବ୍ୟବସାୟ। ବିନା କୌଣସି ପୁଞ୍ଜି ଖଟେଇ ପୁଣି ଶହେ ପ୍ରତିଶତ ଲାଭ ଥାଇ ଏମିତି ବେପାର ବୋଧେ କୋଉଠି ନଥିବ। ଏ ଆଡେ ବାବାଙ୍କ ଦକ୍ଷିଣା। ସେପଟେ ନଡିଆ ଦୋକାନ ମୀନକେତନ ବାବୁ ମାଲେମାଲ୍। ଶଶୁର ଘରର ସବୁ ଖର୍ଚ୍ଚ ବି ସେ ତୁଲାନ୍ତି। କାରଣ ବାବା ଆସିଲା ପରେ ଘରଖର୍ଚ୍ଚ ବଢି ଯାଇଛି। ଯେତେବେଳେ ଦେଖିଲେ ଘରେ କୁଣିଆ। ରନ୍ଧା ବଢା, ଖିଆପିଆ, ଚା ଜଳଖିଆ ଖର୍ଚ୍ଚ ବହୁତ ବଢିଯାଇଛି।

ସୁଦର୍ଶନ ବାବୁ ବାବାଙ୍କୁ ତାଙ୍କ ଗୁହାରି ଜଣେଇ ଫେରିଯାଇଥିଲେ। ଗଲାବେଳେ କହିକି ଗଲେ ସେ ପୁନର୍ବାର ଜଲ୍‌ଦି ଆସିବେ। ଖାଲି ବାବାଙ୍କୁ ଅନୁରୋଧ କରିଥିଲେ ଯେମିତି ତାଙ୍କର କୋରାପୁଟ ବଦଳି ବନ୍ଦ ହେଇଯାଏ। ବାବା ବି କହିଥିଲେ ମୁଁ ପୂଜା କରିଦେବି। ସବୁ ଠିକ୍ ହେଇଯିବ ଓ ସେ ପୂଜା ସ୍ଥଳୀରୁ ଗୋଟେ ନଡିଆ ଆଉ କିଛି ଫୁଲ ଦେଇ କହିଲେ ଯା ତୋର କାମ ହେଇଯିବ। ସୁଦର୍ଶନ ବାବୁ ଖୁସୀ ମନରେ ବାବାଙ୍କ ଆଶୀର୍ବାଦ ପାଇ ଫେରି ଆସିଲେ।

ସାନ ଭାଇ ମହେଶ ଦୋ ଦୋ ଚିହ୍ନା ହେଲା। ତାକୁ ଲାଗୁ ନଥିଲା ଏଇଟା ତା ବଡଭାଇ ଉମେଶ ହେଇଥିବ। କିନ୍ତୁ ତିନି ତୁଣ୍ଡରେ ଛେଳି କୁକୁର। ସେ ବିଚରା ବି ବିଶ୍ୱାସ କରିବା ପାଇଁ ବାଧ୍ୟ ହେଲା। କାରଣ ତା ମାଆ ଉପରେ ତାର ଅଗାଧ ବିଶ୍ୱାସ ଥିଲା। ମାଆ ଯଦି ଚିହ୍ନିଛି ତାହେଲେ ତାର କଣ ଅସୁବିଧା। ତା ଛଡା ଉମେଶ ଏବେ ଗୋଟେ ବଡ ନାମୀ ବାବା। ତା ପାଇଁ ତାଙ୍କ ପରିବାରର ନାମ ଉଚ୍ଚା ହୋଇଯାଇଛି। ତେଣୁ ସେ ଏ ବିଷୟରେ ବେଶୀ ମୁଣ୍ଡ ଖେଳେଇବାକୁ ଚାହୁଁ ନଥିଲା। ଭିଣୋଇ ମୀନକେତନ ବାବୁ ଯେହେତୁ ପରିସ୍ଥିତିକୁ ସମ୍ଭାଳି ନେଇଛନ୍ତି ତାର ବେଶି ବ୍ୟସ୍ତ ହେବାର ନଥିଲା। ରାଉରକେଲା ଷ୍ଟିଲ ପ୍ଲାଣ୍ଟରେ ସେ କାମ କରେ। ବଡ କଷ୍ଟରେ ସାତ ଦିନର ଛୁଟୀ ଆଣିଥିଲା। ତେଣୁ ଭିଣୋଇ ମୀନକେତନବାବୁଙ୍କୁ ବାବା ଓ ଘରର ସବୁ ଦାୟିତ୍ୱ ଦେଇ ସେ ପଳେଇଲା ଚାକିରୀ ଜାଗାକୁ ।

(୭)

ବାବାଙ୍କର ଖ୍ୟାତି ଦିନକୁ ଦିନ ବଢିବାରେ ଲାଗିଥାଏ । ବିଶେଷ କରି ତାଙ୍କର ଭଜନ ଲୋକଙ୍କୁ ଆକୃଷ୍ଟ କରୁଥିଲା । ଭଜନ ପରେ ବାବା ପ୍ରବଚନ ଦେଉଥିଲେ । ତାଙ୍କର ଅନେକ ଭଜନ ହିନ୍ଦି ଫିଲ୍ମ ଗୀତ ସୁରରେ ଲିଖିତ ଥିଲା । ବାବା ନିଜେ ସବୁ ସୁର ବାନ୍ଧିଛନ୍ତି ବୋଲି ଚେଲା ଅଜୟ କୁମାର କହୁଥିଲା । ଖରା ଛୁଟି ହେଇଥାଏ । ସଂବିତ ଆସିଲା ଗାଁକୁ । ସଂବିତ ଜ୍ୟୋତିବିହାରରେ ଛାତ୍ର ଓଡିଆ ବିଭାଗର । ଗାଁକୁ ଆସି ମାଁ ନିର୍ମଳା ଦେବୀଙ୍କଠୁ ଶୁଣିଲା ସବୁକଥା । ପରେ ଚା ଟିକେ ପିଇଦେଇ ସିଧା ଛୁଟିଲା ବାବା ଯୋଗେଶ୍ୱରଙ୍କ ପାଖକୁ । ତା ଆଖିକୁ ବିଶ୍ୱାସ କରିପାରିଲାନି ଭିଡ ଦେଖି । ପାଂଚ ମଉଜାର ଲୋକେ ଏକଲୟରେ ତଲ୍ଲୀନ ହୋଇ ଶୁଣୁଛନ୍ତି ବାବାଙ୍କ ଭଜନ । ବାବା ଡେଇଁ ଡେଇଁ ମଂଚ ସାରା ଖଞ୍ଜଣି ବଜେଇ ନାଚୁଛନ୍ତି ମହା ଆନନ୍ଦରେ । ମୁଣ୍ଡରେ ତାଙ୍କର କାନ୍ଧଯାଏ ବାଳ, ମୁଣ୍ଡ ଉପରେ ଚୁଟି । ପୁରା ଶିବଙ୍କ ଫଟୋ ମନେ ପଡିଗଲା ସମ୍ବିତର । ଖାଲି ଯାହା ସାପ ଗୋଟେ ନାହିଁ ବେକରେ । ବାବାଙ୍କ ପାଖରେ ତ୍ରୀଶୂଳ ଅଛି, ଡମ୍ବୁରୁ ଅଛି, ଦେହ ସାରା ନେଳୀଆ ପାଉଡର ବି ସେ ବୋଳି ହେଉଛନ୍ତି । ଗେରୁଆ ଧୋତି, ଗେରୁଆ ଗାମୁଛାକୁ ପଇତା ଭଳି କାନ୍ଧରୁ ଅଣ୍ଟା ଯାଏ ଝୁଲେଇ ଦେଇଛନ୍ତି । ଅଣ୍ଟାରେ ଆଉ ଗୋଟେ ଗାମୁଛା ଭିଡିଛନ୍ତି । କି ସୁନ୍ଦର ଗୀତସବୁ ବୋଲୁଛନ୍ତି । ତାଙ୍କ କଣ୍ଠକୁ ଖଞ୍ଜଣୀ ବାଜାକୁ ନାଚ ସବୁ ମନକୁ ମୋହିନେଉଛି । ସମ୍ବିତ ଶେଷଯାଏ ବସିଲା ବାବାଙ୍କ ପାଖରେ । ଭଜନ ସଭାକୁ ଯେ ବି ଯାଏ ସେ ଆଉ ଉଠିପାରିବନି । ବାବା କେବଳ ଭଜନ ଗାଇବେନି । ଭଜନ ସରିଲେ ଭଜନ ଉପରେ ବୁଝେଇବେ । ଯେମିତି ଦିଅଁ ଦେଖି ଯିବାଲୋ ସହି, ଦେଉଳ ଭିତରେ ଦେବତା ନାହିଁ, ଦିଅଁ କିଏ, ଦେଉଳ କୋଉଟା, ଦେବତା କିଏ । ଆତ୍ମା ପରମାତ୍ମାକୁ ନେଇ ଦୁନିଆଁ କଥା ବାବା ବୁଝେଇ ଚାଲିଛନ୍ତି । ଅଗାଧ ପାଣ୍ଡିତ୍ୟ ଦେଖେଇ ଚାଲିଛନ୍ତି । ତେଣୁ ତାଙ୍କୁ କେହି ବି

ଅବିଶ୍ୱାସ କରିବାର ପ୍ରଶ୍ନ ଉଠୁନି। ଏଇ ଗୀତ ହିଁ ସେଇ ମେଜିକ୍ ଥିଲା ଯାହା ଲୋକଙ୍କୁ ଦୂର ଦୂରାନ୍ତରରୁ ଆକୃଷ୍ଟ କରି ଆଣୁଥିଲା। ତା ଛଡା ବାବା ରୋଗ ଓ ଔଷଧ ସମ୍ପର୍କରେ ବହୁତ କିଛି ଜାଣିଥିଲେ।

ବାବାଙ୍କ ଘନିଷ୍ଠ ହେବାକୁ ଚେଷ୍ଟା କଲା ସମ୍ବିତ। ତାକୁ ସାହିତ୍ୟ ଓ ଦର୍ଶନ ବହୁତ ଭଲ ଲାଗେ। ବାବାଙ୍କଠି ସେ ଉଭୟ ଜିନିଷ ଏକା ସଙ୍ଗେ ପାଇପାରିଲା। ବାବା ସଙ୍ଗେ ଆଲୋଚନା କରି ବାବାଙ୍କଠୁ ଅନେକ କିଛି ଜ୍ଞାନ ପାଇଲା। ତା ଛଡା ବାବାଙ୍କ ଜୀବନକୁ ସେ ଅନୁଧ୍ୟାନ କରିବାରେ ଲାଗିଲା। ବାବାଙ୍କ ଉପରେ ଗବେଷଣା କରି ବାବାଙ୍କ ଉପରେ ଏକ ଜିବନୀ ବି ଲେଖିବାକୁ ତାର ଇଚ୍ଛା ହେଲା। ବାବା ଧିରେ ଧିରେ ତାର ବହୁତ ଘନିଷ୍ଠ ହେବାରେ ଲାଗିଲେ। ସେ ବାବାଙ୍କ ରହସ୍ୟସବୁ ଜାଣିବାରେ ଲାଗିଲା। ବାବା କିନ୍ତୁ ସମ୍ବିତର ଅନେକ ପ୍ରଶ୍ନକୁ ଏଡେଇ ଯାଉଥିଲେ। ମୀନକେତନ ବାବୁ, ଯେ ସମ୍ପର୍କରେ ସମ୍ବିତର ଭିଣୋଇ ହେବେ ସେ ବି ଥଟ୍ଟା କରି ଅନେକ ସମୟରେ ସମ୍ବିତକୁ ଏ ସବୁ କାର୍ଯ୍ୟରେ ନିରୁତ୍ସାହିତ କରନ୍ତି। ସେ ଚାହାନ୍ତିନି ସମ୍ବିତ ଭଳିଆ ଶିକ୍ଷିତ ପିଲା ଏ ସବୁ ବିଷୟରେ ଖୋଳତାଡ କରୁ।

ଦିନେ କଥା ଛଳରେ ମୀନକେତନବାବୁ କହିଲେ ବାବାଙ୍କ ଉପରେ ଛୋଟ ଗୀତଟେ ଲେଖ ତାଙ୍କ ମହିମା ଯେମିତି ପ୍ରଚାର ହେବ। ସମ୍ବିତ କହିଲା ମୁଁ ଲେଖିଦେବି। କିନ୍ତୁ ବାବା ମୋତେ ସବୁ କଥା କହିଲେ ତ। ମୀନକେତନ ବାବୁ କହିଲେ ବାବା ନିଜ ସମ୍ପର୍କରେ କମ କହନ୍ତି। ମୁଁ ତୋତେ ସବୁ କହିଦେବି। ସେ ଅନୁସାରେ ତୁ ସବୁ କଥା ଲେଖିବୁ। ସମ୍ବିତ ପଚାରିଲା କଅଣ ସବୁ ଜାଣିଛ ବାବା ସମ୍ପର୍କରେ ।

ମୀନକେତନ ବାବୁ କାହାଣୀ ଆରମ୍ଭ କଲେ। ବାବାଙ୍କ ଚାକିରୀ ଜୀବନ ଯାଏ ତ ତୁ ଜାଣିଛୁ। ତାଙ୍କ ଅନ୍ତର୍ଦ୍ଧାନ ରହସ୍ୟରୁ ମୁଁ ଆରମ୍ଭ କରୁଛି। ବାବା ଡେବ୍ରିଗଡ ଜଙ୍ଗଲରେ ବୁଲୁବୁଲୁ ଗୋଟେ ବିରାଟ ନାଗ ସାପର ଭିତରେ ସେ କିଛି ଅଲୌକିକତା ଲକ୍ଷ କଲେ। ତାଙ୍କୁ ଅଲଗା ପ୍ରକାର ଅନୁଭବ ହେଲା। ନାଗ ସାପ ଫଣା ଟେକି ତାଙ୍କ ବାଟ ଓଗାଳିଲା। ବାବା ତାଙ୍କୁ ଜୁହାର କରନ୍ତେ ସେ ପଳେଇବାକୁ ଉଦ୍ୟତ ହେଲା। ନାଗସାପ ତାଙ୍କୁ ଚୋଟ ନମାରି ବାଟ କଢେଇଥିଲା। ସେ ନାଗସାପକୁ ପିଛା କଲେ। ସେ ଗୋଟେ ଘଂଚ ଗଛପତ୍ର ଭିତରକୁ ପଶି ଅଦୃଶ୍ୟ ହେଇଗଲା। ସେଇଠି ସେ ଦେଖିଲେ ଗୋଟେ ଲିଙ୍ଗ ଉପରେ ଗୋଟେ ଗାଈ କ୍ଷୀର ଦେଉଛି, ବାଘ ଆଉ ମିରିଗ ଗୋଟେ ଜାଗାରେ ଖେଳୁଛନ୍ତି। ଏ ଦୃଶ୍ୟ ଦେଖି ବାବା ଅଚେତ ହେଇଗଲେ। ତାଙ୍କୁ ସ୍ୱପ୍ନାଦେଶ ହେଲା ଭଗବାନ ଶିବ ଉଭା ହେଇ କହିଲେ ତାଙ୍କୁ କୋରାପୁଟର ଜଙ୍ଗଲରେ ସୁନାପୁଟ ବୋଲି ଗୋଟେ ଗାଁ ଅଛି। ସେଇଠି ମୋର ଭକ୍ତ ଶିବାନନ୍ଦଙ୍କର ଆଶ୍ରମ। ତୁ

ସେଇଠିକି ଯାଇ ତାଠୁ ଶିଷ୍ୟତ୍ୱ ଗ୍ରହଣ କର । ତୋତେ ସେ ସବୁ କଥା ବତେଇଦେବେ । ବାବାଙ୍କ ଆଖି ଖୋଲିଲା ବେଳକୁ ସେଇଠି ନା ଗାଇ ଥିଲା, ନା ଲିଙ୍ଗ, ନା ବାଘ ନା ମିରିଗ । ବାବା ସେଇଠୁ ସିଧା ଖୋଜି ଖୋଜି ଏକମୁହାଁ ପହଂଚିଲେ ସୁନାପୁଟ ଆଶ୍ରମରେ । ବାବା ଶିବାନନ୍ଦଙ୍କୁ ସବୁ କଥା କହିଲେ । ସେଇଠି ବାରବର୍ଷ ପରେ ସେ ଯୋଗସିଦ୍ଧ ହେଲେ । ବାବା ଶିବାନନ୍ଦଙ୍କ ଆଦେଶ କ୍ରମେ ସେ ବିଭିନ୍ନ ଜାଗାକୁ ଯାଇ ନିଜକୁ ଲୋକଙ୍କ ସେବାରେ ନିୟୋଜିତ କରିଛନ୍ତି । ତା ପରେ ହଠାତ ଦିନେ ସେ ଆବିର୍ଭୁତ ହୁଅନ୍ତି ଯୋଗୀସୁର୍ଡ଼ା ମନ୍ଦିରରେ । ତା ପରର କଥା ତ ତୁ ଜାଣୁ ।

ସମ୍ବିତ କହିଲା କାହାଣୀ ତ ମଜା ହୋଇଛି । ମୁଁ ଲେଖିଦେବି ଗୀତ ଆକାରରେ । କିନ୍ତୁ ତାର ସତ୍ୟାସତ୍ୟ ସମ୍ପର୍କରେ ମୁଁ ଜାଣେନା । ତେଣୁ ମୋର ନାମ ମୁଁ ଦେଇ ପାରିବିନି । ମୀନକେତନ ବାବୁ କହିଲେ ଚିନ୍ତା ନାଇଁ । କାହାଣୀ ତୁ ଲେଖ । ଲେଖକ ନାଁ ଜାଗାରେ ତୁ ମୋ ନାମ ବସେଇ ଦେ । ତାକୁ ମୁଁ ମୋ ଖର୍ଚ୍ଚରେ ଛପେଇ ଦେବି ।

ମୀନକେତନ ବାବୁ ଯାହା କହିଲେ ସେଇ କ୍ରମରେ ସମ୍ବିତ ଗୋଟେ ଗୀତି କବିତା ପ୍ରସ୍ତୁତ କଲା । ଆହୁରି ବି ଲେଖିଲା କେମିତି ତାଙ୍କର ପ୍ରଭାବରେ ଅପୁତ୍ରିକଙ୍କୁ ସେ ପୁତ୍ର ଦାନ କରୁଛନ୍ତି, ରୋଗୀ ମାନଙ୍କର ରୋଗ ଉପଶମ ହେଇଯାଉଛି ଆହୁରି ଏମିତି ଅନେକ ଅଲୌକିକ ଘଟଣା ଯାହା ସେ ବାବାଙ୍କ ଚେଲା ଅଜୟଠାରୁ ଶୁଣିଥିଲା । ଲେଖା ଦେଖି ମୀନକେତନ ବାବୁ ବହୁତ ଖୁସି ହେଇଗଲେ । ଆଉ ସମ୍ବିତକୁ ସାବାସୀ ଦେଲେ । ଲେଖାଟିର ହଜାରେ କପି ଛପେଇ ସଭାସ୍ଥଳରେ ରଖାହେଲା । ଗୋଟେ କପିକୁ ପାଂଚ ଟଙ୍କାରେ ବିକ୍ରି କରାହେଲା । ମୀନକେତନ ବାବୁଙ୍କ ଏହି ବହି ବିକା ବ୍ୟବସାୟ ବି ବହୁତ ଜୋର ଚାଲିଲା । ମାତ୍ର ଦୁଇ ଶହ ଟଙ୍କା ଖର୍ଚ୍ଚକରି ପ୍ରତି ହଜାରେରେ ପାଂଚ ହଜାର ଟଙ୍କା ପାଇଲେ । ହଜାରେ ବହି ପ୍ରତି ସପ୍ତାହରେ ସରିଯାଉଥିଲା । ବହିର ପ୍ରଚ୍ଛଦରେ ବାବାଙ୍କ ଗୋଟେ ଫଟୋ ବି ଏଥର ଦିଆହେଲା । ପଛପଟ ପ୍ରଚ୍ଛଦରେ ବାବାଙ୍କ ଅଦ୍ଭୁତ ମହିମା ସମ୍ପର୍କରେ ବି ବର୍ଣ୍ଣିତ ହେଲା । କହିବାକୁ ଗଲେ ମୀନକେତନ ବାବୁଙ୍କ ବେପାର ବହୁତ ସୁନ୍ଦର ଚାଲିଥିଲା । ଏପଟେ ନଡ଼ିଆ,ଧୂପକାଠି, ସିନ୍ଦୁର, ଗାମୁଛା, ସେପଟେ ବହି ବିକ୍ରି । ସେପଟେ ବାବାଙ୍କ ଦକ୍ଷିଣା । ମୀନକେତନ ବାବୁଙ୍କ ପାଣ୍ଠି ଧିରେ ଧିରେ ବଢ଼ି ଚାଲିଲା । ତାର ହିସାବ ରଖିବାକୁ ମଧ୍ୟ ଘରେ କେହି ନଥିଲେ । ବାବାଙ୍କୁ ତାଙ୍କ ସେୟାର ବୋଧେ ମିଳିଯାଉଥିଲା ଦକ୍ଷିଣାରୁ ଚୁକ୍ତି ଅନୁଯାୟୀ । ତା ଛଡ଼ା ବାବାଙ୍କ ଯାବତୀୟ ଖର୍ଚ୍ଚସବୁ ନିଜେ ମୀନକେତନ ବାବୁ ତୁଲାଉଥିଲେ । ଯଦିଓ ବାବା ଦଶ ଦିନ ପାଇଁ ଆସିଥିଲେ ତାଙ୍କର ଯିବାର ଚିନ୍ତା ଆଉ କେହି କରୁନଥିଲେ । ବାବା ନିଜେ ବି ଏ ବିଷୟରେ ଭୁଲି ଯାଇଥିଲେ । ତା ଛଡ଼ା ବାବା ଯେଉଁଠି ରହିଲେ ସେଇଟା

ଥିଲା ତାଙ୍କ ଘର। ତାଙ୍କର ଭଜନ କୀର୍ତ୍ତନ, ଭକ୍ତଙ୍କ ସେବା ଚାଲିଲେ ହେଲା। ଯଦିଓ ଯୋଗୀସୁର୍ଡାରୁ ଭକ୍ତମାନେ ଆସି ତାଙ୍କୁ ଫେରିଯିବା ପାଇଁ ଅନୁରୋଧ କରୁଥିଲେ ବାବା ଦେଖିବା କାମ ସରୁ ବୋଲି କହି ଟାଳି ଦେଉଥିଲେ। ବଡ ଜିନିଷ ହେଲା ଏଇଠି ତାଙ୍କର ଖ୍ୟାତି ବେଶୀ ବଢି ଯାଇଥିଲା। ମୀନକେତନବାବୁ ତାଙ୍କର ସବୁ ପ୍ରକାର ସୁବିଧା କରି ଦେଇଥିଲେ ଓ ଚେଲା ଅଜୟଙ୍କ ପାଇଁ ତାଙ୍କର କୌଣସି ପ୍ରକାର ଅସୁବିଧା ହେଉନଥିଲା।

(୮)

ବାବାଙ୍କ ଭଜନ କୀର୍ତ୍ତନ ଯେମିତି ଚାଲିଥାଏ ତାଙ୍କର ଔଷଧ ବି ସେମିତି କାମ କରୁଥାଏ। ଫୁଙ୍କାଝଡା ବି ତାଙ୍କର ବହୁତ କାମ କରୁଥାଏ। ଦିନେ ପାଖ ଗାଁରେ ଜଣକୁ ସାପ କାମୁଡିଦେଲା। ସେମାନେ ତୁରନ୍ତ ବାବା ପାଖକୁ ଦୌଡିଲେ। ବାବା ଫୁଙ୍କାଝଡା କଲେ ଓ ଔଷଧ ଦେଲେ। ଲୋକଟି ମରୁ ମରୁ ବଂଚିଗଲା। ତେଣୁ ବାବାଙ୍କ ମହିମା ଆହୁରି ଚାରିଆଡେ ବ୍ୟାପିଗଲା। ପ୍ରତିଦିନ କିଛି ରୋଗୀ ଆସୁଥିଲେ ଓ ବାବାଙ୍କଠୁ ଔଷଧ ନେଇ ଯାଉଥିଲେ। ପେଟକଟା, ମୁଣ୍ଡବ୍ୟଥା, ଜ୍ୱର, ଶର୍ଦ୍ଧି, କାଶ ଇତ୍ୟାଦି ରୋଗପାଇଁ ତାଙ୍କ ପାଖରେ ପ୍ରଚୁର ଔଷଧ ଥିଲା। ଏପରିକି ବହୁ ବଡ ବଡ ରୋଗୀ ମାନେ ବି ତାଙ୍କ ପାଖକୁ ଆସୁଥିଲେ। ବାବା କିନ୍ତୁ ଏଥିପାଇଁ କିଛି ପାଉଣା ନେଉନଥିଲେ। ଜଡିବୁଟି ସବୁ ଚେଲା ଅଜୟ ଜରିଆରେ ସଂଗ୍ରହ କରୁଥିଲେ ଓ ରୋଗର ଦେଶୀ ଚିକିତ୍ସା କରୁଥିଲେ। ଦେଶୀ ଚିକିତ୍ସା ବିଷୟରେ ତାଙ୍କର ଅଗାଧ ଜ୍ଞାନ ଥିଲା। ସେହି ଅଂଚଳରେ କେହି ଡାକ୍ତର ନ ଥିଲେ ନା କୌଣସି ଔଷଧ ଦୋକାନ ଥିଲା। ଡାକ୍ତର ଓ ଔଷଧ ପାଇଁ ଲୋକ ପାଖ ସହରସବୁ ଉପରେ ନିର୍ଭର କରୁଥିଲେ। ଗାଁରେ ଜଣେ କମ୍ପାଉଣ୍ଡର ବା କ୍ୱାକ୍ ଥିଲେ। ଅଂଚଳରେ ତାଙ୍କୁ ଲୋକେ ଡାକ୍ତରବାବୁ ବୋଲି ଡାକନ୍ତି। ତାଙ୍କ ନାଁ ଥିଲା ଶଶିକାନ୍ତ ରାଉତ ଡାକନା ଖାଉ। ବାବା ଆସିବା ପରେ ତାଙ୍କର ବେପାର ମାନ୍ଦା ହେଇଗଲା। ସେ ବହୁତ ଚିନ୍ତାରେ ପଡିଗଲେ। ବାବା ଯଦି ଗାଁରେ ରହିଯିବେ ତାଙ୍କୁ ଯେ ଭୋକରେ ମରିବାକୁ ପଡିବ। ତେଣୁ ସେ ବାବା ବିରୁଦ୍ଧରେ ତଥ୍ୟ ସଂଗ୍ରହ କରିବାରେ ଲାଗିଲେ। ବାବାଙ୍କ ଜନପ୍ରିୟତା ଏତେ ଥିଲା ଯେ ତାଙ୍କ ବିରୁଦ୍ଧରେ କିଛି ବି କହିଲେ ଲୋକ ବିଶ୍ୱାସ କରିବେନି। ତେଣୁ ସେ ନିଜେ ବି ନିଜକୁ ବାବାଙ୍କ ପରମ ଭକ୍ତ ଦେଖେଇହେଇ ତାଙ୍କର କାର୍ଯ୍ୟପ୍ରଣାଳୀକୁ ଅନୁଧ୍ୟାନ କରିବାରେ ଲାଗିଲେ ଓ ସୁଯୋଗର ଅପେକ୍ଷାରେ ରହିଲେ।

ମୀନକେତନ ବାବୁ ମଉକା ଦେଖି ଔଷଧ ବ୍ୟବସାୟ ଆରମ୍ଭ କରିଦେଲେ।

ପ୍ରତି ଔଷଧ ପାଇଁ ସେ ଦାମ ନିର୍ଦ୍ଧାରଣ କରିଦେଲେ। ବାବାଙ୍କୁ କହିଲେ ଏମିତି ମାଗଣାରେ ଔଷଧ ବାଣ୍ଟିବା ନାହିଁ। ଆମର ଖର୍ଚ୍ଚ କୋଉଠୁ ବାହାରିବ। ବାବା ମନା କଲେନି ଓ ବେପାରକୁ ମୀନକେତନ ବାବୁଙ୍କ ହାତରେ ଛାଡିଦେଲେ। ଏମିତିକି ଔଷଧ ବିକି ଭଲ ଦି ପଇସା ରୋଜଗାର ହେବାରେ ଲାଗିଲା।

ଦିନେ ସୁଦର୍ଶନ ବାବୁ ଆସିଲେ ବାବାଙ୍କ ଦର୍ଶନ ପାଇ ସେ ବହୁତ ଖୁସି ଜଣା ପଡୁଥିଲେ। ଲମ୍ବା ହୋଇ ବାବାଙ୍କ ଗୋଡ ତଳେ ପଡି କହିଲେ ବାବା ତମ ଦୟାରୁ ମୋର ବଦଳି ବନ୍ଦ ହେଇଗଲା। ଏମିତି ଆଶୀର୍ବାଦ ରଖିଥାଅ। ମୀନକେତନ ବାବୁ କହିଲେ କାମ ହେଲାତ ଦାସେ । ଆମ ଦକ୍ଷିଣା କାହିଁ । ସୁଦର୍ଶନ ବାବୁ କହିଲେ ମୁଁ କ'ଣ ମନା କଲି। ବାବା ଯାହା କହିବେ ଦେବା ପାଇଁ ମୁଁ ପ୍ରସ୍ତୁତ ଅଛି। ହେଲେ ଆଉ ଗୋଟେ କଥା ବାବା ତମକୁ ମୋର ଘରକୁ ଦିନେ ଯିବାକୁ ପଡିବ। ମୁଁ ଗାଡି ପଠାଇ ଦେବି। ବାବା ମୀନକେତନବାବୁଙ୍କ ଆଡେ ଇଙ୍ଗିତକଲେ ଓ କହିଲେ ସବୁ ରହିଲା ତାଙ୍କ ଉପରେ। ମୀନକେତନ ବାବୁ କହିଲେ ଏଇଠି ଆଗ ଫୁରସତ ହେଉ। ଏବେ ତ ଭିଡ କମିବାର ନାମ ନେଉନି।

ସୁଦର୍ଶନ ବାବୁ କହିଲେ ମୋର ଆଉ ଗୋଟେ ସମସ୍ୟା ଅଛି ବାବା। ବାବା କହିଲେ କୁହ। ଆମ ଦ୍ୱାରା ଯାହା ହେବ କରିବା। ସୁଦର୍ଶନ ବାବୁ କହିଲେ ମୋର ଦୁଇ ନମ୍ବର ଝିଅ ବାହା ହେଇ ପାରୁନି। ତଳକୁ ତଳ ସବୁ ଝିଅ ରହିଗଲେଣି। ସମସ୍ତଙ୍କର ବାହା ହେବାର ବୟସ ହେଇଗଲାଣି। ତମର ଆଶୀର୍ବାଦରୁ ଯଦି ତାର ବାହାଘର ହେଇଯାଏ ତମେ ଯାହା କହିବ ମୁଁ କରିବାକୁ ତିୟାର୍ ଅଛି। ବାବା କହିଲେ ମୁଁ ତମ ଘରକୁ ଗଲେ ତାର ବିବାହ ଯୋଗ କେବେ ଅଛି ଆଉ କଣ କଲେ ବିବାହ ଯୋଗ ଫିଟିବ କହିଦେବି। ଏବେ ଏ ଡେଉଁରିଆ ନେଇ ତାକୁ ପିନ୍ଧେଇ ଦିଅ। ମୀନକେତନ ବାବୁ କହିଲେ ବଦଳି ବନ୍ଦ ପାଇଁ ହଜାରେ ଟଙ୍କା ଚାନ୍ଦା ଦିଅ। ବାବାଙ୍କ ହୋମ ଯଜ୍ଞରେ ଲାଗିବ। ସୁଦର୍ଶନ ବାବୁ ଖୁସି ଖୁସିରେ ଡେଉଁରିଆ ନେଇ ହଜାରେ ଟଙ୍କା ଚାନ୍ଦାଦେଇ ଆଉ ଥରେ ନିମନ୍ତ୍ରଣ ଦେଇ ପଳେଇଲେ।

ବାବା ବହୁତ ଦିନ ହେଲା କୁଆଡେ ଯାଇ ନଥିଲେ। ଦଶ ଦିନ ପାଇଁ ଆସି ମାସେ ରହିଯାଇଥିଲେ। ସେ ମୀନକେତନ ବାବୁଙ୍କୁ କହିଲେ ଆମକୁ ଏଥର ଗାଡିଟେ କରି ଦିଅ। ଆମେ କିଛି ଦିନ ବୁଲିକି ଆସିବୁ । ବହୁତ ଜାଗାରେ ଭକ୍ତମାନେ ଅପେକ୍ଷା କରିଛନ୍ତି। ମୀନକେତନ ବାବୁ କହିଲେ ଭଲ କଥା। କିନ୍ତୁ ତମକୁ ଏକା ଛାଡିବିନି ତୁମେ ପୁଣି କୁଆଡେ ଅନ୍ତର୍ଦ୍ଧାନ ହେଇଯିବ ମୁଁ ବି ତମ ସାଙ୍ଗେ ଯିବି। ବାବା କହିଲେ ଆମେ କୁଆଡେ ଯିବୁନି, ଫେରି ଆସିବୁ। ତମେ ଏଇଠି ଭକ୍ତ ମାନଙ୍କ କାମ ସମ୍ଭାଳ।

(୯)

ବାବା କିଛି ଦିନ ପାଇଁ ପଳେଇଲେ । ବାବା ପଳେଇଲା ପରେ ଗାଁଦାଣ୍ଡ ଘରଦ୍ୱାର ସବୁ ଶୁନ୍‌ଶାନ ହେଇଗଲା । ଲୋକେ ଆସିକି ଫେରିଯାଆନ୍ତି । ମୀନକେତନ ବାବୁ ସେମାନଙ୍କ କଥା ବୁଝନ୍ତି ।

କାଶୀନାଥର ପୁଅ ବାବା ହେଇ ଏମିତି ପ୍ରସିଦ୍ଧ ହେଇଯିବାଟା ଗୌନ୍ତିଆ କାଳୀପ୍ରସାଦଙ୍କ ମନକୁ ଆସୁନଥାଏ । କାଶୀନାଥ ଯିବାପରଠୁ ସେ ତାଙ୍କ ପରିବାର ଉପରେ ଥିବା ଶତ୍ରୁତା ଭୁଲି ସାରିଥିଲେ । ବାବା ଆସିବା ପରେ ସେଇ ଶତ୍ରୁଭାବ ପୁଣି ତାଙ୍କ ଭିତରେ ଜାଗ୍ରତ ହେବାରେ ଲାଗିଲା । ସେ ତାଙ୍କ ଚରମାନଙ୍କୁ ଲଗେଇ ବାବା ବିରୁଦ୍ଧରେ ଅଭିଯୋଗସବୁ ସଂଗ୍ରହ କରିବାରେ ଲାଗିଥାନ୍ତି । ଯେମିତି ହେଲେ ଶଳା ବାବାକୁ ଗାଁରୁ ତଡିବାକୁ ପଡିବ । ନୋହିଲେ ଗାଁରେ ତାଙ୍କର ପତିଆରା କମିଯିବ । ବାବାଙ୍କୁ ହଇରାଣ କରିବା ପାଇଁ ସେ ବିଭିନ୍ନ ଫନ୍ଦିଫିକର କରିବାରେ ଲାଗିଲେ । ଦିନେ ସେ ଥାନାକୁ ଯାଇ ଥାନାବାବୁଙ୍କ ସହ ଏ ବିଷୟରେ ଆଲୋଚନା କରିବାରେ ଲାଗିଲେ । ଥାନାବାବୁଙ୍କୁ କହିଲେ ଦେଖନ୍ତୁ ଆଜ୍ଞା ଆମ ଗାଁ ଆଇନ ଶୃଙ୍ଖଳା ପରିସ୍ଥିତି ବିଗଡିବାରେ ଲାଗିଛି । କୋଉଠୁ ଗୋଟେ ବାବା ଆସି ନିଜକୁ ମୋ ଭାଇ କାଶୀନାଥର ପୁଅ ବୋଲି ଦାବୀ କରୁଛି । ମୋ ଜାଣିବାରେ କାଶୀନାଥର ପୁଅ ମରିସାରିଛି । ସେ ନେଇ ୧୪ ବର୍ଷ ତଳେ ଥାନାରେ ରିପୋର୍ଟ ଦିଆହେଇଥିଲା ଦେଖନ୍ତୁ । ଏ ବାବା ଧନଲୋଭରେ ଆସି କାଶୀନାଥ ଘରେ ଆସ୍ଥାନ ଜମେଇଛି । ସେମିତି ବି ବାର ବର୍ଷ ଧରି ଯଦି କେହି ବ୍ୟକ୍ତି ନିଖୋଜ ରହେ ସେ ମରିଗଲା ବୋଲି ଧରାଯାଏ ଜମିବାଡିରେ ତାର ଆଉ କୌଣସି ହକ ନଥାଏ । ସେ ଧନ ଦୌଲତ କଥା ମାର ଗୋଲି । ସେଥିରେ ମୋର କିଛି ଯାଏଆସେ ନାହିଁ । ସେ କଥା ତାର ଭାଇ ମହେଶ ବୁଝିବ । ମୁଁ ଗୌନ୍ତିଆ ହିସାବରେ ଗାଁର ଆଇନ ପରିସ୍ଥିତି ଉପରେ ଚିନ୍ତିତ । ବାବା କଅଣ ଏତେ ବଡ ବଡ

ସଭା ସମିତି କରିବା ପାଇଁ ଆପଣଙ୍କଠୁ ଅନୁମତି ନେଇଛି କି, ଆପଣଙ୍କୁ ଜଣେଇଛି କି ? ଯଦି ଜଣେଇନି ଯେତେ ଭିଡ ହେଉଛି କୋଉ ଆଇନ ଶୃଙ୍ଖଳା ପରିସ୍ଥିତି ହେଲେ କିଏ ବୁଝିବ । ତା ଛଡା ବାବା ଆସିବା ଦିନଠୁ ଗାଁରେ ଚୋରି, ମଦ ଆଉ ଗଞ୍ଜେଇ ବେପାର ବହୁତ ବଢିଯାଇଛି । ପାଂଚଖଣ୍ଡ ମଉଜାର ଲୋକ ସବୁବେଳେ ଯିବା ଆସିବା କରୁଛନ୍ତି । ଗାଁରେ ଚୋରିହାରି ମାଡଧର ଯେ ନହେବ କିଏ କହିବ । ମୁଁ ଏନେଇ ମୋର ଗାଁ ବାସୀଙ୍କ ତରଫରୁ ଅଭିଯୋଗ ଦାଖଲ କରୁଛି । ବାକିକଥା ଆପଣ ବୁଝିବେ । ଥାନାବାବୁ କହିଲେ ଦେଖନ୍ତୁ ଆଜ୍ଞା ବାବା କିଛି ରାଜନୈତିକ ସଭା ସମିତି କରୁନାହାନ୍ତି, ଭଜନ କୀର୍ତ୍ତନ କରୁଛନ୍ତି । ସେଥିପାଇଁ କୌଣସି ଅନୁମତି ନେବାକୁ ପଡୁନି । ବାକି ଆଇନ ପରିସ୍ଥିତି ଉପୁଜିଲେ ମୁଁ ଅବଶ୍ୟ ହସ୍ତକ୍ଷେପ କରିବି । ଆମ ଏସ.ପି. ସାହେବ ବି ବାବାଙ୍କ ଭକ୍ତ । ତେଣୁ ମୁଁ ଆପଣଙ୍କୁ ଏ ଦିଗରେ ବେଶୀ କିଛି ସାହାଯ୍ୟ କରିପାରିବିନି । ଆପଣ ଯଦି ଅଭିଯୋଗ କରିବେ ମୁଁ ତାକୁ ଡାଏରୀରେ ଲିପିବଦ୍ଧ କରି ରଖିବି । ଭବିଷ୍ୟତରେ ସେମିତି କିଛି ହେଲେ ଦେଖିବା ।

ତାଙ୍କର ଉଦ୍ୟମ ପଣ୍ଡ ହେବା ଜାଣି ମନଦୁଃଖରେ କାଳୀପ୍ରସାଦ ବାବୁ ଫେରି ଆସିଲେ ଓ ଗାଁରେ ପଂଚ ଭଲଲୋକଙ୍କ ସହ ଆଲୋଚନା କଲେ । ସେମାନେ ଗୌନ୍ତିଆଙ୍କ ଚାମଚା । ସବୁ ପଡାରୁ ଜଣେ ଲେଖା ଥିଲେ । ଗଣ୍ଡା ପଡାରୁ ଚମାରୁ ହରିଜନ ସବୁଠୁ ବଡ ଚାମଚା ଥିଲା । ସେ କହିଲା ବ୍ୟସ୍ତ ହୁଅନ୍ତୁନି ଗୌନ୍ତିଆ ବହୁତ ଜଲଦି ଗାଁରେ ଆଇନ ଶୃଙ୍ଖଳା ପରିସ୍ଥିତି ମୁଁ ସୃଷ୍ଟି କରେଇବି । ତା ପରେ ଥାନାବାବୁ କେମିତି ନ ଆସିବ ମୁଁ ଦେଖିବି ।

କ୍ୱାକ୍ ଡାକ୍ତର ରାଉତ ବାବୁ ଯେତେବେଳେ ଜାଣିଲେ ଗୌନ୍ତିଆ ବି ବାବା ବିରୁଦ୍ଧରେ ଅଛନ୍ତି ସେ ତୁରନ୍ତ ଗୌନ୍ତିଆଙ୍କ ପାଖକୁ ଆସିଲେ । ଆସିକି କହିଲେ କେମିତି ବାବାଙ୍କ ନାଁରେ ଦୁର୍ନୀତି ସବୁ ହେଉଛି । ଲୋକଙ୍କୁ ଭୁଆଁ ବୁଲାହେଉଛି । ଔଷଧ ନାଁରେ ଯାବତୀୟ ଗୁଣ୍ଡସବୁ ଧରେଇ ଦିଆହେଉଛି । ବାବାଙ୍କ ଔଷଧ ଖାଇ କେମିତି ଲୋକ ଅସୁସ୍ଥ ହେଉଛନ୍ତି ଓ ପୁଣି ତାଙ୍କ ପାଖକୁ ଦୌଡୁଛନ୍ତି । ବାବା ପୁରାପୁରି ଗୋଟେ ବ୍ରହ୍ମଠକ ଓ ବାବା କେବେ ବି ଉମେଶ ନୁହେଁ ବୋଲି ସେ ଦୃଢସ୍ୱରରେ କହିଲେ । ସେ ଆହୁରି ମଧ୍ୟ କହିଲେ ଦରକାର ପଡିଲେ ସେ ଡାକ୍ତରୀ ଉପାୟରେ ବାବାଙ୍କୁ ଉମେଶ ନୁହେଁ ବୋଲି ପ୍ରମାଣିତ କରିବା ପାଇଁ ପ୍ରସ୍ତୁତ ।

ଗୌନ୍ତିଆ ସବୁ ଶୁଣିଲେ ଆଉ ଦରକାର ପଡିଲେ ତାଙ୍କର ସାହାଯ୍ୟ ନେବେ ବୋଲି କହିଲେ । ବାବା ଆସିଲା ପରେ ଯଦିଓ ତାଙ୍କର କିରାନା ବ୍ୟବସାୟ ବୃଦ୍ଧି ପାଇଥିଲା ତଥାପି ବାବା ଉପରେ କ୍ଷୁବ୍ଧଥିଲେ ଗାଁର ଏକମାତ୍ର କିରାନା ଦୋକାନୀ

ଥବିର ସାହୁ। କାରଣ ନଡିଆ, ଧୂପକାଠି ଓ ସିନ୍ଦୁର ତାଙ୍କ ଦୋକାନରୁ ବିକ୍ରି ହେଉନଥିଲା। ବାବାଙ୍କ ପାଖରେ ଚଢା ହେଉଥିବା ନଡିଆ ସବୁକୁ ମୀନକେତନ ବାବୁଙ୍କ ପୁଅ ବାବାଙ୍କ ଘର ସାମ୍ନାରେ ଗୋଟେ ଖଟିଆ ପକେଇ ବିକ୍ରି କରୁଥିଲା। ଲୋକଙ୍କ ଭିଡ ଓ ଚାହିଦାକୁ ଦେଖି ଏ ଭିତରେ ସେ ବିସ୍କୁଟ ଆଉ କଦଳୀ ବି ରଖୁଥିଲା। ଏପରିକି ବିଡି ସିଗାରେଟ ଆଉ ଗଞ୍ଜେଇ ରଖୁଥିଲା। ମୀନକେତନ ବାବୁ ଏଇ ଦୋକାନ କରି ନଥିଲେ ଏହି ବ୍ୟବସାୟିକ ଲାଭଟି ତାଙ୍କ ପାଖକୁ ଯାଇଥାନ୍ତା। ତେଣୁ ସେ ବି ଗୌନ୍ତିଆ ଆଗରେ ବାବା ବିରୁଦ୍ଧରେ ଫେରାଦ ହେଇଥିଲା। ଯଦିଓ ବାବା ନୁହେଁ ମୀନକେତନ ବାବୁଙ୍କ ବ୍ୟବସାୟଟି ତାର ବଡ ଶତ୍ରୁଥିଲା। ଗୌନ୍ତିଆ କହିଲେ ତାକୁ ମନା ତ କରି ହେବନି ତଥାପି ଦେଖିବା। ତୁ ଖାଲି ବାବା ଉପରେ ନଜର ରଖ। ତୋ ଘର ତ ବାବା ଘର ପାଖରେ। ବାବା ପାଖରେ ରହି ଖବରସବୁ ଆଣି ମୋତେ ଦେବୁ। ବାକି କଥା ମୁଁ ବୁଝିବି। ସେଇ ସମାନ ଅଭିଯୋଗ ଥିଲା ହରିଜନ ବସ୍ତିର ଲବାର ସାହୁର। ପ୍ରଥମେ ଯେତେବେଳେ ବାବା ଆସିଲେ ତାର ସବୁ ଗାମୁଛା ବିକ୍ରି ହେଇଗଲା। ଏବେ ତାଠୁ ଆଉ କେହି ଗାମୁଛା ନେଉ ନାହାନ୍ତି। ଯୋଉ ଗାମୁଛା ଲୋକେ ବାବାଙ୍କୁ ଦେଉଛନ୍ତି ସେଇ ଗାମୁଛା ପୁଣି ମୀନକେତନ ବାବୁଙ୍କ ପୁଅ ନକୁଳର ଦୋକାନକୁ ଚାଲିଆସୁଛି। ତେଣୁ ତାର ବି ବିକ୍ରି ଏବେ ମାନ୍ଦା ହେଇଯାଇଛି। ଗୌନ୍ତିଆ କହିଲେ ତମେ ସବୁ ମୋତେ ଆପତ୍ତି କଲେ କଣ ହେବ। ବାବାଙ୍କୁ ଅନୁଧ୍ୟାନ କର ଓ ଯେ ଯାହା ଖବର ପାଉଛ ଆସି ମୋତେ ଦିଅ। ତା ବିରୁଦ୍ଧରେ କିଛି ପାଇଲେ ସିନା ମୁଁ କିଛି କରି ପାରିବି।

(୧୦)

୧୯୭୭ ମସିହାରେ ଯେତେବେଳେ ସନ୍ତୋଷୀ ମାଁ ଫିଲ୍ମ ଲାଗିଲା ଚଳଚ୍ଚିତ୍ରଟା ବହୁତ ଜନପ୍ରିୟ ହେଇଗଲା । ପ୍ରଥମ କରି ଗୋଟେ ଦେବୀଙ୍କୁ ନେଇ ଏମିତି ସୁନ୍ଦର କାହାଣୀର ଚଳଚ୍ଚିତ୍ରଟେ ତିଆରି ହେଇଥିଲା । ଗୀତ ଗୁଡାକ ଅତି ସୁନ୍ଦର ଥିଲା । କାହାଣୀ ଖୁବ ବାସ୍ତବ ଥିଲା ଓ ଅଭିନୟ ବହୁତ ସୁନ୍ଦର ଥିଲା । କାହାଣୀର ପ୍ରଭାବ ସମାଜ ଉପରେ ଏତେ ଜୋର ପଡିଲା ଯେ ଘରେ ଘରେ ମାଁ ସନ୍ତୋଷୀ ପୂଜା ଆରମ୍ଭ କଲେ । ତା ପୂର୍ବରୁ ହୁଏତ କ୍ୱଚିତ ଲୋକ ଜାଣିଥିବେ ପ୍ରଭୁ ଗଣେଶଙ୍କ ମାଁ ସନ୍ତୋଷୀ ନାଁରେ ଗୋଟେ ଝିଅ ଥିଲେ । ଏ କାହାଣୀରେ ସନ୍ତୋଷୀ ପୂଜାକରି କେମିତି ଭକ୍ତମାନେ ତୁରନ୍ତ ଲାଭବାନ ହେଉଛନ୍ତି ଦର୍ଶାଯାଇଥିଲା । ଖବର ଚାରିଆଡେ ବ୍ୟାପିଯାଇଥିଲା । ଚଳଚ୍ଚିତ୍ରଟି ଖୁବ ଲୋକପ୍ରିୟତା ହାସଲ କରିଥିଲା । ଏ ଖବର ପ୍ରତି ଗାଁରେ ପହଂଚିବା ପାଇଁ ବେଶୀ ଡେରି ହେଇନଥିଲା । ଉମେଶ (ବାବା)ର ଭଉଣୀ ତନୁଲତା ଏ ଚଳଚ୍ଚିତ୍ର ଦେଖି ସାରିବା ପରେ ଏତେ ମାତ୍ରାରେ ପ୍ରଭାବିତ ହେଲା ଯେ ସେ ତା ଭାଇ ଉମେଶ ଫେରିଆସୁ ବୋଲି ସନ୍ତୋଷୀ ପୂଜା ଆରମ୍ଭ କଲା । ପୂଜା କରିବାର ଦୁଇ ବର୍ଷ ଭିତରେ ସେ ଉମେଶକୁ ପାଇଗଲା । ଫଳପ୍ରାପ୍ତି ପରେ ପୂଜାକୁ ଉଦ୍ୟାପନ କରିବାର ବିଧି ରହିଥାଏ । ତନୁଲତା ତା ମାଆକୁ କହିଲା ଏଥର ଭାଇ ଆସିଲେ ମୁଁ ମୋର ପୂଜା ଉଦ୍ୟାପନ କରିବି । ସେ କହିଲେ ତୋ ଭିଣୋଇକୁ କହ ସେ ସବୁ ବ୍ୟବସ୍ଥା କରିବେ । ମୀନକେତନ ବାବୁ ସବୁ କଥା ଶୁଣିଲେ ଓ କହିଲେ ଚିନ୍ତାକରନା ବାବା ଆସୁ । ଉଦ୍ୟାପନା ଧୁମଧାମରେ କରିବା । ଆଗ ବାବାକୁ କହି ଦିନ ବାର ତାରିଖ ଧାର୍ଯ୍ୟ କରିବା । ନାନି, ଜ୍ୱାଇଁ, ଭଣଜା, ଭାଣଜୀ, ମାମୁଁ, ମାଇଁ ସମସ୍ତଙ୍କୁ ଡାକିବା । ବାବା ଫେରିଆସିଲା । ସେଇଟା ଆମ ପାଇଁ ବଡ କଥା । ଆମେ ବି ଗୋଟେ ଖୁସୀ ମଉଜ କରିବା କଥା । ମୁଁ ଆଗ ବାବାଙ୍କୁ ପଚାରେ ସେ ଯଦି ସମୟ ଦେଇ ପାରିବେ ତା ହେଲେ କରିବା ।

ଦଶ ଦିନ ପରେ ବାବା ଫେରିଲେ । ଭଜନ କୀର୍ତ୍ତନ ପୂର୍ବବତ ଚାଲିଲା । ଗୌନ୍ତିଆଙ୍କ ଚେଲା ଚାମ୍‌ଚା ସବୁ ନିଘା ନଜର ରଖିଥାନ୍ତି ବାବାଙ୍କ କାର୍ଯ୍ୟକଳାପ ଉପରେ । ରାଉତ ବାବୁ ଡାକ୍ତର ବି ଲାଗିଥାନ୍ତି ତାଙ୍କ ପଛରେ । ନାଁକୁ ସମସ୍ତେ ଦେଖାଇ ହୁଅନ୍ତି ବାବାଙ୍କ ଭକ୍ତ ବୋଲି ଉପରେ ଉପରେ ।

ବାବା ସହ ମୀନକେତନ ବାବୁ ଆଲୋଚନା କରି ସନ୍ତୋଷୀ ପୂଜା ପାଇଁ ମାସର ଶେଷ ଶୁକ୍ରବାର ଧାର୍ଯ୍ୟ କଲେ । ସମସ୍ତ ସମ୍ପର୍କୀୟ ମାନଙ୍କୁ ଚିଠି ଲେଖି ଜଣାଇ ଦିଆଗଲା । ମହେଶ ବି ଛୁଟିନେଇ ଆସିଲା । ବରଗଡରୁ ଗୋଟେ ପଣ୍ଡିତ ଡକେଇ ସନ୍ତୋଷୀ ପୂଜା କରାଗଲା । ସବୁ ବନ୍ଧୁବାନ୍ଧବ ଆସିଥିଲେ । ବାଳକ ଭୋଜନ ଦିଆଗଲା । ସମସ୍ତଙ୍କ ପାଇଁ ଭୁରିଭୋଜନର ବ୍ୟବସ୍ଥା ହେଲା । ସମସ୍ତେ ତନୁଲତାକୁ ପ୍ରଶଂସା କଲେ । ଆଜି ତନୁଲତାର ସନ୍ତୋଷୀ ପୂଜା ପାଇଁ ସେ ତା ଭାଇକୁ ଫେରି ପାଇଲା ବୋଲି ଖବର ଚାରିଆଡେ ବ୍ୟାପୀ ଗଲା । ମାଁ ସନ୍ତୋଷୀଙ୍କ ମହିମା ଆହୁରି ବ୍ୟାପୀଗଲା ସେଇ ଅଂଚଳରେ । ସନ୍ଧ୍ୟାରେ ଭଜନ କୀର୍ତ୍ତନ ହେଲା । ବାବା ମାଁ ସନ୍ତୋଷୀଙ୍କ ଭଜନ ଗାଇଲେ ଖଞ୍ଜଣୀ ସୁରେ । ବାବାଙ୍କ ପ୍ରଚାର ପ୍ରସାର ଜୋରସୋର ଚାଲିଥାଏ । ଏଥିରେ ବାବାଙ୍କ ଚେଲା ଅଜୟ କୁମାର ଓ ମୀନକେତନ ବାବୁଙ୍କ ଗୋଟେ ବଡ ଭୂମିକା ଥିଲା । କାରଣ ସକାଳେ ଭକ୍ତଙ୍କ ଦର୍ଶନ ସମୟରେ ସେ ଦୁଇ ଜଣ ଖାଲି ବାବାଙ୍କ ପାଖରେ ରହୁଥିଲେ । ଅଜୟ ଔଷଧ ବାଣ୍ଟିବା ପାଇଁ ଓ ମୀନକେତନ ବାବୁ ଫିଜ୍ ନିର୍ଦ୍ଧାରଣ ପାଇଁ । ତେଣୁ କୋଉ ଭକ୍ତର ସମସ୍ୟା କଣ ସେ ଦୁଇ ଜଣ ଜାଣି ପାରୁଥିଲେ । ଯାହା ତାଙ୍କୁ ଉଦାହରଣ ଦେବାରେ ସୁବିଧା ହେଉଥିଲା ବାବା କେମିତି ତାଙ୍କ ଅଲୌକିକ ଶକ୍ତି ଦେଖାନ୍ତି । କଣ ସବୁ ଆଶ୍ଚର୍ଯ୍ୟ ସେ କରି ପାରନ୍ତି ସେ ସବୁ ଅଜୟ ଲୋକଙ୍କ ଆଗରେ ବ୍ୟାଖ୍ୟା କରେ, ସେ ସବୁ କାନରୁ କାନକୁ ହେଇ ଚାରିଆଡେ ବ୍ୟାପିଯାଏ । ଠିକ ଏଇ ସମୟରେ ସୁଦର୍ଶନ ବାବୁଙ୍କ ଚିଠି ଆସିଲା । ଦିନକ ଭିତରେ ସେ ବାବା ପାଇଁ ଗାଡି ପଠେଇବି କହିଲେ । ନିର୍ଦ୍ଧାରିତ ଦିନ ଗାଡି ଆସିଲା । ବାବା,ମୀନକେତନ ବାବା, ଚେଲା ଅଜୟ, ତନୁଲତା ଆଉ ତା ମାଁ ବାସନ୍ତି ଦେବୀ ଚାଲିଲେ ଟିଟିଲାଗଡ ଅଭିମୁଖେ । ରାସ୍ତାରେ ଯୋଗୀସୁର୍ଡା ମନ୍ଦିରରେ କିଛି ସମୟ ବାବା ଅଟକି ଭକ୍ତଙ୍କୁ ଦର୍ଶନ ଦେଲେ । ନିଜେ ମଧ୍ୟ ଶିବଙ୍କୁ ଆରାଧନା କଲେ ।

ସୁଦର୍ଶନ ବାବୁ ବାବା ପାଇଁ ଗୋଟେ କୋଠରୀ ସଜେଇକି ରଖିଥିଲେ । ଯୋଉଠି ମୀନକେତନ ବାବୁ ଆଉ ଚେଲା ସଙ୍ଗରେ ବାବା ରହିଲେ । ତାଙ୍କର ସେବାରେ ଯେମିତି ହେଳା ନ ହୁଏ ସେଥି ପାଇଁ ତାଙ୍କ ଝିଅ ସବୁ ଲାଗି ପଡିଲେ । ସୁଦର୍ଶନ ବାବୁ ତାଙ୍କ ଅଫିସର ଦୁଇଟି ଅର୍ଦ୍ଦଳୀକୁ ମଧ୍ୟ ଏଥି ସକାଶେ ନିୟୋଜିତ କରିଥିଲେ । ଜଣକୁ

ରୋଷେଇବାସରେ ଆଉ ଜଣକୁ ହାଟବାଟ ଇତ୍ୟାଦି ବାହାରିଆ କାମରେ ଆଉ ବାବାଙ୍କୁ ଦେଖା ଶୁଣା କରିବାରେ। ସୁଦର୍ଶନ ବାବୁ ଖୋଦ ଏଥି ସକାଶେ ଦପ୍ତରରୁ ଦୁଇଦିନ ଛୁଟୀ ନେଇଥିଲେ ଓ ବାବାଙ୍କ ପାଖେ ପାଖେ ସଦାବେଳେ ହାତ ଯୋଡି ବସୁଥିଲେ। ପ୍ରଥମ ଦିନ ବିଶ୍ରାମ ଓ ଟିଟିଲାଗଡରେ ବୁଲାବୁଲିରେ ଗଲା। ସୁଦର୍ଶନ ବାବୁ ଜାଣିଶୁଣି ବାବା ଆସିବା କଥା ସାହିରେ ପ୍ରଚାର କରି ନଥିଲେ। କାରଣ ବାବା ଆସିବା ଜାଣିଗଲେ ତାଙ୍କ ଘରେ ବେକାରଟାରେ ଭିଡ ହେବ ଓ ତାଙ୍କ ନିଜ କାମରେ ବ୍ୟାଘାତ ହେବ।

ତା ପର ଦିନ ବାବା ସକାଳେ ପ୍ରସନ୍ନ ମନରେ ଥିବାବେଳେ ସୁଦର୍ଶନ ବାବୁ ବାବାଙ୍କୁ ତାଙ୍କ ଝିଅର ସମସ୍ୟା ସମ୍ପର୍କରେ ଅବଗତ କରେଇଲେ। ବାବା କହିଲେ କନ୍ୟାକୋ ଲାଓ। ତାଙ୍କ ଝିଅ ମନସ୍ୱିନୀକୁ ଡକାଗଲା। ବାବା ଝିଅକୁ ମୁଣ୍ଡରୁ ଗୋଡଯାଏଁ ଭଲକି ଅନେଇଲେ। ମନସ୍ୱିନୀ ମୁଣ୍ଡିଆ ମାରିଲା। ବାବା ତାର ମୁଣ୍ଡକୁ ଆଉଁସି ଆଶୀର୍ବାଦ ଦେଇ କହିଲେ ବସ ଭଉଣୀ। ମନସ୍ୱିନୀ ବସିଲା।

ମନସ୍ୱିନୀ ଖାସ ଗୋରା ନଥିଲା କି କଳା ବି ନଥିଲା। ଅତି ସୁନ୍ଦର ସ୍ୱାସ୍ଥ୍ୟ ଥିଲା। ବେଶୀ ସୁନ୍ଦରୀ ବି ନଥିଲା କି ଅସୁନ୍ଦରି ବି କୁହାଯିବନି। ବାବା ତାର ହାତ ଦେଖିଲେ ଆଉ କହିଲେ ୟାର ମଙ୍ଗଳ ଅଷ୍ଟମରେ। ସେଥିପାଇଁ ବିବାହରେ ବାଧା ହେଉଛି। ୟା ପାଇଁ ଗୋଟେ ମଙ୍ଗଳ ଗ୍ରହ ଶାନ୍ତି ସକାଶେ ହୋମ କରିବା। ଆଉ ମୁଁ ଗୋଟେ ତେଉଁରିଆ ଓ ମନ୍ତ୍ର ଦେବି। ମାସେ ଭିତରେ ତାର ବାହା ଘର ଠିକ ହେଇଯିବ। ସୁଦର୍ଶନ ବାବୁ ମୁଣ୍ଡିଆ ମାରିଲେ। ସେ ଜାଣିଛନ୍ତି ବାବାଙ୍କ ବାଣୀ ଅକାଟ୍ୟ। ସଙ୍ଗେ ସଙ୍ଗେ ସେ ହୋମର ଆୟୋଜନରେ ଲାଗିଗଲେ। ବାବା ତାଙ୍କ ଝଡି ଯାଇଥିବା ଚୁଟିରୁ ଗୋଟେ ତାବିଜ ବନେଇଲେ ଆଉ ମନସ୍ୱିନୀକୁ ପିନ୍ଧିବାକୁ ଦେଲେ। ବାଳରୁ ତାବିଜ ବନେଇବା ଦେଖି ଅନ୍ୟ ଝିଅ ମାନେ ବି ବାବାଙ୍କ ଚୁଟି ଗୋଟେଇ ସାଇତିବାରେ ଲାଗିଲେ। କାଳେ ସେ ଚୁଟି ଦ୍ୱାରା କିଛି ଆକସ୍ମିକତା ହେଇପାରେ। ଚେଲା ଅଜୟ ଯୁକ୍ତିବାଢ଼ି ଥିଲା ବାବାଙ୍କ ଏଇ ଚୁଟିର କରିସ୍ମା ବାବଦରେ। ହୋମ ସରିଲା। ବାବା କହିଲେ ଏଥର ଆମକୁ ଅନୁମତି ମିଳୁ ଯିବାକୁ। ସୁଦର୍ଶନ ବାବୁ କହିଲେ ଆଉ କିଛି ଦିନ ରୁହନ୍ତୁ। ବାବାଙ୍କର କୌଣସି ଅଭିଯୋଗ ନଥିଲା। ମୀନକେତନ ବାବୁ କିନ୍ତୁ ରାଜି ନଥିଲେ। କହିଲେ ଗାଁରେ ଭକ୍ତମାନେ ବହୁତ ଅସୁବିଧାର ପଡିବେ। ସବୁ ଆସି ବାବାଙ୍କୁ ନପାଇ ଫେରି ଯାଉଥିବେ। ତେଣୁ ଆମେ ଆଉ ରହିପାରିବୁନି।

ରାତିରେ ବାବା ମୀନକେତନ ବାବୁଙ୍କୁ କହିଲେ ମନସ୍ୱିନୀ ଆପଣଙ୍କୁ କେମିତି ଲାଗିଲା। ମୀନକେତନ ବାବୁ କହିଲେ ଭଲ। କିନ୍ତୁ ବାବାଙ୍କର ଏପରି ଜିଜ୍ଞାସାର କାରଣ ଖୋଜି ପାଇନଥିଲେ। ବାବା ନିଜେ ଏଇ ସଂଶୟକୁ ଦୂର କରିବାକୁ ଯାଇ

କହିଲେ ମୁଁ ଭାବୁଛି ଏଇ ଝିଅ ଆମ ମହେଶ ପାଇଁ ଠିକ ହେବ। ମୁଁ ଜାଣି ପାରୁଛି ଏ ଝିଅକୁ ବାହା ହେଲେ ମହେଶର ସବୁ ସମସ୍ୟାର ସମାଧାନ ହେଇଯିବ। ସୁଦର୍ଶନ ବାବୁଙ୍କୁ ମୁଁ ବୁଝେଇ ଦେଇପାରିବି। ମାଆ ବି ମୋ କଥାରେ ଅସହମତ ହେବନି। ଖାଲି ରହିଲା ମହେଶ। ତାର ଜିମା ଯଦି ଆପଣ ନେବେ ମୁଁ ପ୍ରସ୍ତାବ ଆଗକୁ ନେବି। ମୀନକେତନ ବାବୁ କହିଲେ ମୋ କଥାରେ ମହେଶବି ମନା କରିବନି। ତାକୁ ବୁଝେଇବା ଦାୟିତ୍ୱ ମୋର। ଆଜି ତାହେଲେ କଥାଟା ପକେଇ ଦେବା। ଆଗ ଆମ ଭିତରେ ଟିକେ ଆଲୋଚନା ହେଇଯାଉ । ମୀନକେତନ ବାବୁ ତାଙ୍କ ଶାଶୁ ସାବିତ୍ରୀ ଦେବୀ ଆଉ ଶାଳୀ ତନୁଲତାକୁ ତାଙ୍କ କୋଠରୀକୁ ଡାକିଲେ। ସୁଦର୍ଶନ ବାବୁ ନଥିଲେ। ସମସ୍ତେ ଏକାନ୍ତରେ ଆଲୋଚନା କଲେ। ସାବିତ୍ରୀ ଦେବୀଙ୍କ କିଛି ଅରାଜି ନଥିଲା। ସେ କିନ୍ତୁ କହିଲେ ବଡ ଥାଉ ଥାଉ ସାନକୁ କେମିତି ଆଗ ବାହା କରିବି। ଆଗ ଉମେଶ ବାହା ହେଇଯାଉ। ବାବା ହସିହସି କହିଲେ, ମୋତେ ଆଉ ଏ ମାୟା ଜାଲରେ ଘାଣ୍ଟ ନାଇଁ ମାଆ ମୁଁ ସେ ସବୁ କେବେଠୁ ପାସୋରି ଦେଇଛି। ମୋର ଆଉ ସଂସାରକୁ ଫେରିବାର ନାଇଁ। ବେଶ ସୁଃଖେ ଦୁଃଖେ ପ୍ରଭୂଙ୍କ ନାମରେ ଭଜନ କୀର୍ତ୍ତନ କରି ମୋର ଜୀବନଟା ସରିଯାଉ। ଯେତେବେଳେ ମାଆ ଜାଣିଲେ ଯେ ବାବାର ଆଉ ଘରସଂସାର କରିବାର ଆଗ୍ରହ ନାହିଁ ସେ ମହେଶ ପାଇଁ ମନସ୍ୱୀନୀର ପ୍ରସ୍ତାବରେ ରାଜିହେଲେ।

ତା'ଆରଦିନ ପୂଜା ପରେ ବାବା ସୁଦର୍ଶନ ବାବୁଙ୍କୁ ଡାକି କହିଲେ ମୁଁ କହିଥିଲି ତମର ଝିଅର ବାହାଘର ମାସେ ଭିତରେ ଠିକ ହେଇଯିବ ବୋଲି ଦେଖ ତାର ବାହା ଯୋଗ କେମିତି ଫିଟି ଯାଇଛି। ସୁଦର୍ଶନ ବାବୁ ଢୋ ଢୋ ମୁଣ୍ଡିଆ ମାରିଲେ। ମୀନକେତନ ବାବୁ ଏ ସମ୍ପର୍କରେ ବିଶେଷ ସୂଚନା ଦେବେ। ସୁଦର୍ଶନ ବାବୁ ମୀନକେତନ ବାବୁଙ୍କୁ ପଚାରିଲେ ହଇହୋ ପଣ୍ଡା ବାବୁ କଥା କଣ ବାବା ସକାଳୁ ସକାଳୁ ବଡ ପ୍ରସନ୍ନ ହୋଇ ଆଶୀର୍ବାଦ ଦେଲେଣି।ମୀନକେତନ ବାବୁ ସବୁ କଥା ତାଙ୍କୁ ବୁଝାଇଲେ ଆଉ ତାଙ୍କର ସମ୍ମତି ମାଗିଲେ। ସୁଦର୍ଶନ ବାବୁ କହିଲେ ପ୍ରସ୍ତାବ ତ ବଢିଆ ପ୍ରସ୍ତାବ ହେଲେ ମୁଁ ଟିକେ ତା ମାଆକୁ ପଚାରେ। ସେ ଯାଇ ତାଙ୍କ ସ୍ତ୍ରୀଙ୍କୁ ପଚାରିଲେ। ସେ ବି ଏ ପ୍ରସ୍ତାବରେ ରାଜି ହେଲେ। କହିଲେ ଉଭୟଙ୍କ ଯୋଡି ଖୁବ ମାନିବ। ତା ଛଡା ମହେଶ ବହୁତ ଲକ୍ଷ୍ମୀବନ୍ତ ପିଲା। ପିଲାଟି ଦିନରୁ ଘରର ସବୁ ଦାୟିତ୍ୱ ନେଲା। ସବୁ ଭଉଣୀ ମାନଙ୍କୁ ବାହାକଲା। ଆଉ କଣ କରିଥାନ୍ତା। ତୁମେ ମୋ ତରଫରୁ ହଁ କହିଦିଅ। ସମସ୍ତଙ୍କ ଖୁସିରାଜିରେ ସେଦିନ ପ୍ରସ୍ତାବରେ ସମସ୍ତେ ସହମତ ହେଲେ। ବାବାଙ୍କ ଡେଉଁରିଆ ଆଉ ହୋମର ବି ପ୍ରଶଂସାକଲେ। ସୁଦର୍ଶନ ବାବୁଙ୍କ ଗୋଡ ତଳେ

ଲାଗୁନଥାଏ । ସେ କହିଲେ ତମକୁ ଲାଗିଲା ବାହାଘର । ଶୀଘ୍ର ମହେଶକୁ ଡାକି ଆସନ୍ତା ଲଗ୍ନକୁ ବାହାଘର ପକ୍କା କରିଦିଅ । ତା ଆରଦିନ ସମସ୍ତେ ଗାଁକୁ ଫେରି ଆସିଲେ । ମୀନକେତନ ବାବୁ ମହେଶକୁ ଚିଠି ଲେଖି ସବୁକଥା ଜଣେଇ ଶୀଘ୍ର ଆସିବାକୁ କହିଲେ ।

(୧୧)

ସେ ଦିନ ସକାଳେ ବେଶୀ ଭିଡ ନଥିଲା। ଭକ୍ତମାନେ ଦର୍ଶନ ସାରି ଯିବାପରେ ସଂବିତ ପହଂଚିଲା ବାବାଙ୍କ ପାଖରେ। ତା ମୁଣ୍ଡରେ ଅଦ୍ଭୁତ କଥାସବୁ ପଶେ। ସେ ବାବାଙ୍କୁ କହିଲା ବାବା ମୁଁ ତମ ବିଷୟରେ ଅନେକ କଥା ଶୁଣିଛି। ତମେତ ବହୁତ କିଛି ଅଲୌକିକ ଶକ୍ତିର ଅଧିକାରୀ। ମୋତେ କିନ୍ତୁ କେବେ କିଛି ଦେଖେଇନ। ମୋ ଛୁଟି ସରିଗଲେ ମୁଁ ତ ପଳେଇବି ବହୁତ ଜଲଦି। ମୋତେ ତମର କରିସ୍ମା ଟିକେ ଦେଖାଅ। ସଂବିତ ଟିକେ ଥଟ୍ଟାମଜା କରେ ବାବାଙ୍କ ସାଙ୍ଗେ। ଆଉ କେହି ସାହାସ କରନ୍ତି ନାହିଁ। ଗାଁରେ ବହୁତ କମ ପାଠପଢା ପିଲା। ସଂବିତ ଯେହେତୁ ତାଙ୍କ ବଂଶର କାକା ପୁଅ ଭାଇ ବାବା ପାଖରେ ସେ ଟିକେ ବେଶୀ ଅନ୍ତରଙ୍ଗ।

ସଂବିତ କଥାରେ ବାବା ହସିଲେ। କହିଲେ ଠିକ୍ ଅଛି ଦେଖେଇବା। ତୁ ଆଗ ଯା ଗୋଟେ ଧୂପକାଠି ପେକେଟ୍ ନେଇକି ଆସ। ସଂବିତ ଦୌଡି ଦୌଡି ଦୋକାନକୁ ଯାଇ ଗୋଟେ ପେକେଟ୍ ଧୂପକାଠି ନେଇ ଆସିଲା। ବାବା ତାକୁ ଖୋଲିଲେ। ସବୁ ଧୂପକାଠିକୁ ଏକା ସାଙ୍ଗେ ନିଆଁ ଲଗେଇଲେ ଓ ଆଖିବୁଜି କଣ ସବୁ ମନ୍ତ୍ରପାଠ କଲେ ଆଉ ମୁଠାରେ ଧୂପକାଠିସବୁକୁ ଚିପିକି ଧରିଲେ। ବାବାଙ୍କ ହାତ ମୁଠାରୁ ଧାର ଧାର କ୍ଷୀର ବାହାରି ଚଟାଣ ଓଦା ହେଇଗଲା। ସଂବିତ ତା ଆଖିକୁ ବିଶ୍ୱାସ କରି ପାରିଲାନି। ଗୋଟେ ଶୁଖା ଧୂପକାଠି ପାଖରୁ କେମିତି ଏତେ କ୍ଷୀର ବାହାରିଲା। ତାର ବିଶ୍ୱାସ ହେଇଗଲା ବାବା ନିଶ୍ଚୟ କିଛି ଅଲୌକିକ ଶକ୍ତିର ଅଧିକାରୀ। ବାବା ସଂବିତ ଉଦ୍ଦେଶ୍ୟରେ କହିଲେ କଣ ବାବୁ ପରୀକ୍ଷା କରିବାକୁ ଚାହୁଁଥିଲୁ ବାବା ପାସ୍ କଲା ତ। ସଂବିତ ବାବାଙ୍କୁ ମୁଣ୍ଡିଆ ମାରିଲା ଆଉ କହିଲା ମୁଁ ବି ଆଜିଠୁ ତମର ଶିଷ୍ୟ ହେଲି। ମୋତେ ତମେ ଦୀକ୍ଷା ଦିଅ। ଆଉ ପାଠ ପଢିବିନି। ବାବା ହେଇଯିବି। ତମ ପଛେ ପଛେ ଯୁଆଡେ ଯିବ ମୁଁ ଯିବି। ମୋତେ କିନ୍ତୁ ତମେ ଈଶ୍ୱର ସାଙ୍ଗେ

ଦେଖା କରେଇବ। ମୋର ତାଙ୍କୁ କେତେଟା ପ୍ରଶ୍ନ ପଚାରିବାର ଅଛି। ବାବା କହିଲେ ନାଇଁରେ ବାବୁ ଏ ସବୁ ଧନ୍ଦାରେ ମାତନା। ଏଇଟା ବହୁତ ଝନ୍‌ଝଟିଆ ଧନ୍ଦା। ପ୍ରଶଂସା ପାଇବୁ ନିନ୍ଦା ବି ପାଇବୁ। ଗେଲ ବି ପାଇବୁ ମାଡ ବି ଖାଇବୁ। ତୁ ଠିକ୍ ଅଛୁ। ପାଠ ପଢ। ବଡ ଲୋକ ହଅ। ତୋତେ ଗୋଟେ ତାବିଜ ଦେଉଛି। ଏଇଟା ତୋତେ ପାଠ ପଢାରେ ବହୁତ କାମ ଦେବ। ସଂବିତକୁ ବାବା ଗୋଟେ ସରସ୍ୱତୀ ଯନ୍ତ୍ର ଦେଲେ। ସଂବିତ ଖୁସିରେ ତାକୁ ଗ୍ରହଣ କଲା।

ବାବାଙ୍କ ଚେଲା ଅଜୟ କୁମାର କହିଲା। ତମର ଭାଗ୍ୟ ବହୁତ ଭଲ ବାବା ତମକୁ ତାଙ୍କ ଯାଦୁବିଦ୍ୟା ଦେଖେଇଲେ। ସେ କାହାକୁ ସହଜରେ ଦେଖାନ୍ତିନି। କିନ୍ତୁ ସେ ବହୁତ କିଛି କରି ପାରନ୍ତି। ପାଣି ଉପରେ ଚାଲନ୍ତି, ସପରେ ବସି ଆକାଶରେ ଉଡନ୍ତି। ମୁଁ ବହୁତ ଥର ତାଙ୍କ ସାଙ୍ଗରେ ବୁଲିଛି। ସେ ମାଟିରୁ ଏକ ଫୁଟ ଉପରେ ଚାଲି ପାରନ୍ତି। ସମୟ ପଡିଲେ ସେ ସବୁ ତମକୁ ଦେଖେଇବେ। ଘୋର ଜଙ୍ଗଲରେ ତପସ୍ୟା କରି ବାବା ଏ ସବୁ ଶିଖିଛନ୍ତି।

ଆମେ ପ୍ରତିଦିନ ସନ୍ଧ୍ୟାରେ ଅନ୍ଧାର ହେଲେ ଯୋଉ ପୋଖରୀକୁ ଯାଉ ବାବା ସେ ସବୁ ଅଭ୍ୟାସ କରନ୍ତି। ସେ ଜଣେ ହଠଯୋଗୀ ଓ ତାନ୍ତ୍ରିକ ବି। ତାଙ୍କୁ ସେ ସମୟରେ ଯେ ଦେଖିଦେଲା ବହୁତ ଅସୁବିଧା। ଏ ସବୁ ବିଦ୍ୟା ଗୋପନରେ କରିବାକୁ ପଡେ। ସଂବିତ ସବୁ ଶୁଣିଲା ଆଉ କଥାଟାକୁ ଘରେ କହିଲା। ସାଂଗସାଥି ମାନଙ୍କୁ କହିଲା। ଏମିତି ଅଳ୍ପ ସମୟ ଭିତରେ କଥାଟି ଗାଁରେ ପ୍ରଚାର ହେଇଗଲା। କଥାଟି ଗାଁର ଗୌନ୍ତିଆ କାଳୀପ୍ରସାଦ ତାଙ୍କ ଅନୁଚର ମାନଙ୍କୁ ଡାକି କହିଲେ। ବାବା ପୋଖରୀକୁ ସନ୍ଧ୍ୟାରେ ଯାଇ କ'ଣ ସବୁ କ୍ରିୟାକଳାପ କରୁଛି ନିଘା ରଖ ଆଉ ମୋତେ ଖବର କର। ସେ ଦୁଇଜଣ ଲୋକଙ୍କୁ ଏଥିପାଇଁ ନିଯୁକ୍ତ କଲେ। ବିଦେଶି ସାହୁ ଓ ପରମା ଭୋଇ ଜଣେ ଗୁଡିଆ ପଡାର ଆଉ ଜଣେ ମାଳୀ ସାହିର। ତାଙ୍କ କାମ ହେଲା ବାବା ସନ୍ଧ୍ୟାରେ ପୋଖରୀକୁ ଗଲା ବେଳେ ତାଙ୍କ ପିଛା କରିବେ।

ପିଛା କରିବାରୁ ଜଣା ପଡିଲା ଦି ଜଣ ପୋଖରୀ ହୁଡା ତଳେ ଥିବା ଗୋଟେ ପିପ୍ପଳ ଗଛ ତଳକୁ ଯାଉଛନ୍ତି। ଯୋଉଠି ଲୋକେ ପ୍ରାୟ ଶୁଦ୍ଧିକ୍ରିୟା, ପିଣ୍ଡଦାନ ଇତ୍ୟାଦି କରନ୍ତି। ଧୁନି ଭଳିଆ କିଛି ଜଳିଲା। ମୁଣ୍ଡେ ଉଚ୍ଚତାରେ ନିଆଁ ହୁଳା ଦିଶିଲା। ନିଆଁ ହୁଳାଟା ଏପଟ ସେପଟ ହେଉଥାଏ। ବିଦେଶୀ କହିଲା ପରମାକୁ ଗୌନ୍ତିଆ ଆମକୁ ଅଡୁଆ ଧନ୍ଦାରେ ଫସେଇଲାରେ ଭାଇ। ବାବା ତ କିଛି ଗୋଟେ ତାନ୍ତ୍ରିକ ପୂଜା ଚଳେଇଛି। ଯଦି ଆମେ ନିଘା କରୁଛୁ ବୋଲି ତନ୍ତ୍ର ବଳରେ ଜାଣିପାରେ ବିପଦ। ସେ ଦିନ ଅନ୍ଧାର ରାତି ଥିଲା। ଉଭୟେ ବାବାଙ୍କ କାରବାରରୁ କିଛି ଟେର ପାଇପାରିଲେନି।

ଉଭୟେ ଚାଲି ଆସିଲେ। ତା ଆର ଦିନ ଗୌନ୍ତିଆକୁ ଯାଇ ସବୁକଥା କହିଲେ। ଗୌନ୍ତିଆ କହିଲା ଶଳା ତମ ଦ୍ୱାରା ହବନି। ବହୁତ ଛେରୁଆ ଲୋକଗୁଡା। ଆଉ ଟିକେ ପାଖକୁ ଗଲନି। ସେମିତି ତମକୁ ଛାଡିବିନି। ତମେ ନିତି ଯିବ। ବାବାର ଏ ପୋଖରୀ ହୁଡାର ରହସ୍ୟ ଜାଣିବା ଆମର ନିହାତି ଦରକାର। ତା ପାଇଁ ଯାହା କିଛି ବି ମୂଲ୍ୟ ଦେବା ପାଇଁ ମୁଁ ପ୍ରସ୍ତୁତ ଅଛି। ଗୌନ୍ତିଆ ଦି ଜଣଙ୍କୁ ଦୁଇ ଟଙ୍କା ଲେଖା ଦେଲେ ଓ କହିଲେ ଯାଅ ମଦ ପିଇବ। ଗୌନ୍ତିଆକୁ ଜୁହାର ମୁଣ୍ଡିଆ ହେଇ ପରମା ଆଉ ବିଦେଶୀ ପଳେଇଲେ।

ସେମାନେ ତା ପରଦିନ ପୁଣି ବାବାଙ୍କୁ ଅନୁସରଣ କଲେ। ଘରୁ ପିଛା କଲେ। ବାବାର ଚେଲା ଆଗ ନକୁଳର ନଡିଆ ଦୋକାନରୁ ଗଞ୍ଜେଇ କିଣିଲା। ତା ପରେ ବାବା ସାଙ୍ଗେ ମିଶି ପୁଣି ସେଇ ପିମ୍ପଳ ଗଛ ତଳକୁ ଗଲେ। ଧୁନୀ ଜାଳିଲେ। ମୁହଁ ପାଖରେ ଜଳୁଥିବା ନିଆଁ ହୁଳାରୁ ଜାଣିଗଲେ ଯେ ଏଇଟା ଗଞ୍ଜେଇ ଚିଲମର ନିଆଁ। ବାବା ଶିବଭକ୍ତ। ଗଞ୍ଜେଇ ନେବା ସ୍ୱାଭାବିକ। ଏଥିରେ ଏମିତି ଖାସ କଥା କିଛି ନଥିଲା। ତଥାପି ବକ୍ସିସ ଲୋଭରେ ଯାଇ ଗୌନ୍ତିଆଙ୍କୁ ଖବର ଦେଲେ ଯେ ବାବା ଆଉ ଚେଲା ମିଶି ଧୁମ ଗଞ୍ଜେଇ ଟାଣୁଛନ୍ତି। ଗୌନ୍ତିଆ କହିଲେ ଠିକ ଅଛି ତମେ ନଜର ରଖିଥାଅ ଯେତେବେଳେ ଯାହା ହେବ ମୋତେ କହିବ।

କିଛି ଦିନ ପରେ ସଂବିତ ବରଗଡରୁ ଫେରୁଛି। ବସଷ୍ଟାଣ୍ଡରୁ ଚାଲି ଚାଲି ଆସୁଛି। ଦେଖିଲା ବାବା ଧାଇଁ ଧାଇଁ ପଳାଉଛନ୍ତି। ତାଙ୍କ ପଛେ ପଛେ ଦୁରିଆରେ ଗାଁର ଦଳେ ଲୋକ ତାଙ୍କୁ ପିଛା କରୁଛନ୍ତି। ତାକୁ ଦୃଶ୍ୟଟା ଅସ୍ୱାଭାବିକ ଲାଗିଲା। ସେ ଦୌଡି ଦୌଡି ବାବାର ପିଛା କଲା। ବାବା ଏକ ମୁହାଁ ଛୁଟୁଛନ୍ତି। ସଂବିତ ପଚାରିଲା ବାବା କୁଆଡେ ଯାଉଛନ୍ତି। ବାବା କହିଲେ ଦେଖୁନୁ ମୁଁ କାଶୀ ବିଶ୍ୱନାଥ ମନ୍ଦିରକୁ ଯାଉଛି। ସେ ସାମନାରେ ଆକାଶ ଆଡକୁ ଅଙ୍ଗୁଳି ଦେଖେଇ କହିଲେ ହେଇ ଦେଖ କାଶୀ ବିଶ୍ୱନାଥ ମନ୍ଦିରର ନେତ ଫରଫର ଉଡୁଛି। ମୋତେ କେହି ପିଛା କରନି। ମୁଁ ଆଉ ରହିବିନି। ଏଇଠି ଘୋର ପାପ ହେଲାଣି। ପାପ ଆଉ ମୁଁ ଦେଖି ପାରୁନି। ବାବା ପାଟି କରି ଦୌଡୁଥାନ୍ତି। ଏତିକି ବେଳେ ଗାଁ ବାଲା ସବୁ ଆସିଗଲେ। କହିଲେ ଦେଖରେ ବାବୁ ବାବାଙ୍କୁ ବୁଝା। ବାବା ରାଗିକି ଘର ଛାଡି ପଳାଉଛନ୍ତି। ଘରେ ସମସ୍ତେ କାନ୍ଦୁଛନ୍ତି। ତାଙ୍କ ମାଆ ମୁର୍ଛା ହେଇ ସାରିଲେଣି। ସଂବିତ କହିଲା ମୁଁ ବୁଝେଇ ସାରିଲିଣି। ବାବା ବୁଝିବାକୁ ନାରାଜ। ବାବା ଏତିକି ବେଳେ ବିଲ ଗୋହିରୀ ପାର ହେଇ ଗୋଟେ ପୋଖରୀ କୂଳରେ ପହଂଚି ସାରିଥାନ୍ତି। ସେଇଠି ଗୁଡାଏ ବେଙ୍ଗ ପାଟି କରୁଥାନ୍ତି। ସେ ବେଙ୍ଗମାନଙ୍କୁ ଦେଖି କହିଲେ ଏ ଗୁଡା ସବୁ ପାପୀମାନେ। ପୂର୍ବଜନ୍ମର ପାପ ପାଇଁ

ବେଙ୍ଗଜନ୍ମ ପାଇଛନ୍ତି। ତା ପରେ ତାଙ୍କୁ କାଶୀ ବିଶ୍ୱନାଥ ମନ୍ଦିର ଦିଶିଲା। ସେ ସେଇଠି ଭଜନ ଗାଇ ନାଚିବା ଆରମ୍ଭ କଲେ। ଏବଂ ପୋଖରୀକୁ ଝାସ ଦେବାକୁ ଉଦ୍ୟମ ହୁଅନ୍ତେ ଗ୍ରାମବାସୀ ମାନେ ତାଙ୍କୁ ଧରି ପକେଇଲେ। ବଡ କଷ୍ଟରେ ପୋଖରୀ ହୁଡାକୁ ଆଣିଲେ। ବହୁତ କାକୁତି ମିନତୀ ହେବାପରେ ବାବା ଘରକୁ ଫେରିବା ପାଇଁ ରାଜି ହେଲେ। ସର୍ତ୍ତକଲେ ମୋ ପାଇଁ ଯଦି କୀର୍ତ୍ତନର ବ୍ୟବସ୍ଥା ହେବ ମୁଁ କୀର୍ତ୍ତନରେ ନାଚି ନାଚି ଗାଁକୁ ଫେରିବି। ଗାଁରେ ବହୁତ ପାପ ହେଲାଣି। କାଲିଠୁ ଗାଁରେ ହୋମ ଯଜ୍ଞ ହେବ। ଗାଁ ବାଲା ସବୁ ସର୍ତ୍ତରେ ରାଜି ହେଲେ। ଏତିକି ବେଳେ ବାବାଙ୍କ ଚେଲା ଦୌଡି ଦୌଡି ଆସିଲା। ସଂବିତ ତାକୁ ପଚାରିଲା କଅଣ ହେଇଛି ବାବାଙ୍କ। ଚେଲା ସଂବିତକୁ ଅଲଗା ଯାଗାକୁ ଡାକିନେଇ କହିଲା କଣ କରିବି ଆଜ୍ଞା ବାବା ମୋ କଥା ଶୁଣିଲେ ସିନା। ଆଜି ତାଙ୍କର ଡବଲ ଡୋଜ୍ ହେଇଯାଇଛି। ଏଇଟା ତାର ପ୍ରତିକ୍ରିୟା। ସଂବିତ ପଚାରିଲା ମାନେ? ଚେଲା ଅଜୟ କହିଲା ଦେଶୀ ମଦ ସାଙ୍ଗକୁ ଗଞ୍ଜେଇ। ଉଭୟ ଡୋଜ ହେଲାରୁ ବାବା ଆଉ ଚେତାରେ ନାହାନ୍ତି। ଧାର୍ମିକ ଲୋକ ତେଣୁ ସେ ଧର୍ମ କଥା ବକୁଛନ୍ତି। ଆପଣ ବାବାଙ୍କ ସମ୍ପର୍କୀୟ ଓ ଅନ୍ତରଙ୍ଗ ବୋଲି କହିଦେଲି ଆଉ କେହି ଜାଣି ନାହାନ୍ତି। ଚାଲନ୍ତୁ ଆଜି ଦିନକ ଦୁହେଁ ମିଶି ପରିସ୍ଥିତି ସମ୍ଭାଳିବା। ଆଜି ପଣ୍ଡାବାବୁ ନାହାନ୍ତି। ବଡ କଷ୍ଟରେ ବାବା ଫେରିଯିବାକୁ ମାନିଲେ। ଗାଁ ମୁଣ୍ଡରୁ ତାଙ୍କୁ ମୃଦଙ୍ଗ, ଗିନି, କୀର୍ତ୍ତନ, ହରିବୋଲ ଆଉ ହୁଳହୁଳିରେ ସ୍ୱାଗତକରି ଗାଁ ଦାଣ୍ଡରେ ଶୋଭାଯାତ୍ରା କରି ନିଆଗଲା। ବାବା ମଝିମଝିରେ ଇଆଡୁ ସେଆଡୁ ବକୁଥାନ୍ତି। କୋଳାହଳରେ କିଛି ଶୁଭୁ ନଥାଏ। ବାବା ଭଜନ ସ୍ଥାନରେ ପହଂଚିଲେ ଏବଂ ଆଶୀର୍ବାଦ ମୁଦ୍ରାରେ ବସି କହିଲେ ଆଜି ଯେ ଯାହା ମାଗିବ ମାଗ ସମସ୍ତଙ୍କ ମନୋସ୍କାମନା ମୁଁ ପୂର୍ଣ୍ଣ କରିଦେବି। ଗାଁରେ ବାବାଙ୍କ ଏ ଅସ୍ୱାଭାବିକ ବ୍ୟବହାର ବିଷୟରେ ସବୁଆଡେ ପ୍ରଚାର ହେଇଗଲା। ଆଜି ବାବାଙ୍କୁ କାଳୀସୀ ଆସିଛି। ବାବାଙ୍କ ଦେହରେ ଆଜି ଶିବ ଭଗବାନ ବିଜେ କରିଛନ୍ତି ବୋଲି ପ୍ରଚାର ହେଇଗଲା।

ଲୋକ ଭିଡ ଜମେଇଦେଲେ ଓ ଯେ ଯାହାର ଦୁଃଖ ଜଣେଇବାରେ ଲାଗିଲେ। ବାବା ଆଜି ଫୁଲ୍ ମୁଡ୍‌ରେ ଥାଆନ୍ତି। ହଲୁଥାନ୍ତି। ଯାହାକୁ ପାରୁଥାନ୍ତି ଗାଳି, ଯାହାକୁ ପାରିଲେ ଆଶୀର୍ବାଦ ଦେଇ ଚାଲିଥାନ୍ତି। ବାବାଙ୍କ ଆଉ ଗୋଟେ ଗୁଣ ହେଲା ସେ ବହୁତ କଡା ଅତର ଦେହସାରା ବୋଲି ହୁଅନ୍ତି। ତେଣୁ ମଦ ଦୁର୍ଗନ୍ଧ କାହାକୁ ଜଣା ପଡେନାହିଁ। ବାବା ପାଖକୁ ଡେଇଁ ଡେଇଁ ଗୋଟେ ବେଙ୍ଗ ଆସିଲା, ବାବା କହିଲେ ଦେଖନ୍ତୁ ଏଇଟା ଗୋଟେ ପାପୀ। ପୂର୍ବଜନ୍ମରେ ବହୁତ ପାପ କରିଥିଲା। ବାବା ତାର ପୂର୍ବଜନ୍ମର ଗୋଟେ ମନଗଢା କାହାଣୀ କହିଲେ। ଏ ବେଙ୍ଗ ପୂର୍ବ ଜନ୍ମରେ କଂସେଇ

ଘରେ ଜନ୍ମ ହେଇଥିଲା। ନିତି ଛେଳି ସବୁ ହାଣୁଥିଲା। ତେଣୁ ଭଗବାନ ତାକୁ ଏ ଜନ୍ମରେ ବେଙ୍ଗ କରିଛନ୍ତି। ବହୁତ ଜଲଦି ଏ ବେଙ୍ଗକୁ ସାପ ଗିଳିବ। ଲୋକମାନେ ଖୁସୀରେ ବାବାଙ୍କ ଜୟ ଜୟକାର କଲେ। ଏତିକି ବେଳେ ମୀନକେତନ ବାବୁ ଫେରିଲେ। ଚେଲା ଅଜୟ କୁମାର ତାଙ୍କୁ ସବୁକଥା କହିଲା। ମୀନକେତନ ବାବୁ ଘୋଷଣା କଲେ ଆଜି ବାବା ବହୁତ କ୍ଲାନ୍ତ ହେଇଗଲେଣି। ତେଣୁ ଆଜି ପାଇଁ ଦର୍ଶନ ବନ୍ଦ ହେବ। ଭକ୍ତମାନେ ଆସନ୍ତା କାଲି ଆସନ୍ତୁ। ବାବା କିନ୍ତୁ ମାନୁ ନଥିଲେ। ତାଙ୍କୁ ଦି ଚାରି ଜଣ ମିଶି ଜବରଦସ୍ତି ବିଶ୍ରାମ କକ୍ଷକୁ ନେଇ ଲେମ୍ବୁ ସରବତ ଓ ତେନ୍ତୁଳି ପାଣି ପିଇବାକୁ ଦେଲେ। କିଛି ସମୟ ପରେ ବାବା ବାନ୍ତିକଲେ ଓ ଶୋଇପଡିଲେ।

(୧୨)

ବାବାଜୀ ସ୍ୱାଇଁ ଗାଁ ପ୍ରାଥମିକ ବିଦ୍ୟାଳୟରେ ଶିକ୍ଷକ ଥିଲେ। ବାରବର୍ଷ ଧରି ବାହା ହେଇଥିଲେ ମଧ୍ୟ ତାଙ୍କର କୌଣସି ଛୁଆ ହେଉନଥିଲା। ତାଙ୍କ ସ୍ତ୍ରୀ ସୁମତୀ ସ୍ୱାଇଁ ପ୍ରତିଦିନ ପ୍ରାର୍ଥନା ସଭାକୁ ଆସନ୍ତି। ବାବାଙ୍କୁ ମନେ ମନେ ପ୍ରାର୍ଥନା କରନ୍ତି ଛୁଆଟେ ପାଇଁ। କେବେ ବି ମନଖୋଲି କହିପାରନ୍ତି ନାହିଁ। କିନ୍ତୁ ବାବା ଯେ ଅନେକ ଲୋକଙ୍କୁ ପୁତ୍ରଦାନ କରିଛନ୍ତି। ଏ କଥା ତାଙ୍କୁ ଜଣାଥିଲା। ବାବାଙ୍କ ପାଇଁ ଲେଖା ହେଇଥିବା ବହିର ପୃଷ୍ଠଭାଗରେ ମଧ୍ୟ ଏକଥା ଲେଖା ଅଛି। ସେ ଭିଡପାଇଁ କେବେ ତାଙ୍କ ମନକଥା ବାବାଙ୍କୁ ଜଣେଇ ପାରନ୍ତିନି। ଦିନେ ସେ ସ୍ୱାଇଁ ବାବୁଙ୍କୁ କହିଲେ ତମେ ହେଲେ ଯାଇ କୁହନ୍ତ ତମର କଣ ପିଲାପିଲି ଦରକାର ନାଇଁ ? ବାବାଜୀ ବାବୁ କହିଲେ ଆରେ ବ୍ୟସ୍ତ ହୁଅନା। ମୁଁ ବ୍ୟବସ୍ଥା କରୁଛି। ସେ ଏ ବିଷୟରେ ବାବାର ଚେଲାକୁ ଡାକି ଜଣେଇଲେ। ଚେଲା ଅଜୟ କହିଲା ଏଇଟା ଗୋଟେ କି କାମ। ବାବା ଚାହିଁଲେ ମାସକରେ ସବୁ ଠିକ୍ କରିଦେବେ। ମୁଁ ବାବାଙ୍କୁ କହି ତମର ବ୍ୟବସ୍ଥା କରିଦେବି। ସେ ଏକୁଟିଆ ଥିଲାବେଳେ ତମ ସ୍ତ୍ରୀଙ୍କୁ ଡାକିଦେବି। ସେ କହିଲା ବାବା ତାଙ୍କୁ ଆଶୀର୍ବାଦ ଦେବେ। ବାବା ଔଷଧ ଦେବେ ଓ ସେବନ ବିଧି ବତେଇବେ। ବହୁତ ଜଲଦି ଛୁଆ ହେଇଯିବ।

ଦିନେ ବାବା ଏକୁଟିଆ ଥିଲେ। ବାବାଙ୍କଠାରୁ ଅନୁମତି ପାଇ ଚେଲା ଅଜୟ କୁମାର ସୁମତୀଙ୍କୁ ଡାକି ଆଣିଲେ। ବାରବର୍ଷ ଧରି ବାହା ହେଇ ଥିଲେ ବି ସୁମତୀ ଯେମିତିକି ସେମିତି ଥିଲେ। ତାଙ୍କର ସୁଠାମ ଗଠନ ଥିଲା। ଗୋରା ତକ ତକ ହୋଇ ଉନ୍ନତ ବକ୍ଷୋଜ। ମୁହଁ ହସ ହସ, ସୁନ୍ଦର ନାଲି ଗୋଲାପ ଭଳି ଓଠ। ବାବାଙ୍କ ଗୋଡ ତଳେ ଲମ୍ବ ହୋଇ ପଡିଗଲେ। ବାବା ତାଙ୍କ ମୁଣ୍ଡକୁ ଆଉସିଲେ। ପିଠିକୁ ଥାପୁଡେଇ କହିଲେ ଉଠ ବସ୍। ମୁଁ ଜାଣି ପାରୁଛି ତମର କଷ୍ଟ। ତମର ପୁତ୍ର ଦରକାର କିନ୍ତୁ

ମୋତେ କହି ପାରୁନ। ସୁମତୀ ଦେବୀ ମୁଣ୍ଡ ହଲେଇ ହଁ କହିଲେ। ବାବା କହିଲେ ମୁଁ ଅବଶ୍ୟ ତାର ବ୍ୟବସ୍ଥା କରିଦେବି। କିନ୍ତୁ ମୁଁ ଯୋଉ ପୂଜାବିଧି ବତେଇବି ତମକୁ ଦାୟିତ୍ୱର ସହ କରିବାକୁ ପଡିବ। ସେଇ ପୂଜା ନିୟମ ଅନୁସାରେ ହେବ। ପୂଜା ବାବଦରେ କାହାକୁ କିଛି କହିବନି। ତମର ଆଉ ମୋର ଛଡା କେହି ଜାଣିବେନି। ଏପରିକି ତମର ସ୍ୱାମୀ ବି ନୁହେଁ। ଯୋଉ ଔଷଧ ଦେବି ନିୟମିତ ସେବନ କରିବ, ଯଦି ରାଜି କୁହ। ସୁମତୀ ଦେବୀଙ୍କ ତ ଛୁଆ ଦରକାର। ସେ ସବୁ ବିଧିମତେ କରିବି ବୋଲି କହିଲେ। ବାବା ସୁମତୀ ଦେବୀଙ୍କୁ ତାଙ୍କର ମାସିକିଆ ଧର୍ମ ଓ ତାରିଖ ସମ୍ପର୍କରେ ପଚାରିଲେ ଓ ମାସିକ ଧର୍ମର ସାତ ଦିନ ପରେ ତାଙ୍କ ଘରେ ଏକ ସ୍ପେଶାଲ ପୂଜା ହବ ବୋଲି କହିଲେ। ସେ ପୂଜା ଏକାନ୍ତରେ ହେବ ଏବଂ ବାବା ଓ ସୁମତୀ ଛଡା କେହି ତା ବାବଦରେ ଜାଣିବେନି ବୋଲି କହିଲେ। ସୁମତୀ ଦେବୀ ସବୁକୁ ହଁ କହିଲେ। ବାବା ତାପରେ ପୁଡିଆରେ କିଛି ଜଡି ବୁଟି ଦେଇ ତାର ସେବନ ବିଧି ବତେଇ ଦେଲେ। ଆଉ କହିଲେ ଯେଉଁ ଦିନବାର କହିଛି ସେଇ ଦିନବାରରେ ତାର ଚେଲା ଅଜୟକୁ ଜଣେଇବାକୁ କହିଲେ। ଏହା ସହ ଏକ ପଥରର ଶିବଲିଙ୍ଗ ଦେଲେ। ଏହାକୁ ନିୟମିତ ହାତରେ ଘଷି ଘଷି ରାତିରେ ପୂଜା କରିବାକୁ କହିଲେ। ବାବାଙ୍କଠାରୁ ସବୁ ଉପଦେଶ ପାଇ ସୁମତୀ ଦେବୀ ଘରକୁ ଗଲେ। ସେ ତାଙ୍କ ସ୍ୱାମୀଙ୍କୁ କହିଲେ ଯେ ବାବା ତାଙ୍କୁ ସବୁ ବତେଇଛନ୍ତି ଓ ଔଷଧ ଦେଇଛନ୍ତି। ବହୁତ ଜଲଦି ସେମାନେ ଛୁଆର ମୁହଁ ଦେଖିବେ। କିନ୍ତୁ ଛୁଆ ହେବାଯାଏଁ ଏ ସବୁ ଟିକେ ଗୋପନ ରଖିବାକୁ ପଡିବ। ଏପରିକି ତମକୁ ବି କେତେଟା ଜିନିଷ କହିବାକୁ ମନା କରିଛନ୍ତି। ସ୍ୱାଇଁ ବାବୁ କହିଲେ ତୋର ଛୁଆ ହେଲେ ଗଲା। ବାକି କଥାରେ କଣ ଅଛି। ତୋ କଥା ତୁ ବୁଝ।

ନିର୍ଦ୍ଧାରିତ ଦିନ ଆସିଲା। ଚେଲା ହାତରେ ସୁମତୀ ଦେବୀ ବାବା ପାଖକୁ ଖବର ଦେଲେ। ବାବା ଦେଇଥିବା ଔଷଧ ତାଙ୍କ ଉପରେ ପ୍ରଭାବ ବିସ୍ତାର କରିବା ଆରମ୍ଭ କରିଥାଏ। ସେ ଦିନ ରାତି ଆଠଟାରୁ ନଅଟା ଭିତରେ ସମୟ ଧାର୍ଯ୍ୟ ହେଲା। ସୁମତୀ ଦେବୀ କହିଲେ ଆଜି ବାବା ଆମ ଘରକୁ ପୂଜା ପାଇଁ ଆସିବେ। ତମେ ଘଣ୍ଟେ ଦୁଇ ଘଣ୍ଟା ବାହାରେ ବୁଲିବ। ଘର ପାଖକୁ ବି ଆସିବ ନାହିଁ। ନହେଲେ ସବୁ ବିଫଳ ହେଇଯିବ। ପୂଜା ସାମଗ୍ରୀ ଧରି ଆଗ ଚେଲା ଆସିଲା। ଏଇଟା ତାଙ୍କ ପୋଖରୀକୁ ଯିବା ସମୟ। ତେଣୁ କେହି କିଛି ପଚାରିବାର ନାଇଁ। ପୋଖରୀକୁ ଯିବା ବାହାନାରେ ବାବା ସୁମତୀ ଘରେ ବିଜେ ହେଲେ। ପେଡା ପ୍ରସାଦ ଭିତରେ ଆଗରୁ ଗଞ୍ଜେଇ ଦିଆ ହେଇଥାଏ। ବାବା ସୁମତୀର ଘରକୁ ଯାଇ କବାଟ କିଳି ଦେବାକୁ କହିଲେ। ଅଜୟକୁ ଘର ବାଟରେ ଜଗିବାକୁ କହିଥିଲେ। ବାବା କହିଲେ ବେଡରୁମକୁ ଚାଲ ସେଇଠି

ପୂଜା ହେବ। ସୁମତୀ ଦେବୀ ବିଛଣାରେ ବସିଲେ। ବାବା କଣ ସବୁ ମନ୍ତ୍ର ପଢିଲେ। ଆଉ ଗଞ୍ଜେଇ ମିଶା ପେଡା ଖାଇବାକୁ ଦେଲେ। ଅଳ୍ପ ସମୟ ମଧ୍ୟରେ ସୁମତୀ ଦେବୀ ଚେତା ଶୂନ୍ୟ ହେବା ଭଳି ଅନୁଭବ କଲେ। ବାବା ତାଙ୍କୁ କୋଳାଗ୍ରତ କରି ତାଙ୍କ କୋଳରେ ସନ୍ତାନ ଭରିବାରେ ଲାଗିଲେ। କାମ ସରିବା ପରେ ବାବା ଓ ଚେଲା ଏବେ ପୋଖରୀ ହୁଡାରେ। ସୁମତୀ ଦେବୀଙ୍କ ହୋସ ଆସିଲା ବେଳକୁ ବାବାଜୀ ଆଉ ପାଖରେ ନଥିଲେ। କଣ ସବୁ ହେଲା ସେ ଆଉ ଜାଣି ପାରୁନଥିଲେ। ତାଙ୍କୁ ସବୁ ଅଜବ ଅଜବ ଲାଗୁଥିଲା। ଟିକେ ଚେତା ଆସୁଥିଲା ପୁଣି ଚେତା ପଳାଇ ଯାଉଥିଲା। ବାବା ଦିଶୁଥିଲେ ପୁଣି ଅଦୃଶ୍ୟ ହେଇଯାଉଥିଲେ। ଏବଂ ଶୋଇ ଶୋଇ ତାଙ୍କୁ ସ୍ୱପ୍ନ ହେଲା ଯେମିତି ପୁତ୍ର ସନ୍ତାନଟିଏ ତାଙ୍କ କୋଳରେ ଖେଳୁଛି। ସକାଳୁ ଉଠି ସେ ଜାଣିଲେ ସେ ବାବାଙ୍କ ଆଶୀର୍ବାଦ ପାଇଛନ୍ତି ରାତିରେ। ଏ କଥା କାହାକୁ ଆଉ କହିହେବ। ଏମିତି ଗୋଟେ ମାସ ହେଲା। ତାଙ୍କର ଋତୁକ୍ରିୟା ଯେତେବେଳେ ବନ୍ଦ ହେଲା ସୁମତୀ ସ୍ୱାମୀଙ୍କୁ ଜଣେଇଲେ ଯେ ବାବାଙ୍କ ଆଶୀର୍ବାଦରୁ ସେ ବୋଧେ ମାଆ ହେବାକୁ ଯାଉଛନ୍ତି।

(୧୩)

ସେଦିନ ଭଜନ ସଭାରେ ସୁମତୀଦେବୀଙ୍କ ନାଁରେ ହରିବୋଲ ପଡିଲା।ମୀନକେତନ ବାବୁ ଘୋଷଣା କଲେ ବାବା ଅପୁତ୍ରିକକୁ ପୁତ୍ରଦାନ କଲେ। ବାବାଙ୍କ ମହିମା ଆହୁରି ବ୍ୟାପିଗଲା। ସେ ଘୋଷଣା କଲେ ବାବା ସବୁଦିନ ପାଇଁ ଏ ଅଂଚଳରେ ରହିବାକୁ ଆଗ୍ରହୀ। କିନ୍ତୁ ଯେହେତୁ ସେ ବାବା ଲୋକ ସବୁଦିନ ଘରେ ରହିବା ସମ୍ଭବ ନୁହେଁ। ଆଶ୍ରମଟେ ବନେଇବା ପାଇଁ ବାବା ଚାହୁଁଛନ୍ତି। ତାଙ୍କର ନିଜର ଜାଗା ଅଛି ଜଙ୍ଗଲ ପାଖରେ। କିନ୍ତୁ ପାଣ୍ଠିର ଅଭାବ। ଲୋକମାନେ ଖୁସୀ ମନରେ ଆଶ୍ରମ ପାଇଁ ଦାନ କରନ୍ତୁ। ଦାନ ପଇସାରେ ସେ ନିଜେ ଆଶ୍ରମଟେ ପ୍ରତିଷ୍ଠା କରିବେ। ମୀନକେତନ ବାବୁ ଗୋଟେ ବଡ ଟିଣ ବାକ୍ସରେ ତାଲା ପକେଇ ମଂଚ ଉପରେ ରଖିଦେଲେ। ଉପରେ ନୋଟ ଗଳିବା ଭଳିଆ ଗୋଟେ ଚାରି ଇଂଚ୍‌ର କଣା। ବାକ୍ସ ଦେହରେ ଲେଖା ହେଲା ବଡ ବଡ ଅକ୍ଷରରେ ଦାନବାକ୍ସ। ଯୋଗୀ ଯୋଗେଶ୍ୱର ଆଶ୍ରମ ପାଇଁ ମୁକ୍ତହସ୍ତରେ ଦାନ କରନ୍ତୁ।

ଆଗେ ସେ ନିଜେ ହଜାରେ ଟଙ୍କା ଗଳେଇ ଦେଲେ। ତାଙ୍କୁ କୋଉ ପଇସାର ଅଭାବ। ବାବା ଆସିବା ଦିନଠୁତ ସେ ମାଲେମାଲ। ତେଣୁ ଯାହା କୁହନ୍ତି ଯାହାର ଧାନକୁ ତାହାର ମୁଢି। ବାବାଙ୍କ ପଇସାରୁ ଉପାର୍ଜିତ ଧନରୁ ବାବାଙ୍କୁ ପଇସା ଦାନ। ଅନ୍ୟମାନେ ଯେ ଯେମିତି ଖୁସୀରେ ଦାନ କରି ଚାଲିଲେ। ସୁମତୀଙ୍କ ସ୍ୱାମୀ ସ୍ୱାଇଁ ବାବୁଙ୍କୁ ମୀନକେତନବାବୁ କହିଲେ ତୁ ପାଂଚ ହଜାର ଦେବୁ। ଚାକିରୀଆ ଲୋକ ତୋର କଅଣ ଅଭାବ। ସେ କହିଲା ଦେବି ହଜାରେ। ଆଗ ଛୁଆଟା ଘରକୁ ଆସିଯାଉ। ମୀନକେତନ ବାବୁ କହିଲେ ଆସିବା କଣ ଆଉ ବାକି ଅଛି। ବାବା ବିଗିଡି ଗଲେ ସେଇଟା ବି ବିଗିଡି ଯିବ। ସ୍ୱାଇଁ ଆଜ୍ଞା ଡରିଗଲେ ଆଉ କହିଲେ କାଲି ଆଣିଦେବି। ମୀନକେତନ ବାବୁ କହିଲେ 'ବାବାଙ୍କ ବଚନ ନ ହୁଅଇ ଆନ,ବୁଝିଲୁ ଭୁଲାମନ'।

ସୁମତୀର ମାଆ ହେବା କଥା ଚାରିଆଡେ ବ୍ୟାପିଗଲା। ତେଣୁ ବାବାଙ୍କ ବେପାର ବଢିବାରେ ଲାଗିଲା। ବାବାଙ୍କୁ ଆଉ ଫୁରସତ ହେଲାନି। ବିଭିନ୍ନ ଲୋକଙ୍କୁ ଭିନ୍ନ ଭିନ୍ନ ସମୟ ଓ ତାରିଖ ଦେବାକୁ ପଡିଲା ଯାହାର ଦାୟିତ୍ୱ ମୀନକେତନ ବାବୁ ନେଲେ ଓ କାମ ଅନୁଯାୟୀ ଫିଜ୍ ମଧ୍ୟ ନିର୍ଦ୍ଧାରଣ କଲେ। ବାବା ବି ସେଇ ପୁରୁଣା ଫର୍ମୁଲାରେ ପୁତ୍ରଦାନ କରିବାରେ ଲାଗିଲେ। ଅଧେ ସଫଳ ହେଲା ଅଧେ ବିଫଳ। ଯୋଉ ମାନଙ୍କର ପୁରୁଷ ଦୋଷ ଥିଲା ସେମାନେ ସଫଳ ହେଲେ। ଯୋଉ ମାନଙ୍କର ନାରୀ ଦୋଷ ଥିଲା ବାବାଜୀଙ୍କ ପାଖରେ ଆଉ ଔଷଧ ନଥିଲା। ସେମାନଙ୍କୁ ବାବା ବିଭିନ୍ନ ଗ୍ରହର ଦୋଷ ଦେଖେଇ ପୂଜା ବିଧି ସବୁ ବତେଇ ଭୂଆଁ ବୁଲେଇବାରେ ଲାଗିଲେ।

ଦିନେ ପାଖ ଗାଁର ମଧୁମତୀର ବାପା ଆସି ବାବାଜୀଙ୍କୁ ଲାଙ୍ଗଛାଟ ହେଇ ମୁଣ୍ଡିଆ ମାରିଲେ। ଆସିବାର କାରଣ ପଚାରନ୍ତେ ସେ କହିଲେ ଝିଅ ପାଠୋଇ, ସୁନ୍ଦରୀ ତଥାପି ବରଘର ମିଳୁନି। ବାବା କହିଲେ ମୁଁ ଗଲେ ଯାଇ ଦେଖିବି ଆଉ କହିବି। ମଧୁମତୀର ବାପା ଦିନ ଧାର୍ଯ୍ୟ କଲେ। ବାବା ଅବଶ୍ୟ ଗଲେ। କୋଷ୍ଠି ଗଣନା କଲେ। ଝିଅକୁ ଦେଖି ତାଙ୍କ ମୁଣ୍ଡ ଗୋଳମାଳ ହେଇଗଲା। କୋଉ ସରଗର ଅପସରୀଠୁ କମ୍ ନୁହେଁ। ଗୋଟେ ଚାଉଳରେ ଗଢା। ବାବା ତାର ହାତକୁ ଚାପି ଧରିଲେ। ବିଭିନ୍ନ ରେଖା ସବୁ ଉପରେ ହସ୍ତ ଚାଳନା କଲେ। ତାର କପାଳରେ ହାତ ମାରିଲେ। ମୁଣ୍ଡର ବାଳ ସବୁକୁ ଆଉଁସିଲେ ଆଉ ପିଠି ଥାପୁଡେଇ କହିଲେ ଯା ଏଥର ତୋର କାମ ହେଇଯିବ। ମୁଁ ତୋ ବାପା ସାଙ୍ଗେ କଥା ହେଉଛି। ମଧୁମିତା ଗଲା। ପରେ ତା ବାପାକୁ ଡାକି କହିଲେ ଝିଅର କୋଷ୍ଠି ବହୁତ ଖରାପ ଅଛି।ମଙ୍ଗଳ ଖରାପ। ମାଙ୍ଗଳିକ ଦୋଷ ତ ଅଛି। ପୁଣି ମଙ୍ଗଳ ଜାଗାରେ ରାହୁ ଜଗିକି ଅଛି। ତାର ତ ବାଡୁଅ ଯୋଗ ଅଛି। ଆଉ ଯଦି ବାହା ହେବ ମାଙ୍ଗଳିକ ଦୋଷ ପାଇଁ ବାହହେବା କ୍ଷଣି ବିଧବା ହେବ। ମଧୁମିତା ବାପା କହିଲେ କେମିତି ସୁଧୁରିବ। ବାବା କହିଲେ ଚିନ୍ତା କରନା ମୁଁ ସବୁ ଠିକ କରିଦେବି। ଗୋଟେ ଅମାବାସ୍ୟା ରାତିରେ ତମଗାଁ ମନ୍ଦିରରେ ତାର ପୂଜା ହେବ। ପୂଜାରେ ଘରଲୋକେ କେହି ରହିବେନି। କେବଳ ମୁଁ ଓ ମୋ ଚେଲା ରହିବୁ। ଗୋଟେ ସାହାଡା ଗଛ ଆଣିବ। ସାହାଡା ଗଛ ସାଙ୍ଗେ ତାର ବାହା ବିବାହ ହେବ। ଦେଖନ୍ତୁ ଏ କଥା ଯେମିତି କେହି ନ ଜାଣନ୍ତି। ସବୁ ଗୋପନୀୟ ଭାବେ ହେବ। କାନକୁ ଦି କାନ ହେଲେ ଆପଣ ଅସୁବିଧାରେ ପଡିବେ। ଓଲଟା ଫଳ ହେବ। ସେ ଦିନ ରାତିରେ ମୁଁ ତାକୁ ଯାହା କହିବି ସେ ସେଇୟା କରିବ। ସେଥିରେ ତାର ମଙ୍ଗଳ ଅଛି ଝିଅକୁ ବୁଝାଇ ଦେବ। ଯଦି ସେ ରାଜି ନହୁଏ ତେବେ ସାରାଜୀବନ ଅବିବାହିତ ହେଇ ବସିଥିବ। ବାବା ତାଙ୍କ ମୁଣିରୁ ଗୋଟେ ତାବିଜ ବାହାର କଲେ ଆଉ ମଧୁମିତାକୁ

ଡାକି ଦେଲେ। ଆଉ କହିଲେ ଏଇଟା ବେକରେ ପିନ୍ଧିବୁ ଝିଅ କଳାସୂତାରେ। ବେଶୀ ଛୋଟ କରିବୁନି। ଦେଖିବୁ ଯେମିତି ଛାତିରେ ବାଜୁଥିବ। ତା ପରେ ଜଡିବୁଟିରୁ ଦଶଟା ପୁଡିଆ ଦେଇ ତାର ସେବନ ବିଧି ବତେଇଦେଲେ। ପ୍ରତିଦିନ ଶୋଇବା ଆଗରୁ ଗରମ କ୍ଷୀରରେ ପିଇବାକୁ କହିଲେ। ଆଉ ପୂଜା ଦିନ ସକାଳେ, ଦ୍ୱିପହରେ ଆଉ ସନ୍ଧ୍ୟାରେ ତିନିଥର ଖାଇବାକୁ କହିଲେ। ଅଳ୍ପ ଦିନ ଭିତରେ ଅମାବାସ୍ୟା ଥିଲା, ବାବା ଚାଲି ଆସିଲେ। ମଧୁମିତାର ପରିବାର ପୂଜା ପାଇଁ ବାବାଙ୍କ ତାଲିକା ମୁତାବକ ପୁଜା ସାମଗ୍ରୀ ଯୋଗାଡ କରିବାରେ ଲାଗି ପଡିଲେ।

(୧୪)

ସଂବିତ ସେ ଦିନ ଯାଇଥିଲା ବରଗଡ ବୁଲିବା ପାଇଁ। ଦେଖାହେଲା ହେମନ୍ତ ସାଙ୍ଗେ। ହେମନ୍ତ ପଟେଲ ଅଗ୍ରିଆ ପିଲା। ଡେବ୍ରିଗଡ ପାଖରେ ଜଙ୍ଗଲ ଭିତରେ ତାର ଗାଁ। ତା ସହ ପଢେ ସଂବିତ ପି.ଜି କ୍ଲାସରେ। ଉଭୟେ ଚା' ପିଇଲେ ଆଉ ବହୁତ ଗପିଲେ। ହଠାତ ସଂବିତର ମନେ ପଡିଲା ବାବା ବିଷୟରେ। ସଂବିତ ହେମନ୍ତକୁ ସବୁକଥା କହିଲା। କହିଲା ଡେବ୍ରିଗଡ ଜଙ୍ଗଲରୁ ବାବା ନିଖୋଜ ହେବା ବିଷୟରେ। ହେମନ୍ତ କହିଲା ବାବା ବିଷୟରେ ତ ମୁଁ ଜାଣିନି କିନ୍ତୁ ଗୋଟେ ବ୍ରାହ୍ମଣ ପିଲା ଫରେଷ୍ଟ ଗାର୍ଡ ଥିଲା ଓ ନିଖୋଜ ହେବା ସଂପର୍କରେ ମୁଁ ଜାଣେ ଏଇଟା ସେତେବେଳେ ଆମ ଗାଁ ରେ ଗୋଟେ ଚର୍ଚ୍ଚାର ବିଷୟ ଥିଲା।

ହେମନ୍ତ ଆରମ୍ଭ କଲା ଯାହା ଜାଣିଥିଲା ତା ସଂପର୍କରେ। ଫରେଷ୍ଟ ଗାର୍ଡ ଜଣକ ଡେଙ୍ଗା, ଉଚ୍ଚା, ଗୋରା ହେଇ ସୁଠାମ ଗଠନରେ ସୁନ୍ଦର ଯୁବକଟିଏ ଥିଲା। ପ୍ରଥମେ ଭଲ ପିଲାଟେ ଥିଲା। ପରେ ସାଙ୍ଗସାଥିରେ ବରବାଦ ହେଇଗଲା। ଖାଲି ମଦ ମାଂସ, ଦାଦାଗିରିରେ ଟାଇମ କାଟିଲା। ଡ୍ୟୁଟିରେ ବି କାହାକୁ ଡରେନା। ଜଙ୍ଗଲରେ ଯିଏ କାଠ ହାଣିବାକୁ ଯାଏ ତାକୁ ହଇରାଣ କରେ। ବହୁତ ନିରୀହ ଆଦିବାସୀ ଝିଅ ତାର କାମନାର ଶିକାର ହେଇଛନ୍ତି। ନିଜେ ସବୁବେଳେ କୁଟୁରା ମାରିବା, ହରିଣ ଶିକାର କରିବା ସହ ଟୋକାଙ୍କ ସାଙ୍ଗରେ ଭୋଜିଭାତ କରିବ। ଯୋଉ ଦିନ କିଛି ନ ମିଳିବ କାହା ଘରେ ପଶି କୁକୁଡା ଚୋରେଇ ନେବ ନହେଲେ ମାଡ଼ପିଟ କରି କୁକୁଡା ଛଡେଇ ନେବ। ତା ସଙ୍ଗରେ କେହିବି ସାହାସ କରିନ୍ତିନି ଝଗଡା କରିବାପାଇଁ। ଚବିଶ ଘଣ୍ଟା ଗଞ୍ଜେଇ ନିଶାରେ ଚୁର୍ ଥାଏ। ଆଖି ଲାଲ ଲାଲ କରି ଅନେଇଥାଏ।

ଶୁରୁବାଲୀ ବୋଲି ଗୋଟେ ଆଦିବାସୀ ଝିଅକୁ ରଖନୀ କରି ରଖିଥିଲା। ତାକୁ ବାହା ହେବ କହି ଫସେଇ ଥିଲା। ସନ୍ଧ୍ୟା ହେଲେ ତା ଘରକୁ ଯିବ। ରାତି ସାରା ତା

ଘରେ ରହିବ। ମଦ ପାଣି ପିଇକି ଉତ୍ପାତ ହେବ। ତା ବାପାଟି ଜଙ୍ଗଲ ବିଭାଗରେ ଗେଷ୍ଟହାଉସର ଜଗୁଆଳୀ। ରାତିସାରା ଘରକୁ ଆସେନା। ତେଣୁ ଫରେଷ୍ଟ ଗାର୍ଡକୁ କହିବାକୁ କେହି ନାହାନ୍ତି। ତାର ବାପା ଯୋଉ ଦିନ ଜାଣିଲା ଗାର୍ଡ ତା ବାପାକୁ କହିଲା ତୋର ତା ବାବଦରେ ଚିନ୍ତା କରିବା ଦରକାର ନାଇଁ। ମୁଁ ତାକୁ ବାହା ହେବି। ଏମିତି ଲିଳାଖେଳା ଚାଲିଥିଲା କିନ୍ତୁ ସେ କେବେ ବାହା ହେବାର ନାଁ ଧରୁ ନଥିଲା।

ଫରେଷ୍ଟ ଗାର୍ଡକୁ କିନ୍ତୁ ସବୁ ଦିନ ନୂଆଁ ନୂଆଁ ମାଲ ଦରକାର। ଏରିଆ ଯାକର ଝିଅ ଯେମିତି ତାର ଶାଳୀ। ସମସ୍ତଙ୍କୁ ଥଟ୍ଟା କରେ ଖରାପ ନଜରରେ ଦେଖେ। ଜଙ୍ଗଲକୁ ଯାଇଥିବା ଝିଅମାନଙ୍କୁ ଟଣାଓଟରା କରେ, ଚୁମା ଦିଏ। ଯେ ସହଯୋଗ କରିବନି ତାକୁ କାଠ କାଟିବାକୁ ଦିଏ ନାହିଁ। ଦିନେ ସେ ଗାଁର ମୁଖିଆର ଝିଅ ଉପରେ ନଜର ପକେଇଲା। ସେ ଝିଅ ବହୁତ ସୁନ୍ଦରୀ ଥିଲା। ଫରେଷ୍ଟ ଗାର୍ଡର ପାଲରେ ପଡିଲାନି। ଦିନେ ଫରେଷ୍ଟ ଗାର୍ଡ ମଦ ପିଇ ତା ଘରକୁ ପଶିଲା ଓ ତା ଉପରେ ଅତ୍ୟାଚାର କଲା। ସେ ଝିଅ ଜୋରରେ ଚିଲ୍ଲେଇଲା। ତା ବାପା ଉଠିପଡିଲେ। ଠେଙ୍ଗା ଧରି ଫରେଷ୍ଟ ଗାର୍ଡକୁ ଦଉଡେଇଲେ। ପଛେ ପଛେ ସାହି ଯାକର ଲୋକ ଠେଙ୍ଗା ବାଡି ଧରି ଦଉଡେଇଲେ। ସେ ଦିନଠୁ ସେ ଏକମୁହାଁ ହେଇ ପଳେଇଲା ଯେ ଆଉ ଫେରିନି। ଶୁରୁବାଲୀ ବହୁତ ଦିନ ଯାଏଁ ତାର ବାଟ ଦେଖିଲା। ତା ପରେ ବାହା ହେଇଗଲା। କୁହନ୍ତି ବାହା ହେଲା ବେଳେ ସେ ଦୁଇ ମାସର ଗର୍ଭବତୀ ଥିଲା। ଏବେ ବି ତା ଛୁଆ ସେ ଫରେଷ୍ଟ ଗାର୍ଡ ଭଳିଆ ଦିଶେ ବୋଲି ଲୋକେ କୁହାକୁହି ହୁଅନ୍ତି। ସଂବିତ ବାବା ବିଷୟରେ ଶୁଣିଥିବା ଓ ତାର ନିରୁଦ୍ଦିଷ୍ଟ ହେବାର କାହାଣୀ ଯାଠୁ ସଂପୂର୍ଣ୍ଣ ଭିନ୍ନ ଥିଲା। କିନ୍ତୁ ବାବା ସଂପର୍କରେ ଏ କାହାଣୀ ତାକୁ ବେଶୀ ସତ ଲାଗିଲା। ସଂବିତ ଗାଁକୁ ଫେରିଆସିଲା। ଆଉ ବାବାଙ୍କ ବେଶୀ ନିକଟତର ହେବାକୁ ଲାଗିଲା। ଅଜୟ କୁମାର ଚେଲାକୁ ଧରି ବାବା ସଂପର୍କରେ କାହାଣୀ ସବୁ ସଂଗ୍ରହ କରିବାରେ ଲାଗିଲା। ଶିକ୍ଷିତ ପିଲା ବୋଲି ସଂବିତକୁ ବାବାର ଭୟ ବି ରହିଥାଏ। ତେଣୁ ବାବା ବି ମଝି ମଝିରେ ସଂବିତକୁ ଚମତ୍କାର ଦେଖାଏ। କୋଉ ଦିନ ବେକରେ ସାପଟିଏ ତ କୋଉଦିନ ଖାଲି ହାତରୁ ଖୁଚୁରା ପଇସା ବାହାରିବା ଏମିତି ଅନେକ ମେଜିକ ବାବାଙ୍କୁ ଜଣା ଥିଲା। ଏମିତି ଯାଦୁ ବିଦ୍ୟା ଦେଖେଇ ବାବା ଲୋକଙ୍କ ମନରେ ସହଜରେ ବିଶ୍ୱାସଟେ ଜମେଇ ଦେଇ ପାରୁଥିଲେ। ତେଣୁ ବାବାଙ୍କୁ ଅବିଶ୍ୱାସ କରିବାର କାରଣ କେହି ଖୋଜି ପାଉନଥିଲେ।

(୧୫)

ଦିନେ ବାବା ମୀନକେତନ ବାବୁଙ୍କୁ ଏକୁଟିଆ ଥିଲାବେଳେ ଡାକି କହିଲେ ଆଉ ଭିଣୋଇ ଆଶ୍ରମ କାରବାର କେତେଦୂର ଗଲା । ମୀନକେତନ ବାବୁ କହିଲେ କୋଉ ଆଶ୍ରମ ? ବାବା କହିଲେ ଯୋଗୀ ଯୋଗେଶ୍ୱର ଆଶ୍ରମ ହେବ ପରା ଚାନ୍ଦା ଅସୁଲ ହେଉଛି । ନିତି ତମେ ଘୋଷଣା କରୁଛ ମୁଁ ଲୋକଙ୍କୁ କହି ଚାନ୍ଦା ମାଗୁଛି । ଭିଣୋଇ କହିଲେ ଆଶ୍ରମ ପାଇଁ ଜମି ନାହିଁ । ତୋ ବାପା ତୋ ମଲା ଆଗରୁ ସବୁ ଜମି ଗୁଡା ବିକି ଦେଇଥିଲେ । ଯୋଉ ଗୁଡା ବାକିଥିଲା ଗ୍ରେନ୍‌ଗୋଲାର ଋଣ ଶୁଝି ନଥିଲେ ବୋଲି ସେମାନେ କବ୍‌ଜା କରିନେଲେ । ବାବା ପଚାରିଲେ ଚାନ୍ଦା କେତେ ହେଇଛି । ଭିଣୋଇ କହିଲେ ଚାନ୍ଦା ପଇସା କୋଉ ରହିଛି । ସବୁ ତ ଘର ଖର୍ଚ୍ଚରେ ଆଉ ତୋ ମଦପାଣି ଅୟସ ଆରାମରେ ସରି ଯାଉଛି । ଆଉ ଯେତିକି ବଳିଛି ସେ ଆମ କାମକୁ ନିଅଣ୍ଟ । ଆଶ୍ରମ ପାଇଁ ଆଗ ଜମିଟେ କବଜା କରିବାକୁ ହବ । ଗୌନ୍ତିଆଙ୍କ ଭଲ ଭଲ ଜମି ସବୁ ଅଛି ନଦୀ ପାଖରେ । ହେଲେ ତାଙ୍କର ଭାଗବଣ୍ଟା ଛିଣ୍ଡିନି । ତୁ କହିବୁ ଯଦି ସେ ତୋତେ ଦେଇଦେବେ । କିନ୍ତୁ ତୋତେ ସେ ସବୁବେଳେ ହାତ ବାରିସି ଭଳିଆ ବ୍ୟବହାର କରିବେ । ମୋଟେ ଭଲ ଲୋକ ନୁହନ୍ତି । ବହୁତ କ୍ରୁର ପ୍ରକୃତିର ଲୋକ । ଆସିବା ଦିନରୁ ଭେଟିନୁ ବୋଲି ତାଙ୍କର ତୋ ଉପରେ ବହୁତ ରାଗ । ସେ ତୋତେ ଆଶ୍ରମ ପାଇଁ ଜମିଦେବେ କଣ ଓଲଟା ତୋତେ ଗାଁରୁ ତଡିବା ପାଇଁ ତୋ ପିଛାରେ ଲୋକ ଲଗେଇଛନ୍ତି । ତୁ ବାବା ଲୋକ ପଇସାପତ୍ର କଣ କରିବୁ । ଲୋଭ ଲାଲଚ ଭଲ ନୁହେଁ । ତୁ ଧର୍ମ କର୍ମରେ ଧ୍ୟାନଦେ । ସମ୍ପତ୍ତି ବାଡି, ମୋହ, ମାୟାରେ ପଡିଲେ ଯୋଉ ନାମ ଟିକକ ଅର୍ଜିଛୁ ସବୁ ଯିବ । ଭଗବାନଙ୍କ ଦୟାରୁ ବେପାର ଠିକ ଚାଲିଛି । ଆଉ କିଛି ଦିନ ଏମିତି ଚାଲିଲେ ଆମେ ନିଜ ପଇସାରୁ ଆଶ୍ରମ କରିବା । ତୁ ଯଦି ସମ୍ଭାଳି ପାରିବୁ ସମ୍ଭାଳ । ମୁଁ ତୋତେ ସବୁ ହିସାବପତ୍ର ଦେଇ ମୋ ଗାଁରେ ଶାନ୍ତିରେ

ରହିବି। ମୋର ଏ ବୟସରେ ଏ ସବୁ ପରିଶ୍ରମ କଣ ଦରକାର। ତୁ ଆସିବା ଦିନରୁ ନା ଶାନ୍ତିରେ ଖାଉଛି ଦି ଗୁଣ୍ଡା ନା ଅଚିନ୍ତା ଶୋଉଛି ଗୋଟେ ନିଦ। ତୋ ଭଣଜା ବି ଖରାରେ ଦୋକାନ ସମ୍ଭାଳି କି ପାଠଶାଠ ଛାଡି କଳାକାଠ ପଡିଗଲାଣି। ବାବା କହିଲେ ଆଉ ତମେ ମୋତେ ଛାଡି କୁଆଡେ ଯିବା ଦରକାର ନାଇଁ। ମୁଁ ସେଇ ଆଶ୍ରମ ପାଇଁ ଟିକେ ଚିନ୍ତିତ ଥିଲି। ଆଶ୍ରମ ନହେଲେ ବି ମୋର କିଛି ଅସୁବିଧା ହେବ ନାହିଁ। ମୋର କାମ ତ ଚଳି ଯାଉଛି। ଘର ଆଗରେ ବିରାଟ ପଡିଆ ଅଛି। ଭଜନ କୀର୍ତ୍ତନ ଲୋକ ସମାଗମକୁ ବହୁତ ସୁବିଧା ଅଛି। ତା ଛଡା ଘରେ ବି ମୋର କିଛି ଅସୁବିଧା ହେଉନି। ମାଟି ଆଉ ଚାଳ ଛପରର ଘର। ଆଶ୍ରମ ଭଳି ତ ହେଇଛି। ପୂଜା ପାଠ ସବୁ ଚାଲିଛି। ଗାଁ ବାହାରେ ଦୂରରେ ରହିଲେ ଅନେକ ଅସୁବିଧା। ଆଉ ଯେବେ ଆଶ୍ରମ ହେବ ହେଉ। ମୁଁ ଗୌନ୍ତିଆ ପାଖକୁ ନା ଯିବି ନା ତାକୁ ଜମି ଦି ମାଣ ମାଗିବି। ତାର ଯଦି କିଛି ଦରକାର ମୋ ପାଖକୁ ଆସୁ ଆଉ ମାଗୁ। ଗୌନ୍ତିଆ ବି ଠିକ ସେଇୟା ଚାହୁଁଥିଲେ। ଏତେ ଲୋକ ତାଙ୍କୁ ମାନୁଛନ୍ତି ଅଂଚଳରେ। ଏ ଶଳା ବାବାଟା ତାକୁ ଖାତିର କରୁନି। ନିଜ ଘର ପିଲା ହେଲେ ବି ତାର ବିବେକ ହେଲାନି ଆସିକି ଗୌନ୍ତିଆଙ୍କୁ ଭେଟ ହେବାକୁ। ଗାଁକୁ ଶୋଭାଯାତ୍ରା କରି ଆସିବା ଦିନ ବି ସେ ତାଙ୍କ ଘର ଆଗରେ ଅଟକି ତାଙ୍କୁ ଆଗ ଭେଟ ହେଇଯିବା କଥା। ସେଇଟା ବି କଲାନି। ତାଙ୍କ ଆତ୍ମାଭିମାନକୁ ଆଘାତ ଲାଗିଛି ସେଇ ଦିନଠୁ। ସେଥିପାଇଁ ସିନା ସେ ବାବା ପଛରେ ଏତେ ଜୋର ଲାଗି ପଡିଛନ୍ତି। ବାବା ଉପରେ ସବୁବେଳେ ନଜର ରଖୁଛନ୍ତି। ତାର ପ୍ରତ୍ୟେକ କାର୍ଯ୍ୟକଳାପର ଟିକନିଖ ବିବରଣୀ ରଖୁଛନ୍ତି।

ସେ ଦିନ ସନ୍ଧ୍ୟାରେ ବୁଲିବା ବାହାନାରେ ଘରକୁ ଆସି କ୍ୱାକ୍ ଡାକ୍ତର ରାଉତ ବାବୁ ଗୌନ୍ତିଆଙ୍କୁ କହିଲେ ଜାଣିଲେ ଗୌନ୍ତିଆ ଆଜ୍ଞା ଏ ବାବାଟା ଗାଁ କୁ ଖାଇଦେଲା। ଗୌନ୍ତିଆ ପଚାରିଲେ କଣ ହେଲା କି। ସେ ତାଙ୍କ ବେଗରୁ କିଛି ଆୟୁର୍ବେଦିକ ଜଡିବୁଟି ବାହାର କରି ଗୌନ୍ତିଆ ଆଜ୍ଞାଙ୍କୁ ଦେଖେଇଲେ ଆଉ କହିଲେ ଦେଖନ୍ତୁ ଏଗୁଡା। ଔଷଧ ନାଁରେ ବାବା ସମସ୍ତଙ୍କୁ ଗାଁରେ ନିଶା ଖୋର କରିଦେଲାଣି। ତାର ସବୁ ଔଷଧରେ ଗଞ୍ଜେଇ, ନୋହିଲେ ଅଫିମ ନିଶା। ଯାହାର ଛୁଆ ହେଉନି ତାକୁ ଦେଉଛି କାମୋଦ୍ଦୀପକ ଔଷଧ ଭାଏଗ୍ରା। ଟିକେ ନିଶା ଦେହରେ ପଡିଗଲେ ଲୋକଙ୍କ ପୀଡା ଉପଶମ ହେଇଯାଉଛି। ତାଙ୍କୁ ତେଣୁ ବାବା ଔଷଧ କାଟୁ କଲା ଭଳି ଲାଗୁଛି। ଯା ର କିଛି ଗୋଟେ ଉପାୟ କରନ୍ତୁ ଆଜ୍ଞା। ନୋହିଲେ ଗାଁ ପୁରା ବରବାଦ ହେଇଯିବ। ଆଉ କେହିବି ଆପଣଙ୍କୁ ଗୌନ୍ତିଆ ବୋଲି ମାନିବେନି। ଦିନେ ଦେଖିବେ ଆପଣଙ୍କ ଜାଗାରେ ବାବା ଗାଁର ଗୌନ୍ତିଆ ହେଇ ବସିଥିବ।

କାଳୀ ପ୍ରସାଦ ବାବୁ ଗୌନ୍ତିଆ ଠାଣୀରେ କହିଲେ ରାଉତେ ରଖ ତମ ଭାଷଣ ଦେଖ କିଏ କାହାକୁ ତଡୁଛି । ଆଉ କିଛି ଦିନ ଅପେକ୍ଷା କର । ଅଧର୍ମ ଅବିତ୍ତ ବଢେ ବହୁତ ଗଲା ବେଳେ ଯାଏ ମୂଳ ସହିତ । ବାବା ଯୋଉଠୁ ଆସିଥିଲା ତାକୁ ସେଇଠିକି ଯଦି ପଠେଇ ନ ଦେଇଛି ମୋ ନାଁ ଗୌନ୍ତିଆ କାଳୀ ପ୍ରସାଦ ନୁହେଁ । ଔଷଧଟା ଠିକ କାଟୁ କଲା ଜାଣି ରାଉତ ବାବୁ ଚୁପ୍‌ଚାପ୍ ତାଙ୍କ କଳା ଚମଡା ଔଷଧ ବେଗ୍ ଧରି ଖସି ପଳେଇଲେ ।

(୧୬)

ଅମାବାସ୍ୟା ଦିନ ଆସିଲା। ବାବା ଆଉ ଚେଲା ସନ୍ଧ୍ୟାରେ ଗଣ୍ଠିଲି ସଜେଇ ବାହାରିଲେ ବାଦିପାଲି ଶିବ ମନ୍ଦିର। ବାଦିପାଲି ଶିବ ମନ୍ଦିର ପୁରା ଗାଁ ବାହାରେ ଗୋଟେ ଛୋଟ ନାଳ ପାଖରେ ଅଛି। ବେଶୀ ବଡ ମନ୍ଦିର ନୁହେଁ। କାର୍ତ୍ତିକ ମାସରେ ଯାହା ଟିକେ ଭିଡ ହୁଏ। ବାକି ମାସରେ ମନ୍ଦିର ଖାଲି ପଡିଥାଏ। ପୁଝାରୀ ସକାଳୁ ପୂଜା ସାରିଦେଇ କବାଟ ଆଉଜେଇ ଚାଲିଯାଏ। କବାଟ ସବୁବେଳେ ଖୋଲାଥାଏ। କଥା ମୁତାବକ ପୂଜା ତାଲିକାର ସବୁ ପୂଜା ସାମଗ୍ରୀ ଧରି ମଧୁମିତା ଓ ତା ବାପା ସେଇଠି ଉପସ୍ଥିତ ଥିଲେ। ମାଆଙ୍କୁ ଆସିବାକୁ ବାରଣ ଥିଲା। ବାବା ସୁଚାରୁ ରୂପେ ମନ୍ତ୍ର ପାଠକରି ବିବାହ କର୍ମାଦି କରିବାକୁ ଲାଗିଲେ। ସାହାଡା ଗଛ ସଙ୍ଗରେ ମଧୁମିତାର ବାହାଘର ହେଲା। ଆନୁଷ୍ଠାନିକ ଭାବେ ମଧୁମିତାର ବାପା କନ୍ୟାଦାନ କଲେ ଓ କନ୍ୟା ବିଦାୟ ପରେ ତାଙ୍କୁ ଯିବାକୁ କୁହାଗଲା। ଅନ୍ୟସବୁ ବିଧି ଏକାନ୍ତରେ କରାହେବ ବୋଲି କହିଲେ। ଏତେ ବଡ ସିଦ୍ଧବାବାଙ୍କୁ କିଏ ବା କାହିଁକି ଅବିଶ୍ୱାସ କରିବାକୁ ଯିବ।

ମଧୁମିତାର ପିତା ଯିବା ପରେ ବାବା ପ୍ରସାଦରେ ନିଶା ଔଷଧ ମିଶେଇ ମଧୁମିତାକୁ ଖାଇବାକୁ ଦେଲେ। ମଧୁମିତା ଝୁପିବାକୁ ଲାଗିଲା। ତାର ମୁଣ୍ଡ ଝିମ୍‌ଝିମ୍ କଲା। ବାବା ତାକୁ କଥା ଦ୍ୱାରା ଏମିତି ବଶ କରିଦେଲେ ଯେ ବାବା ଯାହା କହିଲେ ମଧୁମିତା ସେଇୟା କଲା। ବାବା କହିଲେ ଜାଣିଛୁ କନ୍ୟା ଆଜି ତୋର ବାହାଘର ହେଲା। ଆଜିଠୁ ସାହାଡା ଗଛ ତୋର ପତି। ଯେହେତୁ ଆଜି ତୋର ବାହାଘର ହେଲା ଆଜି ତୋର ମଧୁଶଯ୍ୟା ବି ହେବ। ତୁ ଚୁପଚାପ୍ ଦେହରୁ ସବୁ ବସ୍ତ୍ର ଖୋଲିଦେ। ମୁଁ ବାହାରେ ଅଛି। ଏବେ ଯାହା କରିବ ସବୁ ସାହାଡା ଗଛ କରିବ। ବାବା ଯାହା କହୁଥିଲେ ମଧୁମିତା ସେଇୟା କରୁଥିଲା। ତା ମାଆ ବି ତାକୁ କହିଥିଲେ ବାବାର ପ୍ରତ୍ୟେକ କଥା ମାନିବୁ। ମଧୁମିତା ଗୋଟେ ଗୋଟେ କରି ସବୁ ବସ୍ତ୍ର ଖୋଲିଲା।

ଏବେ ବାବା ତା ପାଖକୁ ଲାଗି ଆସିଲେ। ବାବା ପ୍ରସାଦରେ ମିଶାଇଥିବା ନିଶା ଓ କାମୋଦ୍ଦୀପକ ଔଷଧ ସବୁ ଠିକ୍‌ରେ କାମ କରୁଥିଲା। ତେଣୁ ମଧୁମିତା ସଙ୍ଗରେ ସୁହାଗ ରାତିଟେ କଟେଇବା ବାବାଙ୍କ ପାଇଁ ଆଦୌ କଷ୍ଟସାଧ୍ୟ ନଥିଲା। ବହୁତ ସମୟ ପରେ ମଧୁମିତାର ଚେତା ଆସିଲା। ସେତେବେଳେ ବାବା ପାଖରେ ନଥିଲେ। କଣସବୁ ତା ସାଙ୍ଗେ ହେଲା ସେ କିଛି ଜାଣି ପାରୁନଥିଲା। କିନ୍ତୁ ତାକୁ ବହୁତ ଶାନ୍ତି ଲାଗୁଥିଲା। ସେ ତାର ବସ୍ତ୍ରସବୁ ପରିଧାନ କଲା ଓ ବାହାରକୁ ଆସିଲା। ବାବା କହିଲେ ବେଶ ପୂଜା ସଫଳ ହେଲା। ଦୁଇ ଘଣ୍ଟା ପରେ ମଧୁମିତାର ବାପାକୁ ଆସିବାକୁ କୁହାଯାଇଥିଲା। ସେ ଠିକ ସମୟରେ ଆସିଲେ। ମଧୁମିତାକୁ ତା ବାପାଙ୍କୁ ହସ୍ତାନ୍ତର କରି ନିଜର ପାରିଶ୍ରମିକ ଧରି ବାବା ଓ ଚେଲା ଗାଁକୁ ଫେରିଲେ। କିଛି ଦିନ ପରେ ସତକୁ ସତ ମଧୁମିତାର ବାହାଘର ଠିକ ହେଲା ଏବଂ ଏ କଥା ଚାରିଆଡେ ପ୍ରଚାର ହେଲା। ବାବା କିନ୍ତୁ ନିଜେ ଏ ବିବାହ ପ୍ରସ୍ତାବ ଦେଇଥିଲେ ଏ କଥା କେହି ଜାଣି ନଥିଲେ। ବାବାଙ୍କ ଖ୍ୟାତି ଆହୁରି ବଢିଲା ଓ ଏଥର ଅବିବାହିତ ଝିଅଙ୍କ ବି ଭିଡ ବଢିଲା ତାଙ୍କ ଦରବାରରେ। ଏଇଥି ପାଇଁ ମୀନକେତନ ବାବୁଙ୍କୁ ଆହୁରି ଗୋଟେ ଡାଏରୀ ରଖିବାକୁ ପଡିଲା। ସେ ବ୍ୟସ୍ତ ରହିଲେ ସେମାନଙ୍କୁ ତାରିଖ ଦେବାରେ ଓ ଫିଜ ନିର୍ଦ୍ଧାରଣ କରିବାରେ। ଛୋଟ ଛୋଟ ରୋଗ କାଶ, ଥଣ୍ଡା, ଜ୍ୱର, ଝାଡା ଆଦି ଭଲ ହେଇଯାଉଥିଲା ବାବାଙ୍କ ଔଷଧରେ ଓ ବଡ ରୋଗ ପାଇଁ ବାବା ପୂଜାର ଆୟୋଜନ କରୁଥିଲେ ଓ ଲୋକଙ୍କୁ ବୁର୍ଲା କିମ୍ବା ବରଗଡ ଯିବା ପାଇଁ ପରାମର୍ଶ ଦେଉଥିଲେ। ଗାଁରେ କ୍ୱାକ ଡାକ୍ତର ଉପରେ ଆଉ ଲୋକଙ୍କ ଭରସା ରହିଲା ନାହିଁ। ଏବଂ ବାବାଙ୍କ ବ୍ୟବସାୟ ଆହୁରି ବଢି ଚାଲିଲା। ଗୌନ୍ତିଆ ଏବଂ ରାଉତ ବାବୁ ତଥାପି ଲାଗିଥାନ୍ତି ବାବାଙ୍କ ପିଛାରେ।

(୧୭)

ମହେଶ ଛୁଟିନେଇ ଗାଁକୁ ଆସିଲା। ବାବା ଆଉ ମୀନକେତନ ବାବୁ ତାଙ୍କୁ ବିବାହ ପାଇଁ ପ୍ରସ୍ତାବ ଦେଲେ ଆଉ ସବୁ କଥା ବୁଝେଇଦେଲେ। ମନସ୍ୱୀନୀକୁ ମହେଶ ଦେଖିଥିଲା। ମାଆ ବି ବୁଝେଇଲେ। ଏଡେ ବଡ ତହସିଲଦାର ଘର ଏମିତି ପ୍ରସ୍ତାବ ସହଜରେ ମିଳେନା। ଜଣାଶୁଣା ପରିବାର ତୋର କିଛି ଅସୁବିଧା ହେବନି। ଯାନିଯୌତୁକ ବି ବହୁତ ଆଣିବ। ଭବିଷ୍ୟତକୁ ସବୁ ପ୍ରକାର ସାହାଯ୍ୟ ପାଇବୁ ଶଶୁର ଘରୁ। ଝିଅଟିକୁ ମୁଁ ଛୁଆଦିନୁ ଜାଣେ କାମିକା ଝିଅ। ବେଶୀ ସୁନ୍ଦର ନହେଲେ କଅଣ ହେଲା। ଗଢଣ ଠିକ ଅଛି। ସ୍ୱାସ୍ଥ୍ୟ ବି ବହୁତ ସୁନ୍ଦର। ତନୁଲତା ଭାଇକୁ ବୁଝେଇଲା ରାଜି ହେଇଯା ବୋଲି। ଏ ପ୍ରସ୍ତାବରେ ସମସ୍ତେ ଏତେ ଆଗ୍ରହୀ ଥିଲେ ଯେ ମହେଶ ବି ମନା କରି ପାରିଲାନି। ମୀନକେତନ ବାବୁ କହିଲେ ମୁଁ ଦିନବାର ଦେଖୁଛି। ସେ ଛୁଟୀରେ ଥିଲା ଭିତରେ ନିର୍ବନ୍ଧ ବି ସାରିଦେବା। ନିର୍ବନ୍ଧ କଣ ଯଦି ସୁଦର୍ଶନ ବାବୁ ରାଜି ହେବେ ତେବେ ବାହାଘର ବି କରିଦେବା। ଚଟ୍ ମଙ୍ଗନି ପଟ୍ ସାଦି।

ସୁଦର୍ଶନ ବାବୁଙ୍କୁ ଚିଠି ଲେଖି ସବୁ ଜଣେଇ ଦିଆଗଲା। ନିର୍ବନ୍ଧ ପାଇଁ ତାରିଖ ଧାର୍ଯ୍ୟ ହେଲା। ସାତଦିନ ଭିତରେ ନିର୍ବନ୍ଧ ସରିଗଲା। ମାସେ ଭିତରେ ବାହାଘର ଲଗ୍ନ। ଉଭୟେ ରାଜି। ଟିଟିଲାଗଡରୁ ନିର୍ବନ୍ଧ ସାରି ଫେରିବା ପରେ ମୀନକେତନ ବାବୁ ଲାଗିଗଲେ ଆୟୋଜନରେ। କାରଣ ପଇସା ପାଇଁ ଅସୁବିଧା ନଥିଲା। ସେ ବରପକ୍ଷର ବରଯାତ୍ରା ଓ ବିବାହର ଭୋଜି ଖର୍ଚ୍ଚ ବହନ କରିବା ପାଇଁ ସୁଦର୍ଶନ ବାବୁଙ୍କୁ ରାଜି କରେଇ ଦେଇଥିଲେ। ସୁଦର୍ଶନ ବାବୁଙ୍କ ଅରାଜି ହେବାର କିଛି ନଥିଲା। କାରଣ ତାଙ୍କ ମୁଣ୍ଡରୁ ଗୋଟେ ବିରାଟ ବୋଝ ହାଲ୍‌କା ହେବାକୁ ଯାଉଥିଲା। ମୀନକେତନ ବାବୁ କଥା ଛଳରେ କହିଲେ ତମେ ଯୌତୁକ ନ ଦେଲେ ନ ଦିଅ କିନ୍ତୁ ବିବାହ ଖର୍ଚ୍ଚ ତମକୁ ତୁଲେଇବାକୁ ପଡିବ ମହେଶର ଅବସ୍ଥା ତ ତମେ ଜାଣିଛ।

ଚାକିରୀ ପରଠୁ ଘରର ସବୁ ଦାୟିତ୍ୱ ମୁଣ୍ଡେଇଛି। ଭଉଣୀ ମାନଙ୍କ ବାହାଘର, ବାପାର ଋଣ ସବୁ ଚାକିରି କଲାକ୍ଷଣି ତା ମୁଣ୍ଡରେ ପଡିଲା। ତା ପାଖରେ କଅଣ ଆଉ ରହିଲା ଯେ ସଂଚୟ କରିବ। ସୁଦର୍ଶନ ବାବୁଙ୍କର କିଛି ଅସୁବିଧା ନଥିଲା। ଏତେ ବଡ ତହସିଲଦାର ସାରା ଜୀବନ ଭଲ ଭଲ ପୋଷ୍ଟରେ ରହିଛନ୍ତି। ଯେତିକି ଚାକିରୀରୁ ମିଳେ ତାର ପାଂଚ ଗୁଣ ଉପରିରୁ ମିଳେ। ତେଣୁ ସେ କହିଲେ ଚିନ୍ତା କରନା। ମୁଁ ଦିନେ ଦି ଦିନ ଭିତରେ ପଚାଶ ହଜାର ଟଙ୍କା ପଠେଇ ଦେଉଛି। ଭାବୁଛି ସେତିକିରେ ଧୁମ୍‌ଧାମ୍‌ରେ ବାହାଘର ହେଇଯିବ। ମୀନକେତନ ବାବୁ କହିଲେ ନିଶ୍ଚୟ ହବ। ସେତିକିରେ ମୁଁ ସବୁ କରିଦେବି। ତା ପରେ ବାହାଘର ତାରିଖ ନିର୍ଦ୍ଧାରିତ ହେବା ପରେ ସମସ୍ତେ ହରିଶଙ୍କର ଆସିଲେ। ବାବା ସେଇଠି ପୂଜାର୍ଚ୍ଚନା କରିବା ପରେ ସମସ୍ତେ ଘରକୁ ଫେରିଲେ। ମହେଶର ଛୁଟୀ ସରିଯାଇଥିଲା। ସେ ମୀନକେତନ ବାବୁଙ୍କୁ ବାହାଘରର ସବୁ ଜିମା ଦେଇ ପୁନର୍ବାର ବାହା ବେଳେ ଆସିବି କହି ରାଉରକେଲା ପଳେଇଲା। ବାହାଘର ପୁରା ମାସେ ଅଛି। ଏତେଦିନ ତାକୁ କୋଉଠୁ ଛୁଟି ମିଳିବ। ତେଣୁ ସକାଳ ଗାଡିରେ ସେ ପଳେଇଲା।

(୧୮)

ମୀନକେତନ ବାବୁ କଂଗ୍ରେସ ଦଳର ପୁରୁଖା ନେତା ଥିଲେ। ବାବା ଆସିବା ପରଠୁ ସେ ଆଉ ପାର୍ଟିକାମରେ ମୋତେ ଯୋଗଦେଇ ପାରୁନଥିଲେ। କିନ୍ତୁ ସବୁ କାମରେ ତାଙ୍କୁ ଲୋଡା ପଡୁଥିଲା। ବିଶେଷ କରି ସ୍ଥାନିୟ ଏମ୍.ଏଲ.ଏ ବିଜୟ ସିଂ ବାବୁଙ୍କ ସେ ଅତି ପ୍ରିୟ ଥିଲେ। ବିଜୟ ସିଂ ବାବୁ ଦୀର୍ଘ ବର୍ଷ ଧରି କଂଗ୍ରେସର ବିଧାୟକ ହିସାବରେ ଅଂଚଳରେ ରାଜତ୍ୱ କରି ଆସୁଥିଲେ। ଅଂଚଳରେ ତାଙ୍କର ଖୁବ ପତିଆର ଥିଲା। କିନ୍ତୁ ଗତ ନିର୍ବାଚନରେ ସେ ବିରୋଧୀ ଦଳର ଗୋଟେ ଯୁବନେତାଠୁ ଶୋଚନୀୟ ଭାବେ ପରାସ୍ତ ହେଇଥିଲେ। ତଥାପି ସେ ଆଶା ଛାଡି ନଥିଲେ। ଏବଂ କଳେବଳେ କୌଶଳେ ପୁଣି ଥରେ କୁର୍ସୀ ଅକ୍ତିଆର ପାଇଁ ଲାଗିଥିଲେ। ମଝି ମଝିରେ ନିର୍ବାଚନ ମଣ୍ଡଳୀର ବିଭିନ୍ନ ଗାଁକୁ ଜନସମ୍ପର୍କ ଅଭିଯାନରେ ଯାଆନ୍ତି। ପ୍ରତି ଗାଁରେ ଥିବା ତାଙ୍କ ଦଳର କର୍ମୀମାନଙ୍କୁ ଉତ୍ସାହିତ କରନ୍ତି। ଦାସପାଲି ଅଂଚଳକୁ ଯିବାକୁ ଯେତେବେଳେ ସେ ଯୋଜନା କଲେ ମୀନକେତନ ବାବୁଙ୍କୁ ତାଙ୍କର ଲୋଡା ପଡିଲା। ଖବର ନେବାରୁ ସେ ଜାଣିଲେ ଯେ କେଇ ମାସ ହେଲା ମୀନକେତନ ବାବୁ ଗୋଟେ ବାବା ପଛରେ ଲାଗିଛନ୍ତି। ବାବା କୁଆଡେ ସର୍ବ ଶକ୍ତିମାନ। ବାବାଙ୍କ ଦର୍ଶନ ମାତ୍ରେ ସମସ୍ୟା ସବୁର ସମାଧାନ ହେଇ ଯାଉଛି। ସେ କାଳ ବିଳମ୍ବ ନକରି ଦାସପାଲିକୁ ତାଙ୍କର ଗସ୍ତ କାର୍ଯ୍ୟକ୍ରମ ସ୍ଥିର କଲେ। ଏକା ସାଙ୍ଗେ ମନ୍ଦିର ଦେଖାକୁ କଦଳୀ ବିକା ଦି କାମ ହେଇଯିବ। ତା ଛଡା ତାଙ୍କ ଖାସ ଲୋକ ମୀନକେତନ ବାବୁ ଯେହେତୁ ସେଇଠି ମୁରବୀ ତାଙ୍କ କାମ ଆହୁରି ସହଜ ହେଇଯିବ।

ବିଜୟ ସିଂ ବାବୁ ଅପରାହ୍ନ ଚାରିଟାରେ ପହଂଚିଲେ। ମୀନକେତନ ବାବୁଙ୍କ ପାଖକୁ ସକାଳୁ ସେ ଖବର ପଠେଇ ଦେଇଥିଲେ। ତେଣୁ ତାଙ୍କ ସ୍ୱାଗତ ପାଇଁ ଦଳୀୟ କର୍ମୀ ମାନଙ୍କୁ ଗାଁ ମୁଣ୍ଡରେ ଏକତ୍ରିତ କରାଯାଇଥିଲା। ଗୋଟେ ଶୋଭାଯାତ୍ରାରେ ଗାଁ ମୁଣ୍ଡରୁ ଚାଲି ଚାଲି ବିଜୟ ବାବୁ ଆସିଲେ। ଯେତେବେଳେ ସେ ଏ ଅଂଚଳର

ପୂର୍ବତନ ବିଧାୟକ। ଆଉଥରେ ବି କେତେବେଳେ ବିଧାୟକ ନହେବେ କିଏ କହିବ। କେନ୍ଦ୍ରରେ ତାଙ୍କ ସରକାର ରାଜ୍ୟରେ ବି ତାଙ୍କ ସରକାର। ଖାଲି ତାଙ୍କ ନିର୍ବାଚନ ମଣ୍ଡଳୀରେ ସେ ହାରିଗଲେ ଓ ବିରୋଧୀ ଦଳର ଯୁବନେତାଟେ ଜିତିଗଲା। ଏହି ଅପମାନକୁ ସେ ସହଜେ ଗ୍ରହଣ କରି ପାରୁନଥିଲେ। ଏହାର ଯେ ଏକ ଆଶୁ ସମାଧାନ ବାବା କରି ପାରିବେ ଏଇ ବିଶ୍ୱାସରେ ସେ ଆସିଥିଲେ। ଶୋଭାଯାତ୍ରା ସରିଯିବା ପରେ ମୀନକେତନ ବାବୁ କର୍ମୀ ମାନଙ୍କୁ ଭଜନ ପଡିଆରେ ବସେଇଲେ ଓ ବାବାଙ୍କୁ ମଧ୍ୟ ଡକେଇଲେ। ବାବା ଓ ବିଧାୟକ ମଂଚରେ ବସିଲେ। ମୀନକେତନ ବାବୁ ବିଧାୟକ ଏ ଅଂଚଳ ପାଇଁ କଅଣ ସବୁ କରିଛନ୍ତି ତାର ଏକ ଲମ୍ୱା ତାଲିକା ଦେଲେ ତାଙ୍କ ଭାଷଣରେ। କର୍ମୀ ମାନେ ନିରୁତ୍ସାହିତ ନ ହେଇ ଦ୍ୱିଗୁଣ ଉତ୍ସାହରେ ଅଂଚଳ ପାଇଁ ଏବଂ ଦଳ ପାଇଁ କାମ କରିବାକୁ ଆହ୍ୱାନ ଦେଲେ ଏବଂ ଶେଷରେ ଏ ଗାଁରେ କୌଣସି ମନ୍ଦିର ନଥିବା ହେତୁ ଗୋଟେ ଶିବ ମନ୍ଦିର ତଥା ବାବାଙ୍କ ଆଶ୍ରମ ପାଇଁ କିଛି ଗୋଚର ଜମିର ବ୍ୟବସ୍ଥା ପାଇଁ ବିଜୟ ସିଂ ବାବୁଙ୍କୁ ଅନୁରୋଧ କଲେ। ବିଜୟ ବାବୁ ମଧ୍ୟ ତାଙ୍କ ଭାଷଣରେ ଅଂଚଳର ବିକାଶ ପାଇଁ ସେ କଣ ସବୁ କରିଛନ୍ତି ତାର ବିବରଣୀ ଦେଇ ସେ ଏଇ ଅଂଚଳର ବିକାଶ ପାଇଁ ପ୍ରତିଶ୍ରୁତିବଦ୍ଧ ବୋଲି କହିଲେ। ଆହୁରି ମଧ୍ୟ ବିରୋଧୀମାନଙ୍କୁ ସମାଲୋଚନା କରି କହିଲେ ଯେ ଏବେ ବିକାଶ ନାଁରେ ଯୋଉ ସବୁ ବିକାଶମୂଳକ କାମ ଚାଲିଛି ସବୁ ତାଙ୍କ କାର୍ଯ୍ୟକାଳ ସମୟରେ ମଞ୍ଜୁରୀପ୍ରାପ୍ତ ହୋଇଥିଲା। ରାଜ୍ୟ ଓ କେନ୍ଦ୍ରରେ ତାଙ୍କ ସରକାର ଥିବା ହେତୁ ବିରୋଧୀ ଦଳର ଜଣେ ବିଧାୟକ ବା କଣ କରି ପାରିବ। ସେ କେବଳ ଚୁପ୍‌ଚାପ୍ ବିଧାନ ସଭାରେ ବସି ଘୁମଉଛନ୍ତି। ତାଙ୍କ ନାଁ ରେ ଦୁର୍ନିତି ଅଭିଯୋଗ ବି ଆସିଲାଣି। ବିପୁଳ କରତାଳିରେ ବିଜୟ ବାବୁଙ୍କ ଭାଷଣର ପ୍ରତ୍ୟେକ ଧାଡିକୁ ସ୍ୱାଗତ କରାଯାଉଥିଲା। ଗାଁର ରାସ୍ତାକୁ ସହର ସହ ସଂଯୋଗ କରୁଥିବା ମୂଖ୍ୟ ରାସ୍ତା ପର୍ଯ୍ୟନ୍ତ ଖୁବଶୀଘ୍ର ଗେଟି କଂକ୍ରିଟ କରାଯିବ ବୋଲି ସେ କହିଥିଲେ। ଗାଁରେ ଅଚଳ ହୋଇ ପଡିଥିବା ନଳକୂଅ ଗୁଡାକର ପୁନରୁଦ୍ଧାର ପାଇଁ ସେ ଅର୍ଥ ମଞ୍ଜୁର କରେଇ ସାରିଛନ୍ତି ଓ ବହୁତ ଶୀଘ୍ର ଏହାର କାମ ଆରମ୍ଭ ହେବ ବୋଲି କହିଥିଲେ। ଖରା ମାସରେ ପୋଖରୀରୁ ପଙ୍କ ଉଦ୍ଧାର କରାଯିବ ଓ ଗାଁରେ ଅବହେଳିତ ହେଇ ପଡିଥିବା ଆଉ ଏକ ପୋଖରୀକୁ ଲୋକଙ୍କ ବ୍ୟବହାର ଉପଯୋଗୀ କରାଯିବ ବୋଲି ନିର୍ଭର ପ୍ରତିଶ୍ରୁତି ଦେଇଥିଲେ। ସେ ମନ୍ଦିର ପାଇଁ ମଧ୍ୟ ଯଥାସମ୍ଭବ ଉଦ୍ୟମ କରିବେ ଓ ଏଥିପାଇଁ ଜନସାଧାରଣଙ୍କର ସହଯୋଗ ଲୋଡା ବୋଲି କହିବାକୁ ମଧ୍ୟ ପଛେଇ ନଥିଲେ। ମୀନକେତନ ବାବୁ ଦେଇଥିବା ଆଶ୍ରମ ଜମି ପାଇଁ ପ୍ରସ୍ତାବକୁ ସେ ତହସିଲଦାରଙ୍କର କାନରେ ପକେଇବେ ଏବଂ ସାକାର

କରିବାକୁ ଚେଷ୍ଟା କରିବେ ବୋଲି କହିଥିଲେ। ସଭା ପରେ କର୍ମୀ ମାନଙ୍କୁ ବିଦାୟ ଦିଆଗଲା। ମୀନକେତନ ବାବୁ ବିଜୟ ବାବୁଙ୍କୁ ବାବାଙ୍କ ବିଶ୍ରାମ କକ୍ଷକୁ ପାଛୋଟି ନେଇ ଯଥାଶୀଘ୍ର ଜଳଖିଆ ଓ ଚା ପାନର ବ୍ୟବସ୍ଥା କଲେ।

ଚା ପାନ ପରେ ମୀନକେତନ ବାବୁ କହିଲେ ଆପଣ ବାବାଜୀଙ୍କୁ ଯାହା ପଚାରିବେ ପଚାରନ୍ତୁ। ସେ ବାବାଜୀଙ୍କୁ କହିଲେ ଯେ ଆମ ନିଜ ଲୋକ ଟିକେ ଭଲ କି ଦେଖିବେ। ସେ ଜିତିଲେ ତୋର କାମକୁ ଆସିବେ। ଆଶ୍ରମ ସ୍ୱପ୍ନ ଆମର ବହୁତ ଜଲଦି ସାକାର ହେଇଯିବ। ଯେତେହେଲେ ବି ପାୱାର ଥିଲେ ଅଲଗା। ଏବେ ତ ସେ ଛୁଆ ଯୋଉ ବିଧାୟକ ହେଇଛି ତା ଗୋଡ ତଳେ ଲାଗୁନି। ବଡ ସାନ ଦେଖେନି। ଯାହାକୁ ଯାହା ପାରିବ କହିଦେବ। ଇନ୍ଦ୍ର ଚନ୍ଦ୍ର ମାନୁନି। ଯେତେହେଲେ ବି ବିଜୟ ବାବୁ ଆମର ପୁରୁଣା ନେତା ଏମାନେ ତାଙ୍କ କାଣି ଆଙ୍ଗୁଳିକୁ ବି ସରି ହେବେନି।

ବାବା ବିଜୟ ବାବୁଙ୍କ ହାତ ଦେଖି କହିଲେ ଆପଣଙ୍କ ଶୁକ୍ର ମହାଦଶା ଚାଲିଛି। ଶନିର ବି ବକ୍ର ଦୃଷ୍ଟି ରହିଛି। ତେଣୁ ଆପଣଙ୍କ ଉଚ୍ଚ ଆସନରୁ ପତନ ହେଉଛି। ନିକଟ ଭବିଷ୍ୟତରେ ଆଉ ଆଗକୁ ବିଧାୟକ ପଦକୁ ଯାଇପାରିବେନି। ଆପଣଙ୍କ ଯେତେ ଶୁଭରାଶି ଶତୃଗୃହି। ବିଜୟ ବାବୁ ବାବାଙ୍କ ଗୋଡ ତଳେ ଛାଟ୍ ହେଇ ପଡିଗଲେ ଆଉ ଗୋଡ ଧରି କହିଲେ ଯାହା କହୁଛନ୍ତି ଏକଦମ ସତ ଆଜ୍ଞା। ପଣ୍ଡିତ ମାନେ ମୋର ଜାତକ ଧରି କୋଷ୍ଠି ଗଣନା କରି ଯୋଉ କଥା ମାନେ କହିଥିଲେ ଆପଣ ମୋର ହାତ ଦେଖି ବତେଇ ଦେଲେ। ନିଶ୍ଚୟ ଆପଣ ତ୍ରୀକାଳଦର୍ଶୀ। ତେଣୁ ସମାଧାନ ବି ଆପଣଙ୍କ ହାତରେ। ମୋତେ ରକ୍ଷା କରନ୍ତୁ। ଆପଣ ଯାହା କହିବେ ମୁଁ କରିବା ପାଇଁ ପ୍ରସ୍ତୁତ ଅଛି। ବାବା ତାଙ୍କ ତ୍ରିଶୂଳକୁ ତିନି ଥର ତଳେ କଚାଡି ଦେଲେ ଆଉ ଆଖି ବୁଜି ବସିଲେ। ବମ୍ ବମ୍ ଭୋଲେ ବୋଲି ଜୋରରେ ପାଟି କଲେ ଆଉ ହାତ ମୁଠାରୁ ଗୋଟେ ତାବିଜ ବାହାର କରି ବିଜୟ ବାବୁଙ୍କୁ ଦେଲେ। କହିଲେ ଯାକୁ ଶୁକ୍ରବାର ଦିନ ସକାଳେ କ୍ଷୀର ଆଉ ଗଙ୍ଗା ଜଳରେ ବୁଡେଇ ଓଁ ଶୁଂ ଶୁକ୍ରାୟ ନମଃ ତିନିଥର ଜପ କରି ବେକରେ ଗଲେଇବ। ପ୍ରତିଦିନ ଶନିବାରରେ ଶନି ପୂଜା କରିବ। ସାତ ଦିନ କଲା ପରେ ତମେ ନିଶ୍ଚୟ କିଛି ଗୋଟେ ଉଚ୍ଚପଦ ପାଇବ। ଦିନେ ତମ ଘରକୁ ବାସ୍ତୁଦୋଷ ନିବାରଣାର୍ଥେ ଯିବାକୁ ପଡିବ। ଗୋଟିଏ ଛୋଟିଆ ହୋମଯଜ୍ଞ ମଧ୍ୟ ଆୟୋଜନ କରିବାକୁ ହେବ। ତା ହେଲେ ଯାଇ ତୁମେ ତମ ପୂର୍ବସ୍ଥାନ ଫେରି ପାଇବ। ତମର ତ ମନ୍ତ୍ରୀ ଯୋଗ ଥିଲା। କିନ୍ତୁ ଗ୍ରହକୁଟରୁ ତୁମେ ଆଜି ପଦ ହରେଇ ବସିଛ। ବାବାଙ୍କ ପ୍ରତ୍ୟେକ ଶବ୍ଦ ବିଜୟ ବାବୁଙ୍କୁ ବିଶ୍ୱାସ ଲାଗିଲା। ସେ କହିଲେ ଯଦି ମୋର କାମ ହେଇଯାଏ ମୁଁ ତମକୁ ମାଲେମାଲ କରିଦେବି। ସେ ବାବାଙ୍କଠୁ ବିଦାୟ ନେଲେ ଆଉ ଫେରିଗଲେ।

(୧୯)

ପୂର୍ବତନ ବିଧାୟକ ଗାଁକୁ ଆସି ବାବାଙ୍କୁ ଭେଟିବାଟା ଗୌନ୍ତିଆଙ୍କୁ ଅଛପା ରହିଲାନି। ତାଙ୍କ ଗୁପ୍ତଚରମାନେ ତାଙ୍କୁ ଆଗତୁରା ଜଣେଇ ଦେଇଥିଲେ। ଗୌନ୍ତିଆ ତାଙ୍କ ଲୋକମାନଙ୍କୁ ବିଧାୟକଙ୍କ ଗତିବିଧି ଉପରେ ତୀକ୍ଷଣ ଦୃଷ୍ଟି ରଖିବା ପାଇଁ କହିଥିଲେ। ତେଣୁ ପ୍ରତି ମିନିଟର ଖବର ତାଙ୍କ ପାଖକୁ ପହଂଚି ଯାଉଥିଲା। ଗୌନ୍ତିଆ ଗତ ନିର୍ବାଚନରେ ବିରୋଧୀ ଦଳର ଯୁବନେତା ମହାବଳ ସାହୁଙ୍କୁ ସହଯୋଗ କରିଥିଲେ। ଏଥିପାଇଁ ତାଙ୍କୁ ବେଶ ଦି ପଇସା ବି ମିଳିଥିଲା। ଶାସକ ଦଳରୁ ଶେଷ ମୁହୁର୍ତ୍ତଯାଏ ପଇସା ମିଳିବାର କୌଣସି ସମ୍ଭାବନା ନ ଦିଶିବାରୁ ବାଧ ହେଇ ଶେଷମୁହୁର୍ତ୍ତରେ ସେ ଦଳ ପରିବର୍ତ୍ତନ କରିଥିଲେ। ଏବଂ ତାଙ୍କ ପ୍ରଚାର ପ୍ରସାରରେ ମୁଖ୍ୟ ଭୁମିକା ଗ୍ରହଣ କରିଥିଲେ। ଗାଁରେ ଏଥର ତେଣୁ ବିରୋଧୀ ସପକ୍ଷରେ ବେଶୀ ଭୋଟ ଆସି ଥିଲା। ମହାବଳ ସାହୁ ବିଜୟୀ ହେଇଥିବାରୁ ସେ ବି ଗାଁର ଗୌନ୍ତିଆ ଉପରେ ବହୁତ ଖୁସୀଥିଲେ ଏବଂ ଯେ କୌଣସି ସାହାଯ୍ୟ କରିବା ପାଇଁ ସଦା ପ୍ରସ୍ତୁତ ବୋଲି ଅଭୟ ବାଣୀ ଶୁଣେଇଥିଲେ। ତାଙ୍କ ଗାଁରେ ତାଙ୍କ ଘର ସାମ୍ନାରେ ଶାସକ ଦଳ ଆସି ସଭା କରିବାଟା ତାଙ୍କ ଇଜ୍ଜତହାନୀ ହେବା ଭଳିଆ ଲାଗିଲା। ତା ଛଡା ବାବା ଗୋଟେ ଧାର୍ମିକ ଲୋକ ହେଇ ଏ ସବୁ ରାଜନିତୀରେ ପଶିବାଟା ତାଙ୍କୁ ବେଶୀ ବାଧୁଥିଲା। କାରଣ ବାବାଙ୍କ କଥା ଏବେ ଲୋକେ ଟିକେ ବେଶି ଶୁଣୁଥିଲେ। ତେଣୁ ରାଜନୀତିରେ ତାଙ୍କ ପତିଆରା କମିଯିବ ଭାବି ସେ ଟିକେ ଆତଙ୍କିତ ଥିଲେ। ଏବଂ ଏଇ ମୌକାରେ ସେ ବିଧାୟକଙ୍କ ପାଖରେ ବାବାଙ୍କ ବିରୁଦ୍ଧରେ ଫେରାଦହେଇ ବାବାର ଆଶ୍ରମ ବାବଦରେ ଚାଲିଥିବା ଯୋଜନାକୁ ପଣ୍ଡ କରିବା ପାଇଁ ସ୍ଥିର କଲେ ଓ ଏକ ଆପାତକାଳିନ ସଭା ଡକେଇଲେ।

ସବୁ ପଡାରୁ ତାଙ୍କର ଖାସ ଲୋକସବୁ ଏ ସଭାରେ ଉପସ୍ଥିତ ଥିଲେ। ହରିଜନ ପଡାରୁ ଚମାର ସାହୁ, ଗୁଡିଆ ପଡାରୁ ଲବାର ସାହୁ,କ୍ୱାକ ରାଉତ ବାବୁ, ବାବାଙ୍କ

କିଛି ପିଲା ଦିନ ସାଙ୍ଗ ବି ଏଇ ସଭାରେ ଉପସ୍ଥିତ ଥିଲେ। ଏ ଭିତରେ ବାବାଙ୍କ ବିରୁଦ୍ଧରେ ପ୍ରମାଣ ଯୋଗାଡ ହେଇ ସାରିଥିଲା। ବାବା ଯେ ଉମେଶ ନୁହେଁ ଏ କଥା ଦୃଢତାର ସହ ଗୌନ୍ତିଆ କହୁଥିଲେ ଓ ଅନ୍ୟମାନେ ସବୁ ଗୌନ୍ତିଆଙ୍କ ସଙ୍ଗରେ ସହମତ ଥିଲେ। ବାବାଙ୍କ ପିଲା ଦିନର ସାଙ୍ଗ ବେଣୁ ଆଉ ବଂଶୀଙ୍କୁ ଏଥିପାଇଁ ହାତ କରାଯାଇଥିଲା।

ବାବା ଯେତେବେଳେ ଗାଁକୁ ପ୍ରବେଶ କଲେ କାହାକୁ ଚିହ୍ନି ପାରୁ ନଥିଲେ। ମୀନକେତନ ବାବୁ ଏଇ ଚିହ୍ନିବା କାର୍ଯ୍ୟରେ ସାହାଯ୍ୟ କରୁଥିଲେ। ଏଇଟା କିଏ ବା ମୁଁ କିଏ ପ୍ରଶ୍ନର ଜବାବ ବାବା ଦେବା ପୂର୍ବରୁ ଯାକୁ ଚିହ୍ନିନୁ ଇଏ ପରା ସେ, ଭଳିଆ ଜବାବ ଦେଇ ସେ କାହାକୁ ଆଗକୁ କହିବାକୁ ଦେଉ ନଥିଲେ। ବାବା ଏମିତି କେତେ ତପସ୍ୟା କଲେ ଯେ ଆଗ କଥା ସବୁ ପାଶୋରି ଦେଲେ। ତେଣୁ ବହୁତ ଜଣଙ୍କ ଉମେଶ ବୋଲି ସନ୍ଦେହ ଜନ୍ମିବା ସ୍ୱାଭାବିକ। କିନ୍ତୁ ବଡ ଲୋକଙ୍କୁ ଉତ୍ତର ନାହିଁ ବୋଲି ଭାବି ଓ ତାର ଘର ଲୋକ ବି ତ ଆପଣେଇ ନେଲେ ଆମର କଣ ଅଛି ବୋଲି ଭାବି ଲୋକେ ଚୁପ ରହିଲେ। ଧାର୍ମିକ ଭାବନା ବି ଲୋକଙ୍କୁ ବାବାଙ୍କ ବିରୁଦ୍ଧାଚରଣ କରିବା ପାଇଁ ନିରୁତ୍ସାହିତ କରୁଥିଲା। କିନ୍ତୁ ବାବାଙ୍କ ପିଲା ଦିନର ସାଙ୍ଗ ବାବାଙ୍କ ଅଙ୍ଗର ବିଭିନ୍ନ କ୍ଷତ ସାଙ୍ଗେ ଛୁଆ ଦିନୁ ପରିଚିତ ଥିଲେ। କୋଉଠି କୋଳୀ ଖାଇ ଗଛରୁ ଡିଆଁ ମାରି ପଡିଥିଲେ, କୋଉଠୁ ଆମ୍ବୁ ଗଣ୍ଠି ଖଣ୍ଡିଆ କ୍ଷତ ହେଇଥିଲା। ହାତ ଭାଙ୍ଗି କେମିତି ଠିକରେ ନ ବସି ଟେଢା ହେଇଯାଉଥିଲା। ଏ ସବୁକୁ ସେମାନେ ଭୁଲି ନଥିଲେ। ବାବାଙ୍କୁ ବିଭିନ୍ନ ପିଲା ଦିନର ଘଟଣା ସମ୍ପର୍କରେ ଯେତେବେଳେ ସେମାନେ ପଚାରିଥିଲେ ବାବା କିଛି କହିପାରି ନଥିଲେ। ତା ଛଡା ବାବା ତାଙ୍କୁ ପିଲା ଦିନର ସାଙ୍ଗ ହିସାବରେ ଯେତିକି ଗୁରୁତ୍ୱ ଦେବା କଥା ନ ଦେଇ ଅନ୍ୟ ମାନଙ୍କୁ ବେଶୀ ଗୁରୁତ୍ୱ ଦେଉଥିଲେ। ତେଣୁ ତାଙ୍କର ପିଲା ଦିନର ସାଙ୍ଗ ସବୁ ଯୁବକ ଥିଲେ। ବେଶୀକରି ବେଣୁ ଓ ବଂଶୀ ସହି ପାରୁ ନଥିଲେ। ତେଣୁ ସେମାନେ ମଉକା ଦେଖି ଗୌନ୍ତିଆର ଶିବିରକୁ ଚାଲି ଆସିଥିଲେ ଓ ପ୍ରତିଶୋଧ ପାଇଁ ମଉକା ଖୋଜୁଥିଲେ। ଗୌନ୍ତିଆ ଯଦି କିଛି ପଦକ୍ଷେପ ନିଅନ୍ତି, ସେମାନେ ଆଗ ଗୌନ୍ତିଆଙ୍କ ସପକ୍ଷରେ ସାକ୍ଷୀ ଦେବା ପାଇଁ ଠିଆ ହେବେ ବୋଲି ଗୋଡ ଟେକି ବସିଥିଲେ।

ସଭାରେ ସବୁ କଥା ଖୋଲା ଖୋଲି ବିଚାର କରାଗଲା। ବାବା ଯେ ମଦୁଆ, ଗଞ୍ଜେଇ ଟାଣେ, ମିଛ ଔଷଧ ବିକେ, ତାର ପୁତ୍ରଦାନ ରହସ୍ୟ, ଅବିହାରୀ ଝିଅଙ୍କୁ ବାହା କରିବାର ରହସ୍ୟ, ଆଶ୍ରମ ନାଁରେ ଚାନ୍ଦା ମଗା, ଧର୍ମ ସ୍ଥଳୀରେ ରାଜନୈତିକ ସଭା ଇତ୍ୟାଦି ସବୁ କାର୍ଯ୍ୟକଳାପ ପାଇଁ ଚିନ୍ତା ବ୍ୟକ୍ତ କରାଗଲା। ବାବା ଗାଁରେ ବେଶୀ

ଦିନ ରହିଲେ ଗାଁ ପାଇଁ ବିପଦ ତଥା ଗାଁ ବଦନାମ ହେବ ବୋଲି ବିଚାର ହେଲା। ଏବଂ ସବୁକଥା ବିଧାୟକଙ୍କୁ ଅବଗତ କରେଇବା ପାଇଁ ରାଉତ ବାବୁଙ୍କୁ ଦାୟିତ୍ୱ ନ୍ୟସ୍ତ କରାଗଲା। ଗୌନ୍ତିଆ ବି କହିଲେ ମୁଁ ଆଉ ବେଶି ଦିନ ଚୁପ ରହି ପାରିବି ନାହିଁ। ଘର ପିଲା ବୋଲି ବହୁତ ଦିନ ତା ମୁହଁ ଦେଖିଲି। ବାପଛେଉଣ୍ଡ ବୋଲି ଯୋଉ ଦୟା ଦେଖେଇଲି ଆଜି ତାର ମୂଲ୍ୟ ଗାଁକୁ ଦେବାକୁ ପଡିବ। ତେଣୁ ମୁଁ ଆଗ ତାକୁ ଡାକି ସବୁକଥା ବୁଝେଇକି କହିବି। ସେ ଯଦି ମୋ କଥା ମାନି ଚୁପଚାପ ଗାଁରୁ ନ ପଳେଇଛି ତା ହେଲେ ତାକୁ ଗାଁରୁ ବାଡେଇକି ବାହାର କରାହେବ।

କଥାଟା ସମସ୍ତଙ୍କ ମନକୁ ପାଇଲା। ରାଉତ ବାବୁ ବହୁତ ଖୁସୀ ଥିଲେ। କହିଲେ ଏତେ ଦିନକେ ଯାଇ ଆପଣ ଆମ ଗୌନ୍ତିଆ ଭଳିଆ କାମଟେ କଲେ। ମୁଁ ଭାବୁଥିଲି ଆପଣ ବି ଧୃତରାଷ୍ଟ୍ର ଭଳି ପୁତ୍ର ମୋହରେ ଅନ୍ଧ ହେଇଯାଇଛନ୍ତି। ଯାହା ବି ହେଉ ଧର୍ମ ବଂଚିଛି। ଧର୍ମାବତାର ଏବେ ବି ଅଛନ୍ତି। ଧର୍ମର ଜୟ ହେଉ। ମୁଁ କାଲି ଏକା ଯାଇ ବିଧାୟକଙ୍କୁ ସବୁକଥା ଜଣେଇ ଦେଉଛି। ଆପଣମାନେ ଆପଣମାନଙ୍କ କାମ କରନ୍ତୁ। ସଭା ଭଙ୍ଗ ହେଲା। ଯେ ଯାହା ଘରକୁ ଦୃଢପ୍ରତିଜ୍ଞ ହେଇ ଫେରିଲେ।

(୨୦)

ମହେଶର ବାହାଘର ଠିକ ହେବା ଦିନଠୁ ତା ମାଆର ମନ ସୁଖ ନଥିଲା । ସବୁବେଳେ ସେ ସେଇ ଗୋଟେ ଚିନ୍ତାରେ ଥିଲେ। ବଡ ଥାଉ ଥାଉ ସାନର ବାହାଘର କେମିତି ହେବ। ବଡପୁଅଟା ବାବା ହେଲେ କଅଣ ହେଲା ଘରକୁ ତ ଫେରିଆସିଲାଣି । ଏଇ ବାବା ଫାବା ଧନ୍ଦାରୁ କଅଣ ମିଳିବ। ପୁଅ ବାବା ହେବା ତାଙ୍କର ପସନ୍ଦ ନୁହେଁ। ସେ ଚାହାନ୍ତି ସେ ବାହା ହେଉ ଘରସଂସାର କରୁ। ଘରେ ରହୁ। କେତେ କେତେ ମୁନି ଋଷୀ ତ ପୁଣି ବାହା ହେଉଥିଲେ। ଆଉ ଇଏ କଉ ବାବାର ବାବା। ଦାଢୀ ନିଶ ନାଇଁ। ଜଟ ବି ଛାଡିନି। ଖାଲି ବାଳ କେରାଏ ଧରିଛି ବେକ ଯାଏ। କୋଉ ଜପ ତପ କରୁଛି। କଉ ଜଙ୍ଗଲରେ ରହୁଛି। ଏମିତି ବାବା ସେ କେତେ ଦେଖିଛନ୍ତି। ତାଙ୍କ ଗାଁରେ ବି ଥିଲେ ଜଟିଆ ବାବା। ଗେରୁଆ ବସ୍ତ୍ର ପିନ୍ଧୁଥିଲେ। ଜଡିବୁଟି ଉଷୋକଷା ଦେଉଥିଲେ। ମନ୍ତ୍ର ବି ଫୁଙ୍କୁଥିଲେ। ସାପ ମନ୍ତ୍ର, ବିଛା ମନ୍ତ୍ର ସବୁ ଜାଣିଥିଲେ। ପୂଜା ପର୍ବ ଯାହା ହେଲେ ତାଙ୍କୁ ଆଗ ଡାକରା ପଡୁଥିଲା। ସେ ବି ତ ବାହା ସାହା ହେଇ ଗାଁ ରେ ରହୁଥିଲେ। ତାଙ୍କର ଦି ଟା ପୁଅ ଥଲେ। ପୁଅ ତ ସେଇ ପ୍ରକାର ବାବା ହେଇ ପାରିବ। ବାବା ହେଲେ କଣ ସଂସାର ଛାଡିବା ଜରୁରୀ କି? ତାଙ୍କ ମନରେ ସବୁବେଳେ ଏମିତି କଥା ସବୁ ଅଡୁଆ ସୂତା ଭଳି ଗୁଡେଇ ହେଉଥାଏ। ସେ ସବୁବେଳେ ଝିଅକୁ ଏ କଥା କୁହନ୍ତି। ତାଙ୍କୁ ବୁଝେଇ ବାହା ହେବା ପାଇଁ ରାଜି କର। ମୀନକେତନ ବାବୁଙ୍କୁ ବହୁତ ଥର ଏ କଥା କହିଲେଣି। ହ୍ୱାଇଁ କିନ୍ତୁ କିଛି ଶୁଣୁ ନାହାନ୍ତି। ପୁଅ ତ ବାହା ନହେଇ ବାବା ହେଇ ରହିଲେ ତାଙ୍କୁ ଫାଇଦା ହିଁ ଫାଇଦା। ଆସିବା ଦିନଠୁ ଦିନେ ବି ବାବାଙ୍କୁ ଛାଡି ନାହାନ୍ତି। ତାଙ୍କର ବି ଧୁମ ଫାଇଦା ରହିଛି। ତନୁ ମାଆ ସବୁ ଜାଣି ପାରନ୍ତି, ମନକୁମନ ଘାଣ୍ଟି ହୁଅନ୍ତି। ହେଲେ କାହାକୁ କିଛି କହି ପାରନ୍ତି ନାଇଁ। ଯାହା ହେଲେ ବାବା ଆସିବା ଦିନଠୁ

ଘର ଟିକେ ଠିକରେ ଚାଲିଛି। ଘରଟା ଘର ଭଳି ଲାଗୁଛି। ସବୁବେଳେ ଗହଳି ଚହଳି। ଆଗରୁ ତ ଶ୍ମଶାନ ଭଳି ଲାଗୁଥିଲା।

ଭାବନ୍ତି ପୁଅକୁ କାହିଦେବେ ସବୁକଥା ଖୋଲିକି। ପୁଣି ଡରନ୍ତି କାଳେ ମନ ଖରାପ କରିବ। ରାଗିବ ଆଉ ଘର ଛାଡି ପଳେଇବ। ମନ କଥା ମନରେ ରଖନ୍ତି ଆଉ ଘାଣ୍ଟି ହୁଅନ୍ତି। ମହେଶର ବାହାଘର ପାଖେଇ ଆସୁଛି। ଏଇଟା ଠିକ ମଉକା କହିବା ପାଇଁ। ପରେ ଆଉ ଏମିତି ସୁଯୋଗ ମିଳି ନ ପାରେ।

ସେ ଦିନ ଶୋଇବା ଆଗରୁ ପୁଅକୁ ଡାକିଲେ ପାଖକୁ ଆଉ କହିଲେ ବାବୁରେ ମୋର ଯଦି ଗୋଟେ କଥା ରଖିବୁ କହିବି। ବାବା କହିଲେ କୁହ ମାଆ ମୁଁ ତ ଜନ୍ମ ହେଲା ଦିନଠୁ ତମକୁ ବହୁତ କଷ୍ଟ ଦେଲିଣି। ଛୁଆ ଦିନୁ ଆଜିଯାଏ କଷ୍ଟ ଛଡା ଆଉ କଣ ଦେଇ ପାରିଛି। କୁହ ମୋ ଦ୍ୱାରା ତମର ଯଦି କିଛି ଉପକାର ହେଇ ପାରିବ। ଯେତେ ଦିନ ବଂଚିଛି ମାଆ ତମର ସେବା କରିବି। ତମର ଦୁଃଖ ଦୁର କରିବାକୁ ଚେଷ୍ଟା କରିବି। ମୋ ଦ୍ୱାରା ଯାହା ହେଇ ପାରିବ କରିବି। ଗୋଟେ କାହିଁକି ହଜାରେ କଥା କୁହ ମୁଁ ଶୁଣିବାକୁ ପ୍ରସ୍ତୁତ ଅଛି। ତନୁ ମାଆ ତନୁକୁ ସବୁକଥା ତା ବଡ ଭାଇକୁ କହିଦେବା ପାଇଁ କହିଲେ। ତନୁ କହିଲା ଦାଦା ମାଆ କହୁଛି ତମେ ବାହା ହୁଅ ଘରସଂସାର କର। ତା ପୁଅ ବାବାଜୀ ହେବାଟା ସେ ପସନ୍ଦ କରୁନି। ଯାହା ଦିନ ବାବା ହେଲ ଜଙ୍ଗଲରେ ବୁଲିଲ ବୁଲିଛ। ଏଣିକି ନିଜ କଥା ଟିକେ ଧ୍ୟାନ ଦିଅ। ଆମେ ସବୁ ଥାଉ ଥାଉ ତମର ବାବାଜୀ ହେବାର କଣ ଦରକାର। ତା ଛଡା ଘରସଂସାର କରିକିବି ତମେ ବାବାଜୀ ହେଇ ପାରିବ ବୋଲି ମାଆ କହୁଛି। ହାତରୁ ଦି ହାତ ହେଇଯାଅ। କାଲିକି ନା ମାଆ ଥିବ ନା ମୁଁ ଥିବି। ତମକୁ କିଏ ଖାଇବାକୁ ଦେବ ତମର କିଏ ସେବା ଶୁଶ୍ରୁସା କରିବ। କହିବ ଯଦି ତମ ପାଇଁ ବି ଟୋକିଟେ ଦେଖିବା। ମହେଶ ଭାଇ ସାଙ୍ଗେ ତମର ବି ବାହା କରିଦେବା। ମାଆ ତମକୁ କହିବାକୁ ଡରୁଛି। ତେଣୁ ମୋତେ ତା ମନର କଥା କହିବାକୁ କହିଥିଲା। ବାବା ଗେଲରେ ତନୁର ଗାଲରେ ଗୋଟେ ଚଟକଣ ଦେଲେ ଆଉ କହିଲେ ବଦମାସ ତୋର ଏ ସବୁ କଥା ହେବାର ବୟସ ହେଲାଣି। କେବେଠୁ ଏତେ ସିଆଣା ହେଇଗଲୁଣି। ମୁଁ ମାଆର ହୃଦୟର ଦୁଃଖ ବୁଝି ପାରୁଛି। ମାଆର କିଛି ଦୋଷ ନାହିଁ ସବୁ ତାର ମମତାର ଦୋଷ। ସବୁ ମାଆ ଚାହାନ୍ତି, ତାଙ୍କ ପୁଅ ବାହାସାହା ହେଉ ଘରସଂସାର କରୁ। ମୋ ମାଆ କଣ ସଂସାର ବାହାରୁ ଆସିଛି। ମାଆକୁ କହିବୁ ମୁଁ ଏ ବାବଦରେ ଚିନ୍ତା କରି କହିବି। ତାର ସମୟ ଆସିନି, ସମୟ ଆସିଲେ ସବୁ ଠିକ ହେଇଯିବ। ସମୟ ବଡ ବଳବାନ। ତେଣୁ ବ୍ୟସ୍ତ ହେବାର କିଛି ନାହିଁ। ବମ୍ ଭୋଲେ ସବୁ ଠିକ୍ କରିଦେବେ।

(୨୧)

ବହୁତ ଦିନପରେ ରମେଶ ଆସିଥିଲା ଗାଁ କୁ। ରମେଶ ସଂବିତର ପିଲା ଦିନ ସାଙ୍ଗ। ଉଭୟେ ମେଟ୍ରିକ୍ ଯାଏ ଏକା ସାଙ୍ଗେ ପଢୁଥିଲେ। ସଂବିତ କଲେଜ ପଢିବା ପାଇଁ ଗଲା। ରମେଶ କିନ୍ତୁ ପଇସା ଅଭାବରୁ ଆଉ ପାଠ ପଢି ପାରିଲାନି। ବିଭିନ୍ନ ଯାଗାରେ ନୌକିରୀ କରି ପେଟ ପୋଷୁଥିଲା। ଏବେ ସେ ଭୁବନେଶ୍ୱରର ଗୋଟେ ହୋଟେଲରେ କାମ କରେ। ମଝି ମଝିରେ ଗାଁ କୁ କେବେ କେମିତି ଆସେ।

ସଂବିତ ବି ଛୁଟୀରେ ଅଛି ଜାଣି ରମେଶ ଖୁସୀ ହେଲା ଓ ଉଭୟେ ପୋଖରୀକୁ ସଂନ୍ଧ୍ୟାରେ ବୁଲିବାକୁ ଗଲେ। ସନ୍ଧ୍ୟାରେ ଏ ପୋଖରୀ କୂଳରେ ବସିବାକୁ ଖୁବ ଭଲ ପାଏ ସଂବିତ। ଖୁବ ଗୁଡାଏ ନୀରବତା ଥାଏ। ପାଣି ଭିତରେ କେବେ କେମିତି ଜହ୍ନ ଝଲସୁଥାଏ। ପୁନେଇ ରାତିରେ ବେଶି କରି ଖୁବ ସୁନ୍ଦର ଦିଶେ ଏ ପୋଖରୀ। ପୁନେଇ ନଥିଲେ ବି ସେଦିନ ଜହ୍ନ ରାତି ଥିଲା। ମୁହଁକୁ ମୁହଁ ଦେଖିହେବା ଭଳି ଉଜ୍ୱଳ ଥିଲା। ଉଭୟ ବନ୍ଧୁ ଗପ ଯୋଡିଥିଲେ।

କଥା ପଡୁ ପଡୁ ବାବା ବିଷୟରେ କଥା ପଡିଲା। ସଂବିତ କହିଲା ସେ ଏ ଚମତ୍କାରି ବାବା ଉପରେ ଗପଟିଏ ଲେଖିବ। ତେଣୁ ସବୁବେଳେ ବାବା ପଛେ ପଛେ ଲାଗିଛି। ଆଉ ତା ବିଷୟରେ ତଥ୍ୟ ସଂଗ୍ରହ କରୁଛି। ବାବା ବିଷୟରେ ଯେମିତି କଥା ପଡିଲା ରମେଶ କହିଲା ଆଉ ଗୋଟେ କାହାଣୀ ତାହେଲେ ଯୋଡିଦେବୁ ଯୋଉଟା ମୁଁ କହିବି। ସଂବିତ କହିଲା କଣ ? ରମେଶ କହିଲା ଜାଣୁ ସଂବିତ ଏ ବାବାକୁ ଦେଖିଲା ପରେ ମୋତେ ଲାଗୁଥିଲା ଯେ ଯାକୁ ମୁଁ ଆଗରୁ କୋଉଠି ଗୋଟେ ଦେଖିଛି। ତା ଭଜନ ସଭାରେ କାଲି ମୁଁ ତାକୁ ଏକଲୟରେ ଚାହିଁ ସେଇୟା ହିଁ ଖୋଜୁଥିଲି। ହଠାତ୍ ମୋର ମନେ ପଡିଲା ଏ ବାବା ଆମ ହୋଟେଲକୁ ଯାଏ। ସେଇଠି ରହେ, ଖାଏ ପିଏ, ମସ୍ତି କରେ। ତା ସଙ୍ଗରେ ଗୋଟେ ସୁନ୍ଦରୀ ଶିକ୍ଷିତା ଝିଅ ବି ଥାଏ।

ଉଭୟେ ଧୁମ ମସ୍ତିକରନ୍ତି। ବାବା ପେଣ୍ଟସାର୍ଟ ପିନ୍ଧେ, ଗୋଟେ କଳା ଚଷମା ଲଗାଏ, ମଦ ପିଏ, ଚିକେନ ବି ଖାଏ। ପ୍ରଥମେ ବାବା ବେଶରେ ଆସେ ହୋଟେଲକୁ ରୁମ ବୁକ୍ କରେ। ରୁମ୍‌କୁ ଗଲାପରେ ତା ରୂପ ବଦଳିଯାଏ। ତା ପରେ ସେ ଝିଅ ଆସି ତା ସଙ୍ଗରେ ରୁହେ। ଉଭୟେ ଛଅ ସାତଦିନ ରହିଲା ପରେ ପୁଣି ପଳାନ୍ତି। ଏମିତି କେହି ନାହିଁ ଯେ ଏ ବାବାକୁ ଆମ ହୋଟେଲରେ ଜାଣିନି। ସଂବିତ ଆଶ୍ଚର୍ଯ୍ୟ ହେଇଗଲା। ଏକଥା ଶୁଣିକି ତାର ବିଶ୍ୱାସ ହେଲାନି। ତାକୁ ଲାଗିଲା ସେ ଯେମିତି କୋଉ ଫିଲ୍ମର କାହାଣୀ ଶୁଣୁଛି।

ମୁଁ ବି ଏମିତି ବହୁତ କଥା ଜାଣି ଗଲିଣି। ଜାଣିଛୁ ଏ ଭିତରେ ଗୋଟେ ଚିଠି ଆସିଥିଲା ବାବା ପାଖକୁ ପୋଷ୍ଟ କାର୍ଡରେ। ପୋଷ୍ଟମେନ୍ ମୋତେ ବାଟରେ ଭେଟିଲା। କହିଲା ବାବା ତୋର ବଡ ଭାଇ ପରା ଦେଇଦେବୁ। ମୁଁ ଆଉ କେତେ ଯିବି। ମୁଁ ତା ହାତରୁ ପୋଷ୍ଟ କାର୍ଡଟା ନେଇ ଆସିଲି। କେମିତି କେଜାଣି ମୋତେ ପଢିବାକୁ ଇଛାହେଲା। ଯାହା ପଢିଲି କହିଲେ ତୁ ବି ଚମକି ପଡିବୁ। ରମେଶ ପଚାରିଲା କଣ ଲେଖାଥିଲା ଚିଠିରେ। ସଂବିତ କହିଲା କାହାଠୁ ଆସିଥିଲା, କେଉଁଠୁ ଆସିଥିଲା ତ ଜାଣି ପାରିଲାନି। କାରଣ ଷ୍ଟାମ୍ପଟା ଦିଶୁ ନଥିଲା। କିନ୍ତୁ ବିନୋଦିନୀ ନାମ୍ନୀ ଗୋଟେ ଝିଅ ଚିଠି ଲେଖିଥିଲା। ସେ କୁଆଡେ ବାବାର ପ୍ରେମିକା। ବାବାଙ୍କୁ ଭଲପାଏ। ବାବା ସଙ୍ଗରେ ତାର ବାହା ହେବାର ଅଛି। ଲେଖିଛି ବାହାହେବି କହି ମୋତେ ଫସେଇ ଦେଲ। ମୁଁ ତମକୁ ମୋର ମନ, ହୃଦୟ, ଶରୀର ସବୁ ଦେଇଦେଲି ବିଶ୍ୱାସ କରି। ଏବେ ଆଉ ମୋ ପାଖକୁ ମୋଟେ ଆସୁନ। ମୁଁ ଏବେ ଦୁଇ ମାସର ଗର୍ଭବତୀ। କୋଉ ମୁହଁ ଧରି ବଂଚିବି। ଯଦି ତୁମେ ତୁରନ୍ତ ଆସି ମୋ ବାପା ସାଙ୍ଗେ କଥା ପକ୍କା କରି ମୋତେ ବାହା ନ ହେଇଛ ଜାଣ ମୁଁ ଆତ୍ମହତ୍ୟା କରିଦେବି। ଚିଠି ପଢି ମୋର ମୁଣ୍ଡ ଖରାପ ହେଇଗଲା। ମୁଁ ଦେଲେ ବାବା ମୋତେ ପଢିଥିବାର ସନ୍ଦେହ କରିବ। ତେଣୁ ଗୋଟେ ଛୋଟ ଛୁଆହାତରେ ଚିଠିଟି ବାବା ପାଖକୁ ପଠେଇଦେଲି।

ସେ ଦିନଠୁ ବାବାର ମୁଣ୍ଡ ଠିକ ରହୁନି। ଏ କି ବାବାରେ। ଶଳା ବହୁତ ଖତରନାକ କାମ ସବୁ କରୁଛି। ଲୋକ ଜାଣି ପାରୁନାହାନ୍ତି। ତା ପଛରେ ଗୋଡେଇଛନ୍ତି। କିନ୍ତୁ କଣ କରିବୁ ତାର ଯୋଉ ଭଜନ କୀର୍ତ୍ତନ ଆଉ ପ୍ରବଚନ କେହିବି ତାକୁ ବିଶ୍ୱାସ କରିବ। ତା ଛଡା ତାର ଔଷଧ ଆଉ ରୋଗୀ ସେବା ପାଇଁ ଲୋକେ ତାକୁ ସହଜେ ବିଶ୍ୱାସ କରୁଛନ୍ତି। ବାବା ଆଉ ଚେଲା ସନ୍ଧ୍ୟାରେ ଭଜନ ପରେ ଆସି ମସ୍ତ ଗଞ୍ଜେଇ ଆଉ ମଦ ପିଅନ୍ତି ଏଇ ପୋଖରୀ ହୁଡାରେ। ଆହୁରି ଏମିତି ବହୁତ କଳା କାରନାମାରେ ବାବା ନିଶ୍ଚୟ ଲିପ୍ତ ଅଛି। ବହୁତ ଲୋକ ତ କହୁଛନ୍ତି ଏ ଆମ ଗାଁ ର ଉମେଶ ବି

ନୁହେଁ। ତାକୁ ମୀନକେତନ ବାବୁ ଜବରଦସ୍ତି ଉମେଶ କହି ନେଇ ଆସି ଏଇଠି ଗୋଟେ ବେପାର ଚଳେଇଛନ୍ତି। ମୋତେ ଯାହା ଲାଗୁଛି ବାବା ଆଉ ମୀନକେତନ ବାବୁ ଭିତରେ ନିଶ୍ଚୟ କିଛି ଗୋଟେ ସଲାସୁତୁରା ଅଛି। କିନ୍ତୁ ମୁଁ କଣ କରିପାରିବି। ମୁଁ ଯଦି ପାଟି ଖୋଲିବି ମୋ କଥା କିଏ ଶୁଣିବ। ତା ଛଡା ସେ ମୋ କାକା ପୁଅ ଭାଇ। ତା ବିରୁଦ୍ଧରେ ମୁଁ କଣ ଯାଇ ପାରିବି। ବିଚାରି ତା ମାଆ ହଜିଲା ପୁଅକୁ ପାଇଛି ବୋଲି କେତେ ଖୁସୀ ହେଉଛନ୍ତି। ତାଙ୍କ ଖୁସୀକୁ କେମିତି ଭାଙ୍ଗିଦେବି। କେମିତି ବାବାର ଅସଲ ଚରିତ୍ର ମୁଁ ଜାଣେ ବୋଲି କହିଦେବି। ଯା ବି ହେଉ ବାବା କିଛି ଗୋଟେ ସାଧିଛି। ତାକୁ ଦେଖିଲେ ଯିଏ ହେଲେ ତା ଜାଲରେ ପଡିଯିବ। କିଛି ଗୋଟେ ମହନି ରଖିଛି। ତେଣୁ କେହିବି ଏ ଯାଏ ତା ବିରୁଦ୍ଧରେ ପାଟି ବି ଫିଟେଇ ପାରୁ ନାହାନ୍ତି। ତା ଛଡା ସେ ବି ତ କାହାରି କିଛି କ୍ଷତି କରୁନି ମୋ ଜାଣିବାରେ। ବରଂ ଲୋକଙ୍କୁ ସାହାଯ୍ୟ କରୁଛି। କିଏ ଗରୀବ ଲୋକ ଖାଇବାକୁ ପାଉନି କହିଲେ ଟଙ୍କା ଦେଇଦିଏ। ଦୁଃଖି ରଙ୍କିଙ୍କ ସେବା କରେ। ବାଛ ବିଚାର ସାନ ବଡର ହିସାବ ନାହିଁ ତା ପାଖରେ। ତେଣୁ ତୋ କଥା ଶୁଣି ମୁଁ ଅବିଶ୍ୱାସ କରୁନି। ହେଇଥିବ ଇଏ କୋଉ ଟୋକିକୁ ଧରି ଭୁବନେଶ୍ୱରକୁ ଯାଇଥିବ। କିନ୍ତୁ ଆମ କଥା କିଏ ବିଶ୍ୱାସ କରିବ। ଠିକ ଅଛି ମନେ ରଖିଥା କେବେ ଯଦି ବାବା ବିରୁଦ୍ଧରେ କିଛି ଅଭିଯୋଗ ଆସେ ତୁ ବି ସାକ୍ଷୀ ରହିବୁ ଆଉ ମୁଁ ବି। ଆମେ ଯାହା ଜାଣିଛୁ ନ ଡରି କହିବା। କିନ୍ତୁ ଯେ ଯାଏ ବାବା କାହାର କ୍ଷତି କରିନି ଆମେ ଚୁପ୍ ରହିବା। ସେ ତାର ବ୍ୟକ୍ତିଗତ ଜୀବନରେ କଣ କଲା ଆମର କଣ ଅଛି। ତା ପାପର ଦଣ୍ଡ ଅବଶ୍ୟ ଦିନେ ସେ ଭୋଗିବ। ଯାହାର ପାପ ତାହାକୁ। ଆଉ ଥରେ ଯଦି ବାବା ତୋର ହୋଟେଲକୁ ଯାଏ ଡରିବୁନି। ଜବରଦସ୍ତି ଚିହ୍ନା ଦେବୁ। କହିବୁ ବାବା ତମେ ତ ଆମର ଗାଁ ର ଲୋକ। ତମକୁ ଗତଥର ଆମ ଗାଁରେ ଭଜନ ସଭାରେ ଦେଖିଥିଲି। ତା ପରେ ତାର ପ୍ରତିକ୍ରିୟା ଦେଖିବୁ। ରମେଶ ହଁ କଲା, ଉଭୟ ବନ୍ଧୁ ଘରକୁ ଫେରିଲେ।

(୨୨)

ମହେଶର ବାହାଘର ବହୁତ ଧୁମ୍‌ଧାମ୍‌ରେ ହେଇଗଲା । ବାହାଘର ଭୋଜି ବାବଦକୁ ମୀନକେତନ ବାବୁ ଆହୁରି ଦଶହଜାର ଟଙ୍କା ମାଗିଲେ ସୁଦର୍ଶନ ବାବୁଙ୍କୁ । ସୁଦର୍ଶନ ବାବୁ ଟଙ୍କା ବି ଦେଲେ ଏବଂ ସାମର୍ଥ୍ୟ ମୁତାବକ ଯୌତୁକ ବି ଦେଲେ । ବାହାଘର ସୁରଖୁରରେ କଟିଗଲା । ମହେଶର ଛୁଟି ସରିଆସିଲା । ଏକେତ ଘର କାମ ପୁଣି ଏଆଡେ ବାବା ପାଇଁ ସବୁବେଳେ ଭିଡ । ମୀନକେତନ ବାବୁ ମହେଶକୁ କହିଲେ ତୁ ତୋ ପରିବାର ନେଇ ରାଉରକେଲା ତୋ କ୍ୱାଟରରେ ରହ । ଏଇଠି ତ ଦେଖୁଛୁ ସବୁବେଳେ ଭିଡଭାଡ ଲାଗିରହୁଛି । ମଲୁ ଖୋଜୁଥାଏ ଯାହା, ବଇଦ ବତାଇଲା ତାହା । ମହେଶ ଖୁସିରେ ଏ ପ୍ରସ୍ତାବରେ ରାଜି ହେଇଗଲା । କାରଣ ବାହା ପରଠୁ ତା ସ୍ତ୍ରୀ ବି ତା ପଛରେ ଲାଗିଥିଲା । ସବୁବେଳେ କହୁଥିଲା ତମ ଭାଇ ପାଇଁ ଏ ଘରେ ରହି ହବନି । ମୋ ବାହାଘର ତାଙ୍କ ପାଇଁ ଠିକ୍ ହେଇଛି ବୋଲି ମୁଁ ପାଟି ଖୋଲି ପାରୁନି । ହେଲେ ଏ ଭିଡଭାଡ ଭଜନ କୀର୍ତ୍ତନ ମୋର ଜମା ପସନ୍ଦ ନୁହେଁ । କିଏ ସବୁଦିନ ପଚାଶ ଲୋକଙ୍କ ପାଇଁ ରୋଷେଇ କରିବ । ଆମ ବାପା ତହସିଲଦାର । ଘରେ ସବୁ କାମକୁ ନଉକର ଚାକର । ରଷୋଇ ପାଇଁ ପୁଝାରୀ । ମୋ ହାତ ଦେଖୁନ ଦିନ ଦଶଟାରେ କେମିତି ବିଣ୍ଡି ପଡିଗଲାଣି । ମୋ ଜୀବନରେ କେବେ ମୁଁ ରୋଷେଇ ଘରକୁ ପଶିନଥିଲି । ଚାଲ ଆମେ ତମ ଚାକିରି ଜାଗାରେ ରହିବା । ଆମ ଛୁଆପିଲା ଘରସଂସାର କଥା ଆମେ ବୁଝିବା । ଏ ବାବା ଧନ୍ଦାରେ ପଡି ଅଯଥା ଆମ ଜୀବନ ନଷ୍ଟ ହେଇଯିବ । ମହେଶ ସବୁ ଶୁଣେ କିନ୍ତୁ କିଛି ଜବାବ ଦେଇପାରେନା । ଦିନ କେଇଟା ହେଇନି ତା ବାହାଘରକୁ ଅଲଗା ରହିବୁ କହିଲେ ମାଁ ଆଉ ଗାଁ ଲୋକେ କଅଣ କହିବେ । କିନ୍ତୁ ତା ହୃଦୟ ବି ଚାହୁଁଥିଲା ସେ ତାର ପରିବାର ନେଇ ରାଉରକେଲା ପଳାନ୍ତା । ଏମିତି ସବୁବେଳେ ରାଉରକେଲାରୁ ଯିବା ଆସିବା ଭାରୀ କଷ୍ଟ । ପ୍ଲାଣ୍ଟ ଚାକିରୀ ଛୁଟି କଅଣ

ମିଳିବ ଓଲଟା ଅଧିକାଂଶ ଛୁଟି ଦିନରେ ଓଭର ଟାଇମ୍ କରିବାକୁ ପଡେ। ତେଣୁ ସଙ୍ଗେ ସଙ୍ଗେ ମୀନକେତନ ବାବୁଙ୍କ କଥାରେ ମହେଶ ରାଜି ହେଇଗଲା। ମାଆ ଯଦିଓ ପ୍ରଥମେ ପ୍ରଥମେ ରାଜି ନଥିଲେ ମୀନକେତନ ବାବୁ ସେ କଥା ସମ୍ଭାଳି ନେଲେ। ତେଣୁ ଶେଷକଥା ହେଲା ବୋହୂ ଏଥର ମାଆ ଘରୁ ଫେରିକି ଆସିଲେ ସେମାନେ ରାଉରକେଲା ପଳେଇବେ। ସବୁ ଜିମା ମୀନକେତନ ବାବୁ ନେବେ।

ସେଇୟା ହିଁ ହେଲା। ମାସେ ପରେ ବହୂ ଆସିଲା। ମୀନକେତନ ବାବୁ ଗାଡି ଯୋଗାଡ କରିଦେଲେ। ସୁରକ୍ଷିତ ଭାବେ ସବୁ ଯୌତୁକ ସାମାନ ଲଦା ହେଲା। ଗାଁ ରୁ ଦୁଇ ଜଣ ଲୋକ ବି ଗଲେ ରାଉରକେଲାରେ ସବୁ ସାମାନ ଓହ୍ଲେଇବା ଓ ସଜେଇବା ପାଇଁ। ମୀନକେତନ ବାବୁଙ୍କ ପାଇଁ ରାସ୍ତା ଏବେ ପୁରା ସଫା ହେଇଗଲା। ମହେଶର ସ୍ତ୍ରୀ ଆସିବା ପରଠୁ ସେ ନିଜକୁ ସୁରକ୍ଷିତ ଭାବୁ ନଥିଲେ। ଯେତେହେଲେ ବି ଗୋଟେ ତହସିଲଦାରର ଝିଅ। ଉଚ୍ଚ ଶିକ୍ଷିତା। ବହୁତ ଜଲଦି ସେ ଘରର ସବୁକଥା ଜାଣି ଯାଇଥାନ୍ତା। ବାବାଙ୍କ ଆୟ ଉପରେ ନଜର ଦେଇଥାଆନ୍ତା। ବ୍ୟୟ ଉପରେ କଟକଣା ଲଗେଇ ଥାଆନ୍ତା। ଆହୁରି ଏମିତି ଅନେକ ଆସନ୍ନ ବିପଦରୁ ନିଜକୁ ରକ୍ଷା କରିବା ପାଇଁ ମୀନକେତନ ବାବୁ ମହେଶକୁ ତା ସ୍ତ୍ରୀ ସହ ରାଉରକେଲାକୁ ବିଦା କରିଦେଲେ। ଏବେ ସେ ଯାହା କରିବେ କହିବା ପାଇଁ ଘରେ କେହିନାହିଁ। କଟକଣା କରିବା ପାଇଁ କେହିନାହିଁ। ଏବେ ତାଙ୍କ ରାସ୍ତା ପୁରା ସଫା। ନିଶରେ ହାତ ମାରନ୍ତେ ଯେ ତାଙ୍କ ନିଶ ଏକା ନାହିଁ। ଗଲା ବେଳେ ମାଆ ମହେଶକୁ କହିଲେ ବାବୁରେ ଦୂରଜାଗା। ବହୁ ଏକା ହେଇଯିବ। ଦେଖି ଚାହିଁ ଚଳିବୁ। ତାର ଦେହ ପା କଥା ବୁଝିବୁ। ମଝିରେ ମଝିରେ ଚିଠି ଦେବୁ। ସୁବିଧା ଦେଖି ଗାଁ କୁ ଛୁଟି ନେଇ ଆସୁଥିବୁ। ବୁଢି ମାଆକୁ ମନେ ରଖିଥିବୁ। ମହେଶ କହିଲା ଚିନ୍ତା କରନା ମାଆ ଉମେଶ ଭାଇ ତ ଅଛନ୍ତି। ମୀନକେତନ ଭିଣୋଇ ଥିବା ଯାଏଁ ଆମର ଚିନ୍ତା କଣ ସେ ତ ସବୁ ବୁଝାବୁଝି କରିବେ। ମହେଶର ମାଆ କାନ୍ଦୁଥିଲେ। ମହେଶର ଟ୍ରକ ଗାଁ ରୁ ଅଦୃଶ୍ୟ ହେଇ ଯାଉଥିଲା ଧୀରେ ଧୀରେ। ବହୁ ପରଷଣା ଖାଇବାକୁ ମାଁ ଯୋଉ ଆଶା କରିଥିଲେ ସେ ଆଶା ଆଶାରେ ହିଁ ରହିଗଲା। ସବୁ ସେଇ ପ୍ରଭୁଙ୍କ ଇଛା କହି ସେ କାନି ପଣତରେ ଆଖିରୁ ଲୁହ ପୋଛିଦେଲେ।

(୨୩)

ରାଉରକେଲାରେ ମହେଶର ନୂଆଁଘର। ନୂଆଁ ବୈବାହିକ ଜୀବନ। ସାଥୀରେ ନୂଆଁ ବାହା ହୋଇଥିବା ଉଚ୍ଚଶିକ୍ଷିତା ସ୍ତ୍ରୀ ମନସ୍ୱିନି। ଏତେଦିନ ଯାଏ ଗୋଟେ ବେଚଲର ମେସ୍‌ରେ ରହି ବେଚଲର ଜୀବନ ବିତାଉଥିବା ମହେଶ ପାଇଁ ଏ ଦୁନିଆଁ ଥିଲା ସମ୍ପୂର୍ଣ୍ଣ ରଙ୍ଗୀନ। ଯୌତୁକ ଦେବାରେ କୌଣସି ହେଳାକରି ନ ଥିଲେ ସୁଦର୍ଶନ ବାବୁ। ତେଣୁ ନୂଆଁଘରକୁ ସଜେଇବାରେ ବେଶ୍ କିଛିଦିନ ବିତିଗଲା ଉଭୟଙ୍କର।ରାଉରକେଲା ସେକ୍ଟର ଆଠରେ ପାଂଚ ନମ୍ବର ଗଳିର ଦୁଇନମ୍ବର ଘର। ସିଂଗଲ ବେଡରୁମ୍। ଗୋଟେ ଡ୍ରଇଁ ରୁମ୍। ରୋଷାଇ ଘରକୁ ଲାଗି ଗୋଟେ ଛୋଟ ଡାଇନିଂ ସ୍ପେସ୍। ଘର ଆଗରେ ଗୋଟେ ଛୋଟ ବାରଣ୍ଡା। ତା ଆଗକୁ ସୁଶୋଭିତ ବଗିଚା। ଡେକୋରେଟିଭ ଗଛସବୁକୁ ନେଇ ତିଆରି ହୋଇଛି ଘର ଚାରିଆଡେ ପାଚେରି। ସବୁ ଘର ସମାନ। ପାଖରେ ଜୁବିଲୀ ପାର୍କ। ମନୁର ଗୋଡ ତଳେ ଲାଗୁନ ଥାଏ। ତାକୁ ଲାଗେ ସେ ଯେମିତି ଏକ ସ୍ୱର୍ଗପୁରୀ ରେ ବିଚରଣ କରୁଛି। ବାହାଘର ପରେ ମନସ୍ୱିନୀକୁ ତନୁ ତା ନିଜ ନାଁ ସଂଗେ ମେଚ କରି ମନୁ ଭାଉଜ ବୋଲି କହିଲା। ସେମିତି ବି ତାଙ୍କ ଘରେ ସେଇ ଚଳଣି ରହିଥିଲା। ଯେ ବାହା ହୋଇ ଆସିବ ତାକୁ ତା ମାଁ ଘରର ନାମ ଛାଡିବାକୁ ପଡିବ। ତେଣୁ ତନୁ ବାଛିଥିବା ନାମ ସମସ୍ତଙ୍କର ପସନ୍ଦ ଥିଲା। ବିଶେଷ କରି ମହେଶକୁ। ତେଣୁ ମନସ୍ୱିନୀ ମନୁ ହେଇଗଲା।

ମହେଶ ପ୍ଲାଣ୍ଟ ଗଲା ପରେ ମନୁକୁ ଭୀଷଣ ବୋର ଲାଗେ। ସାହି ପଡିଶା ଏଇଠି କେହି କାହାର ନୁହଁନ୍ତି। ତା ସାହିରେ ପୁଣି କେହି ଓଡିଆ ନ ଥିଲେ। ସବୁ ବଙ୍ଗାଳୀ ଆଉ ବିହାରୀ। ସେମାନଙ୍କ ଚାଲିଚଳନ ରଙ୍ଗଢ଼ଙ୍ଗ ମନୁକୁ ଭଲ ଲାଗେନା। ସବୁବେଳେ ମ୍ୟାକ୍ସି ବା କୁଆଁରୀ ଝିଅଙ୍କ ଭଳି ଡ୍ରେସ ହଳେ ପିନ୍ଧି ବୁଲୁଥିବେ। ତାଙ୍କ ଆଗରେ ମନୁକୁ ଗାଉଁଲୀଆ ଭଳି ଲାଗେ। ତେଣୁ ସେ ସହଜରେ କାହାରି ସାଙ୍ଗେ ମିଶି

ପାରେନା। ଆଉ ଏକ ସମସ୍ୟା ହେଲା ଭାଷା। ସେ ନା ବଙ୍ଗାଳୀ କହିପାରେ ନା ହିନ୍ଦୀ। ସେଇ ସଂକୋଚବୋଧରୁ ସେ ମିଶିବାକୁ ଚେଷ୍ଟାବି କରେନା କାହାରି ସହ। କେବଳ ସୌଜନ୍ୟ ଦୃଷ୍ଟିରୁ ମୁହଁ ଚାହାଁ ଚାହିଁ,ସ୍ମିତ ହାସ୍ୟ ଓ ମୁଣ୍ଡ ହଲେଇବା ଭଳି ଅଙ୍ଗଭଙ୍ଗୀରେ ସୀମିତ ଥିଲା ତାର ସଂପର୍କ। ତଥାପି କେବେ କେମିତି ପଡୋଶି ବୋଷ ବାବୁ ଦୂରରୁ ଦେଖିଲେ କହିବେ ଆର ବୌଦି କି ଖବର। ବା ସିଂ ବାବୁ କହିବେ ମହେଶ ବାବୁ ଘର ମେ ହେ କ୍ୟା? ଔର କୈସେ ହେ ଆପ ଲୋଗ। ଏ ସବୁ ଜବରଦସ୍ତି ସଂପର୍କ ରକ୍ଷାକୁ ମାନୁ ସହ୍ୟ କରି ପାରେନା। ଓଡିଶାରେ ରହି ବି ତାକୁ ଲାଗେ ସେ ଯେମିତି ବିହାର କି ବାଂଲାରେ ରହୁଛି। ଓଡିଆ ମାନେ ବି ଏମିତି ନିଜ ଭାଷାକୁ ଛାଡି ହିନ୍ଦୀକୁ ଆପଣେଇ ନେଇଛନ୍ତି ଯେ କିଏ ଓଡିଆ ଜାଣିବା ମୁସ୍କିଲ।

ବୋର ହେଲେ ମଝି ମଝିରେ ସେ ଜୁବଲି ପାର୍କ ଆଡେ ବୁଲି ପଳାଏ।ତା ଘରଠୁ ଏଇଟା ଖୁବ ପାଖ। ଯଦିଓ କିଛି ଦେଖିବା ଭଳି ନ ଥାଏ, ଛାଇ ଟିକେ ବି ନଥାଏ ତଥାପି ଫୁଲ ସବୁଙ୍କୁ ଦେଖି ସେ ସାନ୍ତ୍ୱନା ପାଏ। ମହେଶ ସଙ୍ଗେ ଛୁଟୀ ଦିନ ଉଦିତ ନଗର ମାର୍କେଟ, କୋଉ ଦିନ ଅମ୍ବାଗାନ ମାର୍କେଟ, ଆଉ କୋଉଥର ଇନ୍ଦିରା ଗାନ୍ଧୀ ପାର୍କ ବୁଲିବାକୁ ଯାଏ। ହେଲେ କେତେଦିନବା ଏ ସବୁ କରି ହେବ। ଲାଇଫ ବହୁତ ମନୋଟନସ ଲାଗେ। ମହେଶକୁ ବାହା ହେଲା ସିନା ହେଲେ ସେ ଏତେ ସ୍ମାର୍ଟ ବି ନୁହଁ। ଜୀବନକୁ କେମିତି ଉପଭୋଗ କରାଯାଏ ତାକୁ ଜଣା ନାହିଁ। ନିପଟ ଗାଉଁଲିଆ ପ୍ରକୃତିର। ସେ ଯେମିତି ଜୀବନ ସାଥୀଟିଏ ଚାହୁଁଥିଲା ପାଇପାରିଲାନି। ପାଇଥାନ୍ତା ବା ନାହିଁ ଏ ବାବାଟା ଆସି ସବୁ ଓଲଟ ପାଲଟ କରିଦେଲା। ତେଣୁ ବେଳେ ବେଳେ ସେ ଏ ବାବା ଉପରେ ବି ରାଗ ହୁଏ। ବରଂ ଏ ବାବା ମହେଶଠୁ ଶହେ ଗୁଣ ଭଲ। ଏକା ଥିଲା ବେଳେ ଦିନେ ଦିନେ ପିଲାଦିନ କଥା ମନେ ପଡେ। ବାବା କେମିତି ପିଲାଦିନେ ତାକୁ ଯାବୁଡିକି ଧରିଥିଲା ଗୋଟେ ଅନ୍ଧାରୁଆ ଘରେ ଆଉ ତାକୁ ଚୁମା ପରେ ଚୁମା ଦେଇ ଚାଲିଥିଲା। ମନୁର ବା ସେତେବେଳେ କେତେ ବୟସ। ଏଇ ବୋଧେ ହେଇଥିବ ଆଠ ନା ନଅ। ଖରା ମାସରେ ମାମୁଘରେ ଛୁଟି କାଟିବାକୁ ଗଲା ବେଳେ ସେମାନେ ସାଙ୍ଗମାନଙ୍କ ସହ ଲୁକଲୁକାନି ଖେଳୁଥିବା ବେଳେ ମଉକାର ଫାଇଦା ନେଉଥିଲା ଉମେଶ। କେବଳ ତା ସହ କାହିଁକି ଅନ୍ୟ ଅନେକ ଝିଅମାନଙ୍କ ସହ ମଧ୍ୟ ଉମେଶ ସେଇଭଳିଆ ବ୍ୟବହାର କରିଥିବା ଶୁଣିଛି। ସେଇ ଯୌନପିପାସୁ ଉମେଶ ପୁଣି ଆଜି ବାବା ହେଇ ଯାଇଛି ଏଇଟାକୁ ସହଜରେ ମନୁ ଗ୍ରହଣ କରି ପାରୁନଥିଲା। ବେଳେ ବେଳେ ତେଣୁ ସେ ମହେଶକୁ ଏ ସବୁ ସଂପର୍କରେ ପଚାରେ କିନ୍ତୁ ମହେଶଠୁ କୌଣସି ସନ୍ତୋଷ ଜନକ ଜବାବ ପାଏନି।

ତେଣୁ ମନୁ ବି ଚୁପ ରହେ। ଭାବେ ଥାଉ ତାର କଣ ଯାଉଛି। ଆଜି ସେଇ ବାବାର ଦୟାରୁ ତ ସେ ନିଜେ ବାହାସାହା ହେଇ ସୁଖରେ ଅଛି। ସେ ବେଳେ ବେଳେ ବିଶ୍ୱାସ କରେନା ଯେ ଉମେଶ କେବେ ବାବା ହେଇ ପାରିବ। ଏପରିକି ବାବା ଉମେଶ ହେଇଯାଇଥିବା କଥାକୁ ବି ସେ ସହଜରେ ଗ୍ରହଣ କରି ପାରେନା। ବେଳେ ବେଳେ ତାକୁ ଏ କଥା ମହେଶକୁ କହିଦେବାକୁ ଇଚ୍ଛା ହୁଏ। ପୁଣି ତା କଥା ଜିଭ ଅଗରେ କହୁ କହୁ ଅଲଝିଯାଏ। ଭାବେ ଅଯଥା କଥାରେ ମୁଣ୍ଡ ପୂରେଇ ତାର କି ଲାଭ। ତା ଘର ଲୋକେତ ତାକୁ ଉମେଶ ଭାବି ଖୁସୀ ଅଛନ୍ତି। ସେଇ ଖୁସିରେ ସେ କାହିଁକି ବାଧକ ହେବ। ତା ଛଡା ତା ନିଜ ବାପା ତ ଏ ସବୁ କାଣ୍ଡର ମୂଳ। ତେଣୁ ସେ ଦୋଷ ଦେବ ବା କାହାକୁ। ଆଜି ସେ ଏଇ ବାବା ଯୋଗୁ ସିନା ରାଉରକେଲା ଭଳି ସହରରେ ମହେଶ ସାଙ୍ଗେ ଗୋଟେ ଖୁସୀର ଜୀବନ ବିତାଉଛି। ବାବାର କି ଠିକଣା। ସେ ଆଜି ଅଛି କାଲି କି ନ ଥିବ। ତାକୁ କିନ୍ତୁ ଗୋଟେ ନିର୍ଦ୍ଦିଷ୍ଟ ଠିକଣା ମିଳି ଯାଇଛି। ତେଣୁ ମନୁ ନିଷ୍ପତ୍ତି ନିଏ ସେ କେବେ ଏ ବାବା ଧନ୍ଦାରେ ଆଦୌ ମୁଣ୍ଡ ପୁରେଇବ ନାହିଁ। ତଥାପି ବାବା ଯଦି ଘରେ ସତକୁ ସତ ରହିଯାଏ ଆଉ ସଂପତ୍ତିରୁ ଅଧେ ଭାଗ ମାଗେ ତେବେ ସେ ସହ୍ୟ କରି ପାରିବତ ? ଏ କଥା ସେ ମହେଶଠୁ ସ୍ପଷ୍ଟ କରିବାକୁ ଚାହେଁ। କିନ୍ତୁ ନୁଆଁ ବାହା ହୋଇଥିବା ଏକ ତରୁଣୀକୁ ଏ କଥା କହିବା ଶୋଭା ଦେବତ ? ଏମିତି ଭାବି ସେ ଚୁପ ରହେ।

(୨୪)

ବାବାଙ୍କଠୁ ଆଶୀର୍ବାଦ ପାଇବା ପରେ ପୂର୍ବତନ ବିଧାୟକ ବିଜୟ ସିଂ ବାବୁ କିଛି ଦିନ ପାଇଁ ଭୁବନେଶ୍ୱରରେ ଡେରା ପକେଇଥିଲେ । ଦଳର ନେତା ଓଡିଶା ମୁଖ୍ୟ ଶ୍ରୀ ସୀତାରାମ ପଟ୍ଟନାୟକଙ୍କୁ ଯଥା ସମ୍ଭବ ଆପ୍ୟାୟିତ କରି ରାଜ୍ୟ ମୁଖ୍ୟଙ୍କ ଦୃଷ୍ଟି ଆକର୍ଷଣ କରିବାରେ ସକ୍ଷମ ହେଇଥିଲେ । ଫଳ ସ୍ୱରୂପ ତାଙ୍କୁ ରାଜ୍ୟ ପଣ୍ୟାଗାର ନିଗମର ଅଧ୍ୟକ୍ଷ ଭାବେ ନିଯୁକ୍ତି ମିଳିଲା । ସିଂ ବାବୁଙ୍କ ଖୁସି କହିଲେ ନ ସରେ । ଏହା ବି କୌଣସି ମନ୍ତ୍ରୀ ପଦଠୁ କମ୍ ନଥିଲା । ନାଲିବତି ଥାଇ ଗାଡିଟେ ମିଳିଲା । ଭୁବନେଶ୍ୱରରେ କ୍ୱାଟର ମିଳିଲା । ସିଂ ବାବୁ ଜାଣିଲେ ଏଇଟା ବାବାଙ୍କ ମହିମା । ସେ ତୁରନ୍ତ ସରକାରୀ ଗାଡି ଧରି ପହଂଚିଲେ ଦାସପାଲି । ଖବରପାଇ ତାଙ୍କୁ ଭବ୍ୟ ସମ୍ବର୍ଦ୍ଧନା ଦେବା ପାଇଁ ମୀନକେତନ ବାବୁ ସବୁ ପ୍ରକାର ବ୍ୟବସ୍ଥା କରି ସାରିଥିଲେ । ଗୋଟେ ଶୋଭାଯାତ୍ରାରେ ସେ ଗାଁ ମୁଣ୍ଡରୁ ବାବାଙ୍କ ଭଜନସ୍ଥଳୀ ଯାଏ ଆସିଲେ । ବାବା ତାଙ୍କୁ ନିଜ ପାଖରେ ବସେଇଲେ । ବିଜୟ ସିଂ ଙ୍କ ଜୟ ଜୟକାର ଧ୍ୱନିରେ ଭଜନମଣ୍ଡଳୀ କମ୍ପୁଥାଏ । ବିଜୟ ସିଂ ବାବୁ ବାବାଙ୍କ ଦର୍ଶନ କରସାରି ତାଙ୍କୁ କୃତଜ୍ଞତା ଜଣେଇଲେ ଓ ତାଙ୍କ ପାଇଁ ସେ ଆଜି ଏତେ ବଡ ସମ୍ମାନର ଅଧିକାରୀ ବୋଲି ଜଣେଇଲେ । ଏଇ ମଉକାକୁ ଅପେକ୍ଷା କରିଥିଲେ ମୀନକେତନ ବାବୁ । ସେ ତୁରନ୍ତ କହିଲେ ବାବା ଆଉ କେତେ ଦିନ ବିନା ଆଶ୍ରମରେ ଘରେ ରହିବେ । କିଛି ବ୍ୟବସ୍ଥା ନହେଲେ ସେ ଖୁବ ଶୀଘ୍ର ଏଇ ଗାଁ ଛାଡି ପଳେଇବେ । ବିଜୟ ସିଂ ବାବୁ ପ୍ରତିଶ୍ରୁତି ଦେଲେ ଖୁବ ଶୀଘ୍ର ଗାଁ ପାଖ ଜଙ୍ଗଲ ଆଉ ନଈ ପାଖରେ ସରକାରୀ ଜମିର ବ୍ୟବସ୍ଥା ସେ ନିଶ୍ଚୟ କରିବେ । ଆପଣମାନେ ମୋ ଉପରେ ଭରସା ରଖନ୍ତୁ । ଖାଲି ସେତିକି ନୁହେଁ ତା ଉପରେ ଆଶ୍ରମ ବନେଇବା ପାଇଁ ଯାହା ଖର୍ଚ୍ଚ ହେବ ମୁଁ ମୋ ହାତରୁ ଦେବି ବୋଲି ମଧ୍ୟ କହିଲେ । ତାଳି ମାଡ ଆଉ ହୁଳହୁଳି ଧ୍ୱନିରେ ସଭାସ୍ଥଳ କମ୍ପିଲା । ବିଜୟ ସିଂ ବାବୁ ବାବାଙ୍କୁ ତାଙ୍କ ଘରକୁ ନିମନ୍ତ୍ରଣ କରି ଫେରିଗଲେ ।

ଗୋଟେ ଧାର୍ମିକସ୍ଥଳୀରେ ରାଜନୈତିକ ସମାଗମ ଓ କାର୍ଯ୍ୟକଳାପ ହେବାଟା ଗାଁ ଗୌନ୍ତିଆଙ୍କ ଦୃଷ୍ଟିକଟୁ ହେଲା । ସେ ତୁରନ୍ତ ଗାଁରେ ଥିବା ଶିକ୍ଷକ ବାବାଜୀ ସ୍ୱାଇଁଙ୍କୁ ଡକେଇ ଗୋଟେ ଅର୍ଜି ଲେଖିବାକୁ କହିଲେ । ଅର୍ଜିର ବିଷୟ ବସ୍ତୁ ନିଜେ ଡାକି ଦେଲେ ଓ ଗାଁର କିଛି ଲୋକଙ୍କ ଦସ୍ତଖତ କରେଇ ଗୋଟେ କପି ଏମ୍.ଏଲ୍.ଏ, ଗୋଟେ କପି ଉପ ଜିଲ୍ଲାପାଳ ଓ ଗୋଟେ କପି ଥାନାଧିକାରୀଙ୍କ ପାଖକୁ ପଠେଇଲେ । ଗାଁରେ ବାବାଙ୍କୁ ନେଇ ଖୁବ ଶୀଘ୍ର ଗଣ୍ଡଗୋଳ ଓ ହଣାକଟା ହେବା ଆଶଙ୍କା ଥିବାର ସେ ଅର୍ଜିରେ ଜଣେଇଥିଲେ ।

ଦୁଇ ଦିନ ପରେ ଗୋଟେ ଚପରାଶୀ ଆସି ବାବାଙ୍କୁ ଥାନାରେ ହାଜର ହେବା ପାଇଁ କହିଲା । ବାବା ଓ ମୀନକେତନ ବାବୁ ଗୋଟେ ଗାଡିରେ ଥାନାକୁ ଗଲେ । ବାବାଙ୍କୁ ବାନ୍ଧି ନିଆଗଲା ବୋଲି ଗାଁରେ ଗୌନ୍ତିଆଙ୍କ ତରଫରୁ ପ୍ରଚାର କରାଗଲା । ଯଦିଓ ଏ କଥା ମାନିବା ପାଇଁ ଗାଁ ଲୋକ ପ୍ରସ୍ତୁତ ନଥିଲେ ତଥାପି ପୋଲିସ ଥାନାକୁ ବାବାଙ୍କ ଯିବାଟା ଲୋକଙ୍କ ହଜମ ହେଉ ନଥିଲା ।

ଥାନାକୁ ଯିବା ପୂର୍ବରୁ ମୀନକେତନ ବାବୁ ପ୍ରଥମେ ବିଜୟ ସିଂଙ୍କ ଘରକୁ ଗଲେ । ବିଜୟ ସିଂ ବାବୁ କହିଲେ ଚିନ୍ତା କରନା । ମୁଁ ଜାଣେ ଏ ସବୁ ସେ ବିରୋଧି ଦଳର ଚାଲ । ଆମର କିଛି ହବନି । ଥାନାବାବୁ ଆମ ଲୋକ । ଆମ ପାର୍ଟି ପରା ଏବେ ପାୱାରରେ । ମୁଁ ଚିଠିଟେ ଲେଖି ଦେଉଛି ନିଅ । ବିଜୟ ସିଂ ବାବୁଙ୍କଠୁ ଚିଠି ନେଇ ମୀନକେତନ ବାବୁ ଥାନାକୁ ଗଲେ । ଥାନା ବାବୁ ବାବାଙ୍କ ପାଦଧୂଳି ନେଲେ ଓ କହିଲେ ଆପଣଙ୍କ ବିରୁଦ୍ଧରେ ମୋର କିଛି କହିବାର ନାହିଁ । ଖାଲି ଅଭିଯୋଗ ଆସିଛି ବୋଲି ସିନା । ଯଦି କିଛି ପଦକ୍ଷେପ ନ ନେବି ମୋ ଚାକିରିକୁ ବିପଦ ଅଛି ବୋଲି ଆପଣଙ୍କୁ ଖାଲି ଲୋକ ଦେଖାଣିଆ ଡକେଇଲି । ମୋ ପାଖରେ ଥିବା ଗୋଇନ୍ଦା ରିପୋର୍ଟ ଅନୁଯାୟୀ ଆପଣଙ୍କ ଜୀବନ ଉପରେ ବିପଦ ଅଛି । ଯେ କୌଣସି ମୂହୁର୍ତ୍ତରେ ଆପଣଙ୍କୁ ଆକ୍ରମଣ ହେଇପାରେ । ତେଣୁ ଆପଣ କିଛି ଦିନ ସାବଧାନରେ ରୁହନ୍ତୁ ଯଦି ପାରୁଛନ୍ତି କିଛି ଦିନ ଅନ୍ୟ ଆଡେ ପଳେଇଯାଆନ୍ତୁ । ଆପଣଙ୍କ ବିରୁଦ୍ଧରେ ଘୋର ବିଦ୍ରୋହ ଦାନା ବାନ୍ଧୁଛି । କ୍ରମଶଃ ସେ ନିଆଁ ପ୍ରଶମିତ ହୋଇଯିବ । ମୋ ତରଫରୁ ସବୁ ପ୍ରକାର ସହାୟତା ମୁଁ ଯୋଗେଇଦେବା ପାଇଁ ପ୍ରସ୍ତୁତ ଅଛି । ଯଦି କହିବେ ପ୍ରତିଦିନ ମୁଁ ଦି ଜଣ ସିପାହୀ ଦିନକୁ ଦି ଥର କରି ଆପଣଙ୍କ ଗାଁକୁ ପଠେଇ ଦେବି । ଲୋକଙ୍କ ଡର ରହିବ । ମୁଁ ଜାଣିଛି ଆପଣଙ୍କ ଯୋଗୁଁ ଆମ ଏସ୍.ପିଙ୍କ ସୁଦୂର କୋରାପୁଟରୁ ସମ୍ବଲପୁରକୁ ବଦଳି ହେଇଛି । ଯେ କୌଣସି ମୂହୁର୍ତ୍ତରେ ସେ ବି ଆପଣଙ୍କୁ ଦେଖା କରିବା ପାଇଁ ଏଠିକି ଆସି ପାରନ୍ତି । ହେଲେ ମୁଁ କଣ କରିବି । ଆପଣଙ୍କ ଗାଁ ଲୋକ

ଆପଣଙ୍କ ବିରୁଦ୍ଧରେ ଅଭିଯୋଗ କରିଛନ୍ତି। ଏମ୍.ଏଲ୍.ଏ ନିଜେ ମୋତେ ବ୍ୟକ୍ତିଗତ ଭାବେ ଡାକି ପଦକ୍ଷେପ ନେବା ପାଇଁ ଅନୁରୋଧ କରିଛନ୍ତି। ତେଣୁ ଆପଣଙ୍କୁ ହଇରାଣ ହେବାକୁ ପଡିଲା। ଆପଣ ଏବେ ଅଚିନ୍ତା ଯାଇପାରନ୍ତି। ଆପଣଙ୍କୁ ଡକେଇ ମୁଁ ଆପଣଙ୍କ ଗାଁ କୁ ଗୋଟେ ବାର୍ତ୍ତା ଦେବା ପାଇଁ ଚାହିଁଲି ଯେ ପୋଲିସ ନିରପେକ୍ଷ ଏବଂ ବାବା ବିରୁଦ୍ଧରେ ପଦକ୍ଷେପ ନେଇଛି। ଧନ୍ୟବାଦ।

ଥାନାରୁ ଫେରିବା ପରେ ମୀନକେତନ ବାବୁ ବାବାଙ୍କୁ କହିଲେ ତୁ କିଛି ଦିନ ପାଇଁ ଏଇଠୁ ପଳା। ସବୁ କିଛି ଶାନ୍ତ ହେଲା ପରେ ମୁଁ ପୁଣି ତୋତେ ଯାଇ ଡାକି ଆଣିବି। ଶତ୍ରୁତା ଏମିତି ବଢିଲାଣି କୋଉ ଦିନ ତୋ ଜୀବନ ଯିବ। ଝିମିଟି ଖେଳରୁ ମହାଭାରତ। ସେ ଗୌନ୍ତିଆ ପାଇଁ ତୋ ବାପା ବରବାଦ ହେଇଥିଲା। ଏବଂ ସେ ଏବେ ତୋ ପଛରେ ବି ଲାଗିଲାଣି। ମାନେ ତୋତେବି ସେ ବରବାଦ କରିକି ଛାଡିବ। ତୁ କିଛି ଦିନ ପାଇଁ ପଳା। ମୁଁ ପ୍ରଚାର କରିବି ବାବା ଘୋର ତପସ୍ୟା ପାଇଁ ଜଙ୍ଗଲକୁ ଯାଇଛନ୍ତି। ଫେରିଲେ ସେ ଆଶ୍ରମରେ ରହିବେ। ତା ଭିତରେ ମୁଁ ଆଶ୍ରମ ବନେଇବା କାମରେ ଲାଗିପଡିବି।

ବାବା ନିଜେ ବି କିଛି ଦିନ ପାଇଁ ବିରତି ଚାହୁଁଥିଲେ। ତା ଛଡା ବିନୋଦିନୀର ଚିଠି ପାଇବା ଦିନଠୁ ସେ ଖୁବ ବିବ୍ରତ ଥିଲେ। ତେଣୁ ଗାଁ ଛାଡି ସେସବୁ ସମସ୍ୟାର ସମାଧାନ ପାଇଁ ତାଙ୍କର ଯିବାର ଏକାନ୍ତ ଜରୁରୀ ଥିଲା। ମୀନକେତନ ବାବୁଙ୍କଠୁ କିଛି ପଇସା ନେଇ ଚେଲା ଅଜୟ କୁମାର ସାଙ୍ଗେ ନିଜର ବ୍ୟାଗ ଧରି କାହାକୁ କିଛି ନକହି ସେ ଦିନ ରାତିରେ ଏକା ଗୋଟେ କଳା କାରରେ ବାବା ଗାଁ ରୁ ଅନ୍ତର୍ହିତ ହେଇଥିଲେ। ବାବାଙ୍କ ଆସିବାଟା ଯେମିତି ଥିଲା ଅପ୍ରତ୍ୟାସିତ ଯିବାଟାବି ସେମିତି ଅପ୍ରତ୍ୟାସିତ ଥିଲା। ତା ଆର ଦିନଠୁ ଗାଁ ଶୁନ୍‌ଶାନ୍ ହେଇଯାଇଥିଲା। ମୀନକେତନ ବାବୁଙ୍କୁ ବାବାଙ୍କ ସଂପର୍କରେ ପଚାରିଲେ କହୁଥିଲେ ଯୋଉଠୁ ଆସିଥିଲା ସେଇଠିକି ଚାଲିଗଲା। ତମେ ମାନେ ଯେତେ ଅଧର୍ମୀ ତାକୁ ଗାଁରେ ରହିବାକୁ ଦେଲନି। ସେ ତମ ମାନଙ୍କ କଣ ବିଗାଡିଥିଲା। ଗାଁରେ ଗୋଟେ ଆଶ୍ରମ ଆଉ ଗୋଟେ ମନ୍ଦିର କରିବା ପାଇଁ ଚାହୁଁଥିଲା। ତମ ମାନଙ୍କୁ ନର୍କରୁ ଉଦ୍ଧାର କରିବା ପାଇଁ ଚାହୁଁଥିଲା। ଆଜିକାଲି ଭଲ ଲୋକର ଆଉ ଜମାନା ନାହିଁ। ସେ ଅବଶ୍ୟ ଫେରିବ ଯୋଉଦିନ ଏ ଗାଁରେ ଗୋଟେ ମଠ ହେବ ଆଉ ମନ୍ଦିରହେବ। ଯଦି ତମେ ଚାହଁ ବାବା ଫେରିଆସୁ ତମେମାନେ ସେ କାମରେ ଲାଗିପଡ। ବାବାଙ୍କ ଝୋଲା ଭର। ବାବାଙ୍କୁ ଫେରେଇ ଆଣିବା ଦାୟିତ୍ୱ ମୋର।

ଗୌନ୍ତିଆ ଆଉ ତାଙ୍କ ପରିଷଦବର୍ଗ ଖୁବ ଖୁସୀ ଥିଲେ। ସେମାନେ ଭାବିଲେ ତାଙ୍କ ଭୟରେ ବାବା ଗାଁ ଛାଡି ଚାଲିଗଲା। ସେମାନେ ପ୍ରଚାରରେ ଲାଗି ପଡିଲେ ଯେ

ବାବାକୁ ଜେଲ ହେଇଗଲା । ସେ ବାବା ନଥିଲା ଗୋଟେ କୁଖ୍ୟାତ ଅପରାଧି ଥିଲା । ପୋଲିସ ପୁରୁଣା ରେକର୍ଡରୁ ଖୋଜି ଖୋଜି ତାକୁ କାଲି ରାତିରେ ବାନ୍ଧି ନେଇଗଲା । ଲୋକଙ୍କର ବି ଅବିଶ୍ୱାସ କରିବାର କିଛି ନଥିଲା । କାରଣ ଗୌନ୍ତିଆ ଏଇ କଥାକୁ ପ୍ରମାଣ କରିବା ପାଇଁ ଗାଁର ଅନେକ ସାକ୍ଷୀଙ୍କ ବୟାନ ଠୁଳ କରିଥିଲେ । ସରଳ ଗ୍ରାମବାସୀଙ୍କ ବିଶ୍ୱାସ ଭାଜନ ହେବା ପାଇଁ ତାହା ଯଥେଷ୍ଟ ଥିଲା ।

ସବୁଠୁ କଷ୍ଟ ଥିଲା ମହେଶର ମାଆଙ୍କୁ ବୁଝେଇବା । କେତେ କଷ୍ଟରେ ପୂଜାପାଠ କରି ସେ ଉମେଶକୁ ପୁନର୍ବାର ପାଇଥିଲେ । ତନୁ ବି କେତେ ପୂଜାବ୍ରତ କରିଥିଲା ଉମେଶ ପାଇଁ । ଆଜି ପୂନର୍ବାର ତାକୁ ହରେଇବାକୁ ପଡିଲା । ମୀନକେତନ ବାବୁ କହିଲେ ତମେ ଦି ଜଣ ତାକୁ ପୁଣି ମାୟାରେ ପକେଇବାକୁ ଚାହିଁଲ, ପୁଣି ସଂସାର ବନ୍ଧନରେ ବାନ୍ଧିବାକୁ ଚାହିଁଲ ତେଣୁ ବାବା ପୁଣି ଜଙ୍ଗଲକୁ ପଳେଇଲା ।

ଦିନ ଦୁଇଟାରେ ଗାଁରେ ଶ୍ମଶାନବତ ନୀରବତା ଛାଇଗଲା । ମୀନକେତନ ବାବୁ ମଧ୍ୟ ତାଙ୍କର ଜିନିଷପତ୍ର ଧରି ନିଜ ଗାଁ କୁ ବାହୁଡିଗଲେ । ସେ ଜାଣିଥିଲେ ଆଉ ଅଧିକଦିନ ବାବାଙ୍କୁ ନେଇ ବ୍ୟବସାୟ ଚଳେଇବା ଅସମ୍ଭବ ଥିଲା । ଅଳ୍ପ ଦିନ ଭିତରେ ତାଙ୍କର କଳା କାରନାମାର ପର୍ଦ୍ଦାଫାଶ ହେଇଥାଆନ୍ତା । ତେଣୁ ଭାବିଲେ ବେଳ ଥାଉ ବନ୍ଧ ବାନ୍ଧରେ କୁମର । ବାବା ଆଉ କେବେ ବି ଫେରିଲେ ନାହିଁ ।

ବାବାଙ୍କ ଅନ୍ତର୍ଦ୍ଧାନର ରହସ୍ୟର ଅସଲ କାରଣ କେହି ବି ଜାଣି ପାରୁନଥିଲେ । ତାଙ୍କର ଆସିବା ଯେମିତି ଆକସ୍ମିକ ଥିଲା ଯିବା ବି ଥିଲା ସେମିତି ଆକସ୍ମିକ । ତାଙ୍କ ଗଲା ପରେ ଅନେକ ଗୁଜବ ଶୁଣିବାକୁ ମିଳିଲା । କିଏ କହିଲା ବାବାଙ୍କୁ ପୋଲିସ ବାନ୍ଧି ନେଇଗଲା, ଆଉ କିଏ କହିଲା ସେ କୋଉଠି ଗୋଟେ ଟୋକି ସାଙ୍ଗରେ ଫସିଥିଲା ତାକୁ ଧରି ଚମ୍ପଟ ମାରିଲା । କିଏ ସେ ଜଙ୍ଗଲରେ ଘୋର ତପସ୍ୟାରେ ଥିବା କହୁଥିବା ବେଳେ କିଏ ତାକୁ ଜଙ୍ଗଲରେ ବାଘ ଖାଇଦେଲା ବୋଲି କହୁଥିଲା । ଆଉ କିଏ କହିଲା ତାଙ୍କୁ ମାରିକି ଜଙ୍ଗଲରେ ଫିଙ୍ଗି ଦିଆଗଲା । ନାନା ମୁନୀଙ୍କ ନାନା ମତ । ଜଣା ପଡୁ ନ ଥିଲା ବାବାଙ୍କ ଅନ୍ତର୍ଧାନର ରହସ୍ୟମୟ ସତ୍ୟ ।

ସଂବିତ କିନ୍ତୁ ଏ ସବୁ ବିଶ୍ୱାସ କରିବା ପାଇଁ ପ୍ରସ୍ତୁତ ନଥିଲା । ସେ ସବୁବେଳେ ଗୋଟେ ଗୋଇନ୍ଦା ଭଳିଆ ବାବାର ଅନ୍ତର୍ଦ୍ଧାନର ରହସ୍ୟ ଖୋଜିବାରେ ଲାଗିଥାଏ । ମୀନକେତନ ବାବୁଙ୍କୁ ସେ କେବେ ବି ବିଶ୍ୱାସକୁ ନେଇ ପାରେନା । ସେ ହୁଏତ ଏ ରହସ୍ୟ ଉପରୁ ପର୍ଦ୍ଦାଫାଶ କରି ପାରନ୍ତେ । କାରଣ ଶେଷ ରାତିରେ ବାବା ସଙ୍ଗେ ସେ ହିଁ ଥିଲେ । ଆଉ ଜଣେ ଯେ ସଠିକ କହି ପାରନ୍ତା ସେ ହେଲା ବାବାଙ୍କ ଚେଲା ଅଜୟ କୁମାର । ତାର ଠିକଣା କିନ୍ତୁ ସଂବିତ ପାଖରେ ନଥିଲା ।

୨୫

ଯା ଭିତରେ ଅନେକ ବର୍ଷ ବିତି ଯାଇଥିଲା । ବାବାଙ୍କୁ ସମସ୍ତେ ଭୁଲି ସାରିଥିଲେ । ଏପରିକି ତା ନିଜ ଭାଇ ମହେଶ ବି । ମହେଶର ମାଆ ଯା ଭିତରେ ଉମେଶକୁ ଝୁରି ଝୁରି ମରି ସାରିଥିଲେ । ସାନ ଭଉଣୀ ତନୁର ବାହା ସରିଯାଇଥିଲା । ଯତ୍ନ ଅଭାବରୁ ଧୀରେ ଧୀରେ ବାବାଙ୍କ ଗାଁର ଘର ଧୂଳିରେ ମିଶି ଯାଇଥିଲା ।ସେଠି ଲୋକେ ଗାଈ ଗୋରୁ ବାନ୍ଧୁଥିଲେ ।

ଦିନେ ବରପାଲିର ଚା ଦୋକାନରେ ସଂବିତ ଭେଟିଲା ଭବଭୁତିକୁ । ଭବଭୁତି ଗୋଟେ ଠିକାଦାର । ସୋନପୁର ଅଂଚଳରେ ସେ ଠିକା କାମ କରେ । ଭବଭୁତି ସଂବିତର ନିଜ ବଂଶର ଭାଇ । ସଂବିତର ଘନିଷ୍ଠ ବନ୍ଧୁ ବି । ଭବବୁତି କହିଲା ତୋତେ ଆଜି ଏମିତି ଗୋଟେ କଥା କହିବି ଦାଦା ତୁ ବିଶ୍ୱାସ ବି କରିପାରିବୁନି । କୁହ ମୁଁ ଶୁଣିବାକୁ ପ୍ରସ୍ତୁତ ସଂବିତ କହିଲା । ଯଦି ସତ ହେଇଥିବ ବିଶ୍ୱାସ କରିବାରେ କଣ ଅଛି ।

ଜାଣିଛୁ ଆମ ସେ ଗାଁର ବାବା ବିଷୟରେ ଯେ ଅଧରାତିରେ ଗାଁ ଛାଡି ପଳେଇଥିଲା । ସଂବିତ କହିଲା ଖାଲି ସେତିକି ଜାଣିଛି ତା ପରେ କଣ ହେଲା କେହି ଜାଣି ନାହାନ୍ତି । ଭବଭୁତି କହିଲା ସେ ଅନେକ ଦିନରୁ ମରିଗଲାଣି । ତାକୁ ମାରି ଦିଆହେଲା । ସଂବିତ ପଚାରିଲା ତୁ କେମିତି ଜାଣିଲୁ । ଭବବୁତି କହିଲା ଯଦି କହିବୁ ମୁଁ ତୋତେ ପ୍ରମାଣବି ଦେଖେଇ ଦେବି । ତୋତେ ମୋ ସାଙ୍ଗରେ ଯିବାକୁ ପଡିବ । ସଂବିତ କହିଲା ଦରକାର ନାଇଁ ଭାଇ ତୋ ଉପରେ ମୋର ବିଶ୍ୱାସ ଅଛି । ମୁଁ ସେଇ ରହସ୍ୟ ଟିକକ ପାଇଁ ଏକା ମୋ ଉପନ୍ୟାସର ଶେଷ ପରିଛେଦଟି ଲେଖି ପାରିନାହିଁ । କହିବୁ ଯଦି ମୁଁ ସେଇ ବିଷୟକୁ ମୋର ଉପନ୍ୟାସରେ ଯୋଡିଦେବି ।

ଭବଭୁତି କହି ଚାଲିଲା। ମୁଁ ସୋନପୁର ମହାନଦୀ ପାଖ ଗୋଟେ ଗାଁରେ ରାସ୍ତା କାମ କରୁଥିଲି। ଦିନେ ବହୁତ ଶୋଷ ହେଲା। ପାଖ ବସ୍ତିକୁ ପାଣି ମାଗିବା ପାଇଁ ଗଲି। ଗୋଟେ ସୁନ୍ଦର ମାଇକିନା ବାହାରିଲା ପାଣି ଦେବାପାଇଁ। ତା ସଙ୍ଗରେ ଗୋଟେ ସୁନ୍ଦର ଦଶବର୍ଷର ଛୁଆ। ଛୁଆକୁ ଯେମିତି ଦେଖିଲି ମୋତେ କୋଉଠି ଗୋଟେ ତାକୁ ଦେଖିଲା ଭଳିଆ ଲାଗିଲା। ହଠାତ ମନେ ପଡିଲା ତା ଚେହେରା ଉମେଶ ଦାଦା (ବାବା)ଙ୍କ ଚେହେରା ସଙ୍ଗେ ମିଶୁଛି। ମୁଁ ଏକଲୟରେ ତାକୁ ଅନେଇଥାଏ। ଝିଅଟି ମୋତେ ପଚାରିଲା ତମେ କୋଉ ଗାଁର। ମୁଁ କହିଲି ବରପାଲିରେ ରୁହେ କିନ୍ତୁ ମୋ ନିଜ ଗାଁ ଦାସପାଲି। ଝିଅଟି କାନ୍ଦିବା ଆରମ୍ଭ କଲା। ମୁଁ ହଠାତ କିଛି ବୁଝି ପାରିଲି ନାହିଁ। ତାକୁ ପ୍ରବୋଧନା ଦେଲି। କାନ୍ଦନା ଭଉଣୀ କଣ ହେଇଛି କୁହ। ସେ କହିଲା ଏଇ ଛୁଆ ତମ ବଂଶର। ମୁଁ ପଚାରିଲି କେମିତି ? ସେ କହିଲା ଉମେଶ ଦାଶକୁ ଜାଣିଛ। ସେ ଜଣେ ବାବା ଥିଲେ। ମୁଁ କହିଲି ହଁ। ସେ ତ ମୋର ଜମାର ବଡଭାଇ। ସେ କହିଲା ସେ ମୋର ସ୍ୱାମୀ। ମୋ ନାଁ ବିନୋଦିନୀ। ମନ୍ଦିରରେ ମୋର ବାହା ହେଇ ସାରିଥିଲା ତାଙ୍କ ସହ। ତେଣୁ ତାଙ୍କୁ ମୋ ଶରୀର ଦେବାରେ କିଛି ଅସୁବିଧା ନଥିଲା। ସେ ଯେତେବେଳେ ଆପଣଙ୍କ ଗାଁରେ ପ୍ରବଚନ ଦେଉଥିଲେ ମୁଁ ଦୁଇ ମାସର ଗର୍ଭବତୀ ଥିଲି। ମୁଁ ତାଙ୍କୁ ଚିଠି ଲେଖି ଜଣେଇଲି ଶୀଘ୍ର ଆସି ମୋତେ ବାହା ହେବା ପାଇଁ। ସେ କିନ୍ତୁ ଡେରି କରୁଥିଲେ। ଧୀରେ ଧୀରେ ମୋ ପେଟ ଅସ୍ୱାଭାବିକ ଭାବେ ବଢ଼ିବାକୁ ଲାଗିଲା। ମାଆ ଜାଣିଗଲା ମୁଁ ଗର୍ଭବତି। ତାର ଜିଦ୍ କ୍ରମେ ମୁଁ ତାକୁ କହିଦେଲି ସବୁ କଥା। ବାପା ଜାଣିଲେ। ସାହିଭାଇ ସବୁ ଜାଣିଲେ। ବାବା ଆସି ତାଙ୍କର ବିଶ୍ୱାସରେ ବିଷ ଦେବା କଥା ତାଙ୍କର ହଜମ ହେଲାନି। ସମସ୍ତେ ରାଗିଲେ। ଆମେ ଜାତିରେ ପାଣ। ରାତିହେଲେ ସାହିଯାକ ଲୋକ ମଦପିଇ ମାତାଲ ହୁଅନ୍ତି। ସେଦିନ ରାତିରେ ଛପି ଛପି ବାବା ଯେତେବେଳେ ମୋ ଘରକୁ ଆସୁଥିଲେ ସାହିବାଲା ସବୁ ମାତାଲ ଥିଲେ। ସେ ଭିତରୁ ଜଣେ ଠେଙ୍ଗାରେ ଦି ପାହାର ଲଦି ଦେଲା ବାବାଙ୍କୁ। ମଦ ନିଶାରେ ସମସ୍ତେ ବାଡେଇବାରେ ଲାଗିଲେ। ଆମେ ପହଂଚିଲା ବେଳକୁ ବାବାଙ୍କ ଜୀବନ ଯାଇ ସାରିଥିଲା। ଗାଁରେ ବିଚାର ହେଲା। ଥାନାକୁ କେହି ଯିବେନି। ବାଘ ଖାଇଦେଲା ବୋଲି ପ୍ରଚାର କରାହେବ। ରାତାରାତି ତାଙ୍କୁ ନେଇ ଜଙ୍ଗଲରେ ପକେଇ ଦିଆହେଲା। ଶବ ପଚିସଢିଗଲା। ବିଲୁଆ, ହେଟା, ବାଘ, ଶାଗୁଣା ମିଶି ଶବକୁ ଖାଇଗଲେ। କାନକୁ ଦି କାନ ହେଲାନି । ଥାନାକୁ ଖବର ବି ଗଲାନି। ସେ ଦିନଠୁ ମୁଁ ଅଭାଗିନି ତାଙ୍କର ଏ ସନ୍ତକ ଧରି ବଂଚିଛି।

ଏତକ ଏକା ନିଶ୍ୱାସକେ କହିସାରି ଭବଭୁତି ସଂବିତକୁ ଦେଖିଲା। ଯଦି ତୋର ବିଶ୍ୱାସ ହେଉନି ତୁ ନିଜେ ମୋ ସଙ୍ଗେ ଯାଇ ସେ ଛୁଆକୁ ଦେଖିଆସିବୁ ଚାଲ। ମୋ କଥା ସତ କି ମିଛ ଜାଣି ପାରିବୁ।

ସଂବିତ ଆଉ ଆଗକୁ ଜାଣିବାକୁ ଚେଷ୍ଟା କଲାନି। ଉପନ୍ୟାସତ କୋଉଠିବି ସରିପାରେ। ଭାବିଲା। ଏଇ ଦୃଶ୍ୟଟିକୁ ଉପନ୍ୟାସର ଶେଷ ଦୃଶ୍ୟ କରି ଯୋଡିଦେଲେ କ୍ଷତି କଅଣ ?

ସମାପ୍ତ

ଏବଂ ଶେଷ କଥା

ଯୋଗୀ ଯୋଗେଶ୍ୱର ଉପନ୍ୟାସର ମୂଳଦୁଆ ପଡ଼ିଥିଲା ତା୧୮.୦୫.୧୯୮୦ ରିଖ ଦିନ ମୁଁ ଆମ ଗାଁରେ ଖରା ଛୁଟୀରେ ଥିଲାବେଳେ। ମୁଁ ସେତେବେଳେ ଜ୍ୟୋତିବିହାର, ବୁର୍ଲାର ଇଂରାଜୀ ବିଭାଗର ସ୍ନାତକୋତ୍ତରର ଛାତ୍ର। ତେଣୁ ମୁଁ ପ୍ରଥମେ ଲେଖାଟି ଆରମ୍ଭ କରିଥିଲି ଇଂରାଜୀରେ। ଗଳ୍ପଟିଏ ଲେଖିବା ମୋ ଉଦ୍ଦେଶ୍ୟ ଥିଲା। ଯେତେବେଳେ ଅଧା ଲେଖିଲି ଅନେକ ଜାଗାରେ ଝୁଣ୍ଟିଲି ଶବ୍ଦ ସକାଶେ। ଗଳ୍ପରେ ବ୍ୟବହାର ହେବାକୁଥିବା ଅନେକ ଶବ୍ଦର ସଠିକ ଇଂରାଜୀ ଶବ୍ଦ ମୋତେ ଜଣା ନ ଥିଲା ଯାହା ମୋ ସୃଜନଶୀଳତାର ଏକ ବିରାଟ ପ୍ରତିବନ୍ଧକ ହୋଇ ଛିଡା ହେଲା। ତେଣୁ ମୁଁ ଗଳ୍ପ ଲେଖାରୁ ଓହରିଗଲି। ଶବ୍ଦର ଅଭାବରୁ ସ୍ବତଃସ୍ଫୂର୍ତ୍ତତାରେ ବ୍ୟାଘାତ ଘଟିଲା। ତେଣୁ ଗପଟି ବେଶି ବାଟ ଆଗେଇ ପାରୁ ନଥିଲା। ତେଣୁ ଇଂରାଜୀରେ ଲେଖିବାରୁ ନିବୃତ୍ତ ହେଲି। ଅନେକ ଦିନ ପରେ ପୁଣିଥରେ ଚେଷ୍ଟାକଲି ଓଡିଆରେ ଲେଖିବାକୁ। ଏଥର ଆଉ ଅଟକେଇବାକୁ କେହି ନ ଥିଲେ। ତଥାପି ସମୟ ମୋତେ ଅଟକେଇ ଦେଲା। କାରଣ କଲେଜ ଖୋଲିଗଲା ଓ ପାଠପଢ଼ା ପାଇଁ ମୁଁ ଆଉ ସମୟ ଦେଇ ପାରିଲିନି। ପଢ଼ା ସରୁ ସରୁ ଚାକିରି ତା ପୁଣି ବ୍ୟାଙ୍କ୍ ଭଳି ଏକ ବ୍ୟସ୍ତବହୁଳ ସଂସ୍ଥାରେ। ଲେଖାଲେଖିଠୁ ମୁଁ ରହିଗଲି ଅନେକ ଦୁରରେ। ପୁରୁଣା ଲେଖାସବୁ ରହିଗଲା ସୁଦୁର ଗାଁର ଏକ କାଠ ବାକ୍ସରେ, ଉପର ମହଲାରେ। ଦିନେ ଗାଁକୁ ଯାଇଥିଲା ବେଳେ ମାଁ କହିଲା ତୋ କାଠବାକ୍ସରେ କଣସବୁ ଅଛି ନେଇଯା ଆଉ ମୋତେ ସେ କାଠବାକ୍ସଟା ଦେଇଦେ ମୁଁ ମୋ ଜିନିଷ ରଖିବି। ମା'ର ନିର୍ଦ୍ଦେଶ ମାନି ଉପର ମହଲାକୁ ଯାଇ ଦେଖେତ ବାକ୍ସଟି ଖୋଲା। ନମ୍ବର ଲକ୍ ବାଲା ତାଲାକୁ ପରୀକ୍ଷା ନିରୀକ୍ଷା କରି ଛୁଆମାନେ କୌତୁହଳ ବଶତଃ ଖୋଲି ଦେଇଛନ୍ତି। ମୋର ଯାହା ଲେଖାଥିଲା ସବୁ ଇତସ୍ତତ ହେଇ ଚାରିଆଡ଼େ ଖେଳିବୁଲୁଛି। ବହୁତ କଷ୍ଟ ହେଲା। ଅଧିକାଂଶ ଲେଖା

ଆଉ ନ ଥିଲା । ଯାହା କିଛି ବଂଚିଥିଲା ଆଣି ରଖିଥିଲି ପାଖରେ ଓ ଜୀବନ ସାରା ସେ ବୁଜୁଳାଟା ଧରି ବୁଲୁଥିଲି । ବ୍ୟସ୍ତତା ଭିତରେ ସେସବୁ ଉପରେ ଆଉ ନଜର ପକେଇ ପାରିନଥିଲି ।

ବରଗଡ଼ରେ ଯେତେବେଳେ ମୋର ନୁଆଁଘର ତିଆରିକଲି କାଠ ଆଲ୍‌ମିରାର ସବାଉପର ଥାକରେ(ବକ୍ସ) ଦୁଇ ତିନିଟା କାର୍ଟୁନରେ ସେସବୁ ରଖିଥିଲି । ଅବସର ନେବା ପରେ ଦିନେ ମନ ହେଲା ସେସବୁ ଲେଖା କାଢ଼ି ପ୍ରକାଶନର ବ୍ୟବସ୍ଥା କରିବା ପାଇଁ । କିନ୍ତୁ ହାୟ ବିଧିର ବିଧାନ ଥିଲା କିଛି ଭିନ୍ନ । ସେସବୁ ଲେଖାକୁ ଉଈ କରି ସାରିଥିଲେ ଛିନ୍ନ । ସେଇ କିଟଦ୍ରଂଷ୍ଟ ପୃଷ୍ଠା ସବୁରୁ ବଡ କଷ୍ଟରେ ଉଦ୍ଧାର କଲି କିଛି ଲେଖା । ଏ ଉପନ୍ୟାସର ମୁଳ କାହାଣି ଯେହେତୁ ମୋର ମନେ ଥିଲା କୋରୋନା କାଳର ଫାଇଦା ନେଇ ମୁଁ ତାକୁ ପୁର୍ନଲିଖନ କଲି ଚିରା ଫଟା କାଗଜରୁ ଉତାରି । ଅବଶ୍ୟ ଏ କଥା ସତ ଯେ ମୁଳ କାହାଣୀର ଏ ଏକ ପରିବର୍ତ୍ତିତ ଓ ପରିବର୍ଦ୍ଧିତ ସଂସ୍କରଣ ଯା ଭିତରେ ଅର୍ଜିଥିବା ଅଭିଜ୍ଞତା ଯାହାର ଅନ୍ୟତମ କାରଣ କେବଳ ବଦଳି ନାହିଁ ଉପନ୍ୟାସର ନାମକରଣ । ଲେଖକ ଏ ଉପନ୍ୟାସଟି ଲେଖିବା ବେଳେ ଜାଣି ନଥିଲା ଯେ ସେ ଏକ ଉପନ୍ୟାସ ଲେଖିବାକୁ ଯାଉଛି । ନଚେତ ସେ କେବେବି ସେ ଦୁଃସାହାସ କରି ନଥାନ୍ତା । ଲେଖକର ପ୍ରଥମ ଉପନ୍ୟାସ ଭଳି ଏହା ମଧ୍ୟ ଥିଲା ଆକସ୍ମିକ । ଫରକ୍ ଖାଲି ଏତିକି ଯେ ପ୍ରଥମ ଉପନ୍ୟାସରେ ଲେଖକ ଜାଣିଶୁଣି କାହାଣୀ ବା ଶବ୍ଦ ବା ଶୈଳୀରେ ହାତ ମାରି ନ ଥିବା ବେଳେ ଏ ଉପନ୍ୟାସରେ ସେ ସୁଯୋଗକୁ ହାତଛଡା କରିବାକୁ ଚାହିଁନି । ଭଣ୍ଡ ବାବାମାନେ ସବୁକାଳେ ବୋଧେ ସେମିତି । କେବଳ ଠକିବାର ତରିକା ବଦଳିଛି । ଭାରତ ଏକ ସାଧୁ ସନ୍ୟାସୀଙ୍କ ଦେଶ । ଆମ ପୁରାଣରେ ବର୍ଣ୍ଣିତ ସାଧୁ, ସନ୍ୟାସୀ ମାନଙ୍କ ମହିମା ପାଇଁ ଭାରତର ବେଶ୍ ନାମଡାକ ଥିବାବେଳେ ଏହି ଠକ ବାବାଙ୍କପାଇଁ ଭାରତ ଆଜି ବଦନାମ । ତେଣୁ ଏମାନଙ୍କ ପ୍ରତି ଆମର ଆଭିମୁଖ୍ୟ ବଦଳେଇବାର ସମୟ ଉପଗତ ଯାହା ଏ ଉପନ୍ୟାସର ଉଦ୍ଦେଶ୍ୟ ।

ମୁଁ ପୁଣିଥରେ ଦୋହରାଉଛି । ଏ କାହାଣୀ କାହାର ଜୀବନ ଚରିତ ନୁହେଁ । ଏହାକୁ କେହି କେହି ତାଙ୍କ ନିଜର କାହାଣୀ ବୋଲି ବିବେଚନା କରିପାରନ୍ତି । କାରଣ ଉପନ୍ୟାସରେ ବର୍ଣ୍ଣିତ ଅନେକ ଘଟଣାର ସମସାମୟିକ ଘଟଣାମାନଙ୍କ ସହ ସାମଞ୍ଜସ୍ୟ ରହିଛି । ଏବଂ ଲେଖକଙ୍କ ଲେଖାସବୁ ଅନେକ ସମୟରେ ସତକଥା ଭଳି ଲାଗେ ଓ ପାଠକ ସେସବୁକୁ ସତ ଭାବି ଭ୍ରମିତ ହୁଅନ୍ତି ଓ ଅନେକ ସମୟରେ ଲେଖକ ଅଯଥା ଭୁଲବୁଝାମଣାର ଶିକାର ହେଇଥିବାର ଦୃଷ୍ଟାନ୍ତ ରହିଛି । ସେ ଭଳି କିଛି ଆଶଙ୍କାକୁ ନେଇ ଓ କେବଳ ଲେଖାର ଇତିହାସ ସଂପର୍କରେ ଅବଗତ କରିବା ପାଇଁ ଏ ପୃଷ୍ଠଭୂମିର

ଅବତାରଣା। ଅନ୍ୟଥା ଲେଖକ ନିରୁପାୟ ହୋଇ ଅଯଥାରେ ଏ ଉପସଂହାରକୁ ପାଠକ ଉପରେ ଲଦିଦେବା ପାଇଁ ବାଧ୍ୟହେବାର କିଛି କାରଣ ନ ଥିଲା। ଆଶା କାହାଣୀଟି ଆପଣଙ୍କ ମନକୁ ଛୁଇଁବ। ପାଠକିୟ ଆଗ୍ରହ ପାଇଁ ଆପଣଙ୍କୁ ଅଶେଷ ଧନ୍ୟବାଦ।

କିମ୍ ଅଧିକମ୍

ନମସ୍କାରାନ୍ତେ

ବରଗଡ଼ **ରୋହିତ ଦାଶ**

୧୪.୦୬.୨୦୨୨

ଦେବସ୍ନାନ ପୂର୍ଣିମା

BLACK EAGLE BOOKS

www.blackeaglebooks.org
info@blackeaglebooks.org

Black Eagle Books, an independent publisher, was founded as
a nonprofit organization in April, 2019. It is our mission to
connect and engage the Indian diaspora and the world at large
with the best of works of world literature published on a
collaborative platform, with special emphasis on
foregrounding Contemporary Classics and New Writing.

www.ingramcontent.com/pod-product-compliance
Lightning Source LLC
Chambersburg PA
CBHW020235120726
47903CB00008B/2678
9781645603955